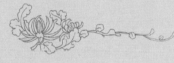

二嫁榮門 3 完

文創風 838

竹聲 著

目錄

第五十五章……005
第五十六章……017
第五十七章……027
第五十八章……041
第五十九章……053
第六十章……065
第六十一章……077
第六十二章……087
第六十三章……101
第六十四章……113
第六十五章……125
第六十六章……137
第六十七章……149
第六十八章……163
第六十九章……177
第七十章……191
第七十一章……205
第七十二章……217
第七十三章……229
第七十四章……241
第七十五章……253
第七十六章……265
第七十七章……277
第七十八章……291
第七十九章……303
尾聲……317

第五十五章

這幾日，去澹澹閣的客人大多是消息靈通、不缺銀錢的官宦人家。在他們看來，如果瓷器不錯，還能賣睿王世子一個面子，花點小錢也是值得的。畢竟太子之位虛位以待，誰也不敢保證，將來登上大寶的不是睿王。

於是，澹澹閣的生意越發紅紅火火。簡淡也忙忙碌碌起來。

沈餘之見她辛苦，又加派了人手，嚴禁她拉胚，只讓她處理紋飾。

即便如此，簡淡的活計還是比以往多。

日子過得飛快，轉眼過了中秋。

八月十八日，朝廷替罪羊一案終於有了眉目。從上到下，五、六個官員被罷黜，斬了三個，流放兩個。

簡雲帆被慶王保下，判得最輕，以監管不力之罪連降兩級，去工部營繕所任七品所正。

慶王也遭受牽連，罰俸三年，不准上朝理事，閉門思過三個月。

簡廉以教子無方為名，向泰寧帝請求告老還鄉。

泰寧帝駁回請求，准他休沐三日。

八月二十八日，在簡廉授意下，簡雲豐親自與媒人去高家，正式訂了簡思越和高瑾瑜的婚約。等崔氏回來後，再行問名、納吉等事。

隔日，崔氏派人送信，說她和簡雅偶感風寒，讓簡淡前去侍疾，屆時一同回京。

這個要求在情理之中，簡雲豐便答應了。

大舜的秋試已近，雖然朝堂亂象現矣，簡家處在風口浪尖，但為了不引起各方側目，也為了穩住一干門生故舊，日前，簡廉不得不讓簡思越回老家衛州，如常赴考。

因此，九月一日早上，簡淡由簡思敏作陪，啟程前往庵堂。

姊弟倆走到二門，遇到大伯母王氏，和戴著帷帽的簡靜。

母女倆衣著極為樸素。不過月餘沒見，王氏老了許多，鬢髮染了霜雪，眼角添了溝壑；簡靜至少瘦了十幾斤，眼窩和臉頰塌下去，乍看之下，像個二十多歲的婦人。

後面隨行的下人，有的手裡拎著包袱，有的抱香爐，還有兩個粗使婆子提了漱洗用具。

雖說彼此間的關係已經壞得不能再壞，但還是要維持最基本的禮儀。

簡淡姊弟上前行禮，簡淡問道：「大伯母，您這是要出遠門嗎？」

王氏疏離地笑了笑，話裡有話地說：「最近小人多，我們去白馬寺拜拜。」初一、十五，正是燒香拜佛的日子。

簡淡也笑。「那真是巧了，我們要去庵堂，正好與大伯母順路。」

王氏淡淡道：「那就一起走吧。」

馬車在側門等，黃嬤嬤瞧見簡淡，迎了上來。「三姑娘，二老爺讓老奴帶路，您……」

簡淡沒搭理她，面無表情地上了馬車。

近日來，黃嬤嬤很安分，與梁嬤嬤的來往少了不少。雖說這些並不足以讓簡淡信任黃嬤嬤，但她總歸是晚輩，不能駁了簡雲豐的面子。

「路上多注意一些。」簡淡吩咐道。

白瓷應了聲，解開包袱，取出吃食，一樣一樣放在小几的抽屜裡。

簡淡剛坐定，便聽外面有人說道：「三姑娘，我家太太忘記帶上請高僧開光的碧璽串珠了，還請稍等片刻。」

「好。」

這一等就是小半個時辰，直到簡思敏嚷嚷著要各走各的，宋嬤嬤才匆匆而歸。

庵堂在京城西南方，走官道要四個時辰。

此時已是暮秋，天黑得早，路上稍有耽擱，就要走夜路。雖說京城一向太平，但也絕對不能馬虎大意。

上午很順利，但中午在飯莊打尖時，簡靜和簡淡起了一點爭執，起因是兩碗湯。

簡淡想喝雞湯，但簡靜說外面的雞湯油膩，非要青菜湯。

王氏也不偏頗，讓他們各自點了。簡淡和簡思敏喝雞湯，她們母女用青菜湯。

飯莊的手藝不錯，雞湯鮮美可口，比清湯寡水的青菜湯好喝多了。

於是，簡靜不想喝青菜湯了，鬧著要雞湯。

簡淡懶得理她，捧著湯碗喝得津津有味，連個眼風都沒給。

王氏無法，只好又點一碗。

雞湯不好做，大家多等了一會兒，用完午飯已過未時，天色變得陰沈，風也大了。

王氏一出門，看看西邊的天，道：「沒那麼快下雨。走吧，儘量往前趕。」

簡淡沒意見，大家各自上車，重新出發。

一上車，簡靜就拍了桌子，壓低聲音罵道：「賤人！不過是病秧子的禁臠罷了，天天裝得跟貞潔烈女似的，什麼東西！」

王氏替她倒了杯熱茶。「惱什麼呢？不過再等兩個時辰罷了。」

「等兩個時辰又怎樣？」簡靜死死捏住杯子杯沿，恨道：「再怎樣也不會比我更差。嫁給二表哥那樣的人，還不如死了乾脆。」

「妳這丫頭胡說什麼？」王氏在她頭上敲了一記。「好死不如賴活著。將來生了孩子，妳就知道了，只要手裡有銀錢，在哪兒都能過上好日子。男人不過那麼回事，大家各取所需罷了。」

簡靜冷哼一聲，眼裡溢了淚，轉過頭看向窗外。

王氏長長嘆息一聲，不再勸她。

一會兒後，兩批人在岔路口分開，簡淡姊弟要往西南走，王氏一行往西北。

烏雲覆蓋整個天空，風中帶了些微土腥味。

白瓷打開車窗。「姑娘，好像要下雨了。」

這時，車門被人從外面打開，簡思敏鑽進來。「三姊，掉雨點了。」

白瓷道：「看樣子會是場大雨，姑娘，要不要找個地方避一避？」

簡淡指指外面的野樹林。「前不著村，後不著店，能避到哪裡去？只能繼續往前趕。」

簡思敏倒了杯熱茶，一飲而盡。「不要緊，現在上了小路，大概只剩三、五里就到庵堂，只是顛簸一些。」

簡淡嚇一跳。「所以，方才經過那個岔路口時，我們便下了官道，改走小路？」

簡思敏點點頭。「是啊，黃嬤嬤說小路近，我瞧天氣實在不好，就答應了。」

簡淡怒道：「停車！」

簡思敏丈二金剛摸不著頭腦。「怎麼了？」

白瓷道：「二少爺，姑娘不相信黃嬤嬤。」

「啊？」簡思敏不明白為什麼，卻沒有再問，跟著簡淡下車。

後面的車也停了，黃嬤嬤小跑著過來，殷勤地問：「三姑娘怎麼下車了？小路是顛簸些，但真的很近，再小半個時辰就到庵堂。」

簡淡沒理會黃嬤嬤，細看兩側的樹林，以及前方蜿蜒的小路，出聲吩咐。「轉回去，重新上官道。」

小路上雜草不多，但坑坑窪窪不少，所通之處也不像有人煙的樣子。

黃嬤嬤聽了，指著遠山說：「三姑娘，老奴沒撒謊，走官道是從山那頭繞過去，這條小路從這邊繞，近了許多。馬上要下大雨，這個時節，車伕淋雨要得風寒的，三姑娘總得為他們考慮考慮吧。」

簡淡寒聲道：「我就是為他們考慮，才要走官道。立刻調頭！」

「是。」車伕聽話，立刻照辦。

黃嬤嬤眼裡閃過一絲慌亂，張了張嘴，又閉上了。「好，老奴聽三姑娘的。」轉過身，朝自己的馬車走去。

簡淡見狀，對白瓷使眼色，白瓷心領神會，一把抓住黃嬤嬤。「姑娘讓妳上車伺候。」

黃嬤嬤臉色煞白，目光不由向後瞥去。「老奴中午吃了韭菜，還是別熏著主子們吧。」

「上車！」簡淡冷笑，從袖裡拿出匕首。「若有劫匪，第一個就殺妳，我說到做到。」

黃嬤嬤哆嗦。「三姑娘，就算真有劫匪，也不是老奴招來的啊！」

簡淡反問：「是嗎？」

黃嬤嬤使勁點頭。「是，三姑娘想走大路便走大路。咱們快啟程吧，要下雨了呢。」

馬車調頭，簡淡等人重新上了車。

黃嬤嬤側著身子坐在車門口，兩隻手緊張地扯著帕子。

簡思敏雙眼噴火，用雙節棍指著黃嬤嬤的鼻尖。「如果妳做了什麼，最好現在坦白，否則小爺饒不了妳！」

黃嬤嬤把帕子塞進袖裡，咬牙道：「二少爺，老奴冤枉，老奴真的什麼都沒做呀。」

她的話音將落，後面就響起一陣陣馬蹄聲。

黃嬤嬤一個激靈，站了起來，結果頭撞到車頂，又一屁股坐回去，喊道：「三姑娘，您可真是烏鴉嘴，後面來人了，怎麼辦？

「二少爺，您不要冤枉好人，那些人跟老奴無關。這條小路，以前老奴走過好幾次，絕對是通往庵堂的，您不信，可以問問附近的人。」她真的慌了，語無倫次。

簡淡明白，即便這條小路沒走錯，黃嬤嬤也沒安好心。

「三姑娘，有七、八個帶刀的蒙面人追來了！」車伕緊張地喊了一聲。

「離咱們還有多遠？」

「馬上就到了，怎麼辦？」

「如果他們是來殺人的，你們就各自逃命吧。」兩個車伕都是老實人，連架都沒打過，她不忍心見他們無辜喪命。

車伕哭道：「那怎麼行，小的不能這麼做。」

追兵到了。「停車！再不停車就殺了你！」

馬車很快停下，外面又有人喊道：「下車！」

簡淡欺到黃嬤嬤身前，將匕首橫在她的脖子上。「說，誰指使妳的？」下手很重，匕首入肉，血瞬間流出來。

黃嬤嬤嚇得魂飛魄散，驚叫。「三姑娘饒命！是梁嬤嬤逼老奴做的，但老奴不知道外面這些人是誰找來，或許是二姑娘。」

她說完，車廂板就濕了，空氣中傳來一股尿騷味。

簡思敏面色如土，喃喃道：「不可能，二姊不可能這麼做。」

簡淡微微一笑，她都死過一回了，還有什麼不可能的？

砰！有人踢了車廂一腳。

「趕緊滾出來，不然老子把外面的人統統殺光！」

簡思敏哆嗦一下。「三姊，怎麼辦？」

簡淡暗道，還能怎麼辦？殺出去吧。心裡這麼想，嘴上卻沒那麼說，逼著黃嬤嬤挪到車門前。

「他們是衝著我來的。你先不要出去，盯著外面，再找機會往林子裡跑，知道嗎？」

簡思敏使勁搖頭，猜出她要幹什麼。「不行，三姊不能出去。」

「聽話！」簡淡威嚴地瞪他。

「我不聽。」簡思敏哭了。

簡淡見狀，對白瓷使眼色，讓她看住簡思敏。

孰料，白瓷也搖頭。「不行！姑娘在這兒等著，奴婢先下去！」

三人正僵持著，不遠處忽然響起說話聲。「欸，光天化日之下，還有人敢打劫不成？」

簡淡心中一喜，莫不是沈餘之的人到了？

外面的人瞬間心慌。「有人來了，怎麼辦？」

為首的人道：「你們過去看看，嚇唬嚇唬，識相的不管他，不識相的便一起殺了！」

話音將落，新來的人又嚷嚷出聲。「哎呀，真是打劫！姑娘別急，小爺來救妳了～～來人啊，都給我上！」

雜亂的腳步聲由遠及近，白瓷聽著，有些疑惑地說：「他們怎麼知道咱們車裡坐的是姑娘？還有，這群人缺心眼嗎，說話怎麼跟唱戲似的？」

簡淡也覺得納悶。照理說，一般老百姓碰到搶劫，會非常緊張，但聽剛剛那幾句話，聲音裡似乎帶著笑意，實在不太對勁。

不過，眼下倒是個好機會，若能混水摸魚逃出去，總比傻傻往外衝強多了。

馬車轔轔的聲音更近了，來人的語氣終於變得正常起來，還多了幾許明顯的慌張。

「咦，好像不對，人多出三個，還拿了長刀，莫不是真的山匪吧?!」

「娘欸，他們提著刀過來了！不是咱們安排的人，快跑！」

就是這個時候！

簡淡肘擊車門，車門大開，她卡著黃嬤嬤的脖子，把人推出去。

喀嚓！一道血光飛起，黃嬤嬤叫都沒來得及叫一聲，便身首異處了。

那人大概沒想到刀會劈中脖子，毫無準備，被溫熱的血濺了一臉，不由閉上眼睛，用手抹了把臉。

簡淡伺機一躍而出，匕首瞄準他的胸部刺去，拔出來，解決了一個。

與此同時，另一個蒙面人揮著長刀殺來，被早有準備的白瓷一棍擋住。

簡淡隨即轉身，又是一刺，電光石火間，第二個也解決了。

白瓷下車，與簡淡一起對付另外兩個人，問道：「誰派你們來的？」

高個子的蒙面人不答，提刀砍向簡淡。

簡淡躲避，後退兩步。白瓷迎上，和他戰在一起。

簡淡見狀，殺向矮個子，矮個子嚇了一跳，尖聲大喊，想搬救兵。

「我打死你！」簡思敏從車廂裡躥出來，撲倒矮個子，壓在身下扭打起來。

矮個子是成年男人，比簡思敏健壯得多，在地上滾兩圈便占了上風，拎起拳頭，朝簡思越的眼窩砸下。

簡淡趕緊上前，趁勢又是一刺，解決了第三個。

簡思敏被鮮血噴了一臉，登時嚇傻，呆呆被死屍壓著，兩眼望天，一動不動躺在地上。

簡淡顧不得管他，趕去策應白瓷。

兩個車伕趕過來，搬開死屍，抱起簡思敏，退到林子裡。
剩下的三個蒙面人回轉，舉刀殺向簡淡。
就在簡淡感嘆天要亡我時，幾匹駿馬疾馳而來。
她正要鬆口氣，卻見那三人不但不逃，反而加快動作。與白瓷對打的蒙面人，招式也更加凌厲。
簡淡知道，對方這是非殺她不可，便大喊。「白瓷快跑！」
白瓷不知簡淡何意，卻也聽話，一招逼退蒙面人，轉身就逃。
四個蒙面人會合，一起追過來。
但人終究跑不過馬，小城帶領四個暗衛先到一步，他們只能迎戰，可武功不濟，不過三、五招，便被打得七零八落，隨後齊齊舉刀，竟同時自刎了。
簡淡吃了一驚，喃喃道：「居然一個活口都沒留下。」
小城也怔住，臉色極為難看，好一會兒才上前。「簡三姑娘，在下來遲，還請恕罪。」
簡淡把匕首往地上一扔，勉強笑了笑。「不遲，來得正好。」指指另外兩輛逃竄的馬車。「有勞護衛把他們抓回來吧。」
小城應是，飛身上馬，帶兩人追上去，餘下兩人檢查七具屍首。

第五十六章

看劫匪都被制住了，簡思敏終於回神，哭著撲進簡淡懷裡，緊緊摟住她的腰。

「三姊，嗚嗚嗚……」

簡淡推了一把，簡思敏卻沒動，只好輕輕抱住他，拍拍他的肩膀。「二弟最勇敢了，剛才要是沒有你，三姊就算不死，也得受傷。等咱們回了京城，你想要什麼，只要三姊買得起，都買給你。」

「我什麼都不要，嗚嗚……我只要三姊。」簡思敏哭得很傷心。

簡淡知道他真的嚇壞了，任由他抱著，讓白瓷把躲到一旁的奴僕和車伕叫來問話。

「有誰去過庵堂？」

一個上了年紀的車伕恭恭敬敬地說：「回三姑娘的話，小的常去。」

簡淡再問：「這條路通往庵堂嗎？」

車伕點點頭。「通的通的，也確實比大路近了不少，只是不太好走。」

簡淡道：「既如此，那再調頭一次，繼續走小路。雨大了，你們且穿蓑衣擋一擋吧。」

兩個車伕趕緊應是，簡淡摟著簡思敏上了車。

不久，小城把人帶回來，稟報道：「三姑娘，在下剛剛問過了，他們是混跡京城市井的幫閑。有人給一千兩，要他們綁走您。」
簡淡冷笑。「請護衛實話實說。」
小城有些意外，猶豫一下，還是吐實。「他們說，要娶三姑娘為妻。」
簡淡明白了，黃嬤嬤等人要唱的是一齣英雄救美、以身相許的大戲，但被那七個黑衣人破壞了。
「這七人身上有線索嗎？」
小城看看檢查屍體的兩名護衛，其中一名護衛道：「沒有任何東西能表明他們的身分，如果所料不差，他們應有把柄落在別人手裡。要殺簡三姑娘的人，來頭不小。」
簡淡沈吟片刻。「如果方便，小女懇請護衛們辛苦一下，送我們去庵堂。」
小城應是，與簡淡等人一同啟程。

走了大約兩盞茶工夫，小城在路邊的林子裡發現被砍死的四名男子，讓剛剛抓來的幫閑瞧了，死者的確是他們的人。
這證明了簡淡的猜想。一場意外，兩個陰謀，不得不佩服自己得罪人的能力。
簡思敏靠在她的肩膀上，小聲地說：「三姊，這件事真是二姊做的嗎？」
簡淡道：「依黃嬤嬤說的話，應該是這樣。」
簡思敏嘆息一聲。「可惜黃嬤嬤已經死了。」

簡淡笑笑。「不要緊，此事牽連甚廣，有梁嬤嬤、大伯母、二姊，總能找到證據。」

簡思敏哆嗦一下。「大伯母？她們也參與了嗎？」

簡淡摟住他的肩膀。「早上大伯母取碧璽串珠，耽誤了小半個時辰；中午因為一碗雞湯，又耽誤許久。從結果看，她們這樣做，應該是為了配合剛剛抓到的那些人。」

白瓷豎起大拇指。「姑娘真聰明。我就說呢，四姑娘何必跟一碗雞湯過不去？」

雨下得很急，不到兩刻鐘便停了。路上沙土多，黏土少，除了顛簸些，倒也不算難走。不到半個時辰，一行人趕到庵堂。

庵堂是簡家家廟，原是簡廉祖母清修的地方，建在一小片矮山上，四周是簡家的良田，大片稻子金燦燦的。風景不算美，但頗為安靜。

庵堂占地不廣，只有三進院落，附帶一座兩進跨院兒。空氣清甜，隱隱夾雜著一縷佛香。

崔氏母女住在跨院兒裡。

小城敲開庵堂大門，說明來意，知客將一行人領進去。

小城表明身分，去安置抓來的人。簡淡姊弟則隨知客去了跨院兒。

白瓷上前敲門，粗使婆子恭恭敬敬地把他們迎進去。

簡淡吩咐白瓷燒些薑湯，帶簡思敏上迴廊，門就開了。

王嬤嬤迎出來，笑咪咪地行禮。「太太想著你們該到了，果然如此。路上遇到雨了吧？」一話是對簡淡說的，但目光卻落在簡思敏身上。

簡思敏低著頭，手牽著簡淡的袖口，一言不發。若是以往，他定會搶著回答。
王嬤嬤仔細打量姊弟倆的臉色，小心翼翼地問：「三姑娘，家裡發生了什麼事嗎？」
這時，剛剛開門的粗使婆子跑進來，道：「王嬤嬤，三姑娘帶了幾個客人，外院有床，但缺被子，得去找住持拿。」
帶男客進庵堂可是不妥，王嬤嬤問簡淡。「三姑娘，老奴僭越，敢問是什麼客人？」
簡淡道：「救命恩人。我們在路上遇到了劫匪。」
西次間發出一道清脆的碰撞聲，簡思敏立刻抬頭看去，簡淡的衣角被他狠狠揪起來。
簡淡拍拍他的胳膊。經歷了死裡逃生，她很明白他現在的心情。
王嬤嬤張大了嘴巴。「這裡有劫匪？」
「對，死了十一個人。」
「敏哥兒！」崔氏聽見他們的對話，從房裡衝出來，邁門檻時險些摔跤，儀態盡失。
她跑到簡思敏跟前，抓住他的雙臂，上上下下打量一遍，追問：「有沒有受傷?!」聲音發抖，眼裡的慌張清清楚楚。
她穿著醬紅色夾衣，額上戴寶藍色抹額，身形清減不少，膚色暗淡、眼袋烏青，看起來確實是生病的樣子。
簡淡冷眼旁觀，感覺崔氏不像是裝的，兩批人馬可能都不會有她的手筆。
除了格外護著簡雅，太過偏心之外，崔氏並不是愚蠢之人。她已經在庵堂待了三個月，不會不清楚，再出岔子，這輩子都別想回簡家了。

「娘，我沒事。」簡思敏怯怯看著崔氏，態度冷淡，滴溜溜的大眼睛直往簡淡身上瞟。

崔氏看得分明，登時火冒三丈，抬手指向簡淡，怒道：「都是妳！要不是妳成天闖禍，豈會招來這些宵小？如果我兒子有個三長兩短，定要妳一命抵一命！」

簡思敏看看西次間，嚷道：「娘，黃嬤嬤臨死前說了，是梁嬤嬤搞鬼，怪三姊幹麼？」

崔氏的臉上一白，顫巍巍地問：「黃嬤嬤死了？」

簡淡涼涼地說：「死了，被一刀剁掉腦袋，屍體還在小樹林裡，已經報官。」

他們來之前，換了外袍，身上乾乾淨淨，無一絲血跡。光用嘴說遭遇劫匪，聽起來並不可怕，可怕的是已經有人死了，而且還是往日熟悉的人。

崔氏聽了，腿立即一軟，王嬤嬤急忙挽住她的胳膊，把人撐起來。「太太莫怕，二少爺這不是沒事嗎。」

崔氏虛弱地扶額。「對，我家敏哥兒沒事……頭好痛，快扶我回房，我要躺一會兒。」

簡淡也不理她，只是笑笑。「王嬤嬤，我住哪裡？」

王嬤嬤一拍腦門。「老奴嚇糊塗了，三姑娘勿怪。三姑娘住西廂，二少爺住東廂，都收拾好了。」

西廂房收拾得很乾淨，擺設簡單古樸，一桌一椅，一花一瓶，都頗有禪意。

簡淡坐下，剛要想想接下來怎麼辦，就聽簡思敏的大嗓門穿過窗紙，清晰地傳進來。

「相信？二姊，妳讓我怎麼相信？妳身體不好，我本來是很心疼的，可妳看看，妳都幹了些什麼？自從三姊回來，妳便沒完沒了地為難她，片刻不得消停。

「我告訴妳，三姊就是比妳強，強百倍、千倍。她一個女孩子家，看見黃嬤嬤死了都沒怕，連著殺掉三個劫匪，不但救了自己，也救了我們！」

「三個?!」崔氏怪叫一聲，像隻被按住喉嚨的老母雞。

簡淡笑笑，先是貪財愛小，這回該是殺人如麻了吧。虧得沈餘之也是個心狠手辣的，不然她這輩子還真嫁不出去了。

她腹誹著出了門，準備去看看沈餘之的幾個護衛的住處，以免被崔氏的人薄待了。

西次間裡，簡雅還在據理力爭。她也瘦了，但中氣足，說話不似以往那般軟綿綿的。大概為了圓謊，偶爾乾咳幾聲，裝裝生病的樣子。

她坐在崔氏身旁，抓著崔氏的袖子，說道：「娘，我沒有。您寧可信下人，也不信女兒嗎？那黃嬤嬤最是貪婪，說不定收了誰的銀子，來誣衊我呢。而且四妹和二表妹吃了那麼大虧，最有嫌疑，說不定是大伯母和大姑母聯手幹的好事。」

這話說得有道理。

崔氏鬆了口氣。「也是，在這個節骨眼上，妳要真做這種蠢事，娘就白疼妳了。」

她說完，捏捏簡思敏略肥的臉。「敏哥兒，你不該這樣對你二姊。你二姊的親事快訂下來了，這麼做一點好處都沒有，定是黃嬤嬤被人收買，故意挑撥你兩個姊姊之間的關係。」

簡思敏狐疑地看看她們。「親事訂下來了？哪一家？」

崔氏表情略帶了些自得，道：「等日後正式訂了再說。你先別問那麼多，去漱洗一下，庵堂的素齋做得不錯，用完飯，再熬些安神的藥喝，好好睡一覺。」

「那兒子出去了。」

崔氏對簡雅使眼色，簡雅便也起身。「你的房間是二姊帶人收拾的，二姊陪你過去。」

目送兩個孩子走遠，崔氏抓住王嬤嬤。「嬤嬤，這陣子小雅一直寄信回京，妳知不知道那些信都是寫給誰的？」

王嬤嬤道：「靜安郡主，偶爾有口信給梁嬤嬤，吩咐針線房做些秋冬裝之類的活兒。」

崔氏皺起眉頭躺下。「幫我揉揉太陽穴，唉……」嘆息一聲。「一聽說出事，我的心便開始突突跳，生怕那孩子做出糊塗事。小淡這丫頭心狠手辣，再加上睿王世子，整個簡家都得對其退避三舍，小雅要是還敢針尖對麥芒，就算我豁出一條命，也未必保得下她啊。」

王嬤嬤搖搖頭，這還真不好說，靜安郡主可不是什麼好姑娘，只要查明是靜安郡主幹的，簡雅就脫不了干係。但嘴上不能那麼說，遂講幾句冠冕堂皇的話寬慰崔氏。

崔氏勉強放下劫匪的事，想起簡雅的處境，又嘆口氣。「如今老大跟老二都不喜歡小雅，這孩子將來可怎麼辦呢？」

王嬤嬤的嘴角抽了下，道：「真親不惱一百天，太太想多了。」

院子裡，簡思敏步伐大，簡雅只好將小碎步邁得飛快，努力跟上他，邊走邊道：「敏哥兒，聽說小淡做的瓷器賣得不錯？」

簡思敏道：「不知道，我天天去學堂，不太清楚。」

簡雅哂笑一聲。「聽說她還買了自鳴鐘給你，你怎麼會不知道呢？」

簡思敏停住腳步，揶揄道：「二姊離家這麼遠，消息卻如此靈通，當真不簡單啊。」

簡雅當即沈下臉。「誰在府裡沒幾個人呢？怎麼，她給你錢花，你就向著她；我窮，你便不愛搭理我了？真看不出來，你還是個小白眼狼呢，這麼多年，我和娘白對你好了。」

簡思敏故意頓了頓。「讓我想想，二姊是怎麼對我好的？嗯……是搶了我最喜歡的匕首，然後用一顆松子糖哄哄我？還是故意跟我說三姊的壞話，讓我幫妳對付她？」

他說的匕首，是西洋的舶來品，不但鋒利，裝飾風格也與大舜迥然不同，柄上有黃金打的菱形花紋，鑲嵌大小不一的紅寶石，極為華麗，是幾年前林家送節禮時特意送給他的禮物，因簡雅喜歡，便纏著崔氏替她要來。簡思敏氣在心裡，卻不好說什麼。

簡雅氣結。「你……」

簡思敏進了東廂，砰的帶上房門。「二姊省省吧，我今年十二歲，不是兩歲。」

簡雅被白英拉了一把，才堪堪躲過拍到鼻尖上的門，眼裡閃過一絲怨毒。

白英溫言勸道：「姑娘，二少爺還小，沒必要置氣，咱們先回去吧。」

簡雅冷笑。「他不是年紀小，是被錢財迷了眼。」

白英尷尬地笑了笑。

小城總共帶來四個人，一名先回京報官並向沈餘之覆命，他跟另外三人護送簡淡姊弟來庵堂。

前院客房收拾得很乾淨，婆子將被子和用具準備齊全，安排得很是妥當。

簡淡安下心，正要回去，就見小城帶人進了院子。

小城抱了抱拳，道：「簡三姑娘，在下聽說英國公世子蕭仕明來過此地兩次。」

「哦？」簡淡有些驚訝。「他怎麼會來這裡？」

「白馬寺附近建了不少庵堂、家廟，也有英國公府的。前些日子，崔二太太和簡二姑娘去過白馬寺，是英國公世子親自護送回來的。」

簡淡笑笑，看來簡雅依舊要嫁給蕭仕明了。如果真是這樣，簡雅還會鋌而走險，這般算計她嗎？難道簡雅是無辜的？

在這個陰謀裡，需要簡雅做的只有一件事，就是把她從家裡弄到庵堂來。

有崔氏幫忙，輕而易舉。崔氏生病，讓女兒來侍疾，要求合情合理，任誰都挑不出錯。

至於王氏，人家就是忘記帶碧璽串珠，簡靜就是想吃雞湯，即便有拖延工夫配合的嫌疑，只要找不到居中聯繫的人，也很難找到證據。

目前唯一的證人是黃嬤嬤，但她已經死了。

簡淡忽然發現，只要梁嬤嬤不承認，便定不了梁嬤嬤的罪，除非沈餘之使用非常手段。沈餘之那麼聰明，得到消息，應該會先把梁嬤嬤控制起來吧？

簡淡安頓好小城等人，回到自己的房間。

簡雅正坐在椅子上等她，一副氣定神閒的樣子，道：「不管誰要殺妳，都跟我無關。」

簡淡在她對面坐下。「這是此地無銀三百兩嗎？」

簡雅輕輕咳嗽兩聲。「談不上，我只想告訴妳，的確是我求娘叫妳來庵堂的。娘生病，難道妳不該盡一分孝心？」

簡淡冷笑。「所以，妳現在怕了？」

簡雅站起身。「隨便妳怎麼想。不管誰來查，我都是這句話。」

等她出去，白瓷關門，問道：「姑娘，這裡是她們的地盤，要不要奴婢親自做晚膳？」

簡淡搖搖頭。「不用，有睿王世子的人在，她們沒這個膽子動手腳。」

白瓷應是，便去廚房取晚膳了。

第五十七章

第二天中午，順天府衙推帶著一干衙役趕到庵堂，在住持安排的禪房裡，細細審問當日在場的所有人，包括簡淡。

當線索集中到黃嬤嬤和梁嬤嬤身上時，衙推遺憾地嘆息一聲。

「梁嬤嬤死了。睿王世子趕到時，她剛嚥氣，吊死在簡二姑娘的房裡。衙役找到一封信，請二姑娘認認，是不是妳的筆跡。」

簡雅接過來，上面寫著——此番安排倉促，請儘量拖延，給黃嬤嬤一百兩銀子，讓她帶他們走小路。

「娘，這不是我寫的！」簡雅怪叫一聲，昏了過去。

衙推粗通醫術，診脈後，斷定此乃急火攻心所致，簡雅是真的暈倒了。

因而，簡淡推斷，這封信也許真不是簡雅寫的。但不是她，誰又能寫出筆跡肖似她的簪花小楷呢？

崔氏冰冷的目光朝她射來。「是不是妳仿寫的？」

「母親居然以為是我寫的？」簡淡笑著指指自己的鼻尖。「難道我能未卜先知，知道有人要在這小路上設計我？母親是不是太高看我了？」

如果上輩子發生此事，或者有這種可能，可惜並未發生過。

徜推尷尬地笑笑，說了句公道話。「簡二太太，本官來此之前，有比對過三姑娘的字跡，和此信完全不同。」

崔氏啞口無言，又羞又臊。

簡思敏不滿地掃崔氏一眼，上前一步，朝徜推拱手。「大人，家姊身體不好，請容晚輩帶家姊回去休養，擇日再問，可否？」

徜推捧著大肚子，笑咪咪地說：「可以，就照簡二公子說的辦。」

簡雅昏睡了小半個時辰，醒來時，見簡淡也在，不由大怒，叫道：「妳給我滾出去！」

簡淡哂笑。「二姊自顧不暇，還對我耀武揚威，有意思嗎？」

簡淡這句話就像一根針，刺破了簡雅用憤怒撐起來的自尊。

簡雅大哭起來。「娘，那封信真不是女兒寫的，女兒什麼都沒做！」

簡思敏道：「熟悉二姊字跡的人只有那麼幾個，會不會是其中的人？」

簡雅聞言，哭聲戛然而止，怔怔坐了一會兒，隨即一掌拍在被褥上，帶起一股煙塵。

簡淡猜，簡雅怕是要懷疑靜安郡主了吧。她把靜安郡主坑得挺慘，以靜安郡主的性格，不可能不報仇。

崔氏白了臉，好一會兒後才道：「罷了，敏哥兒和小淡出去吧，讓小雅好好靜靜。」

姊弟倆剛出西次間，就見簡雲豐和簡雲愷一起進了院子，便趕緊上前，打了招呼。

簡雲豐關切地問：「小淡嚇壞了吧，有沒有受傷？」

簡雲愷也道：「以前三叔還覺得妳去學武純粹瞎胡鬧，今兒方知技不壓身，說不定什麼時候就派上用場了，果然幹得好！」

「多謝父親關心，多謝三叔誇獎。」簡淡讓開路。「一路辛苦了，先進屋喝口茶，歇一歇吧。」

崔氏聽到稟報，也迎了出來，哽咽著喊了聲。「老爺，三叔，你們總算來了。」

簡雲豐看向她，見她氣色雖然不佳，但精神還算可以，登時變了臉色，進屋後第一句便問：「既然還不到臥床的地步，為何非要小淡過來？」

崔氏面色如土，以帕掩面，又哭了起來。

王嬤嬤上前一步，道：「稟報老爺，太太的確病了，若不是三姑娘出事，太太也不會強撐著起身。」

簡雲愷暗暗搖頭。

簡雲豐冷笑。「我雖不精通醫術，卻分得清輕重。多嘴多舌，出去自掌十個耳光！」

「是。」王嬤嬤委屈地瞧崔氏一眼，快步退下。

簡淡站在西廂門前，喜孜孜看著王嬤嬤往自己臉上甩巴掌，心裡暢快極了。

跨院兒不大，只要不壓著嗓子說話，簡淡便可以聽清楚上房的動靜。

「二嫂，二姪女怎麼樣了，身體要不要緊？」

「剛剛才醒，正哭著呢。三叔，那封信真不是小雅寫的，小雅是小淡的孿生姊姊，怎麼可能做出那等喪心病狂的事情來？你得想辦法救救小雅！」

「白紙黑字擺在這裡，她若不認，就得證明自己的清白。有睿王世子坐鎮，妳想老三一個七品小官來救，救得了嗎？」

「二嫂，這件事，我真是幫不上忙。小淡是睿王訂下的準兒媳，睿王父子震怒，我和二哥都使不上力，只能請父親親自去見睿王世子。」

簡淡聞言，心裡頓時像大冬天喝了一碗熱水，無比熨貼。

這個時候，祖父、父親以及三叔，想的是如何保住簡家所剩無幾的名聲，唯有沈餘之，他想的是能否為她主持公道。

昨天夜裡，她把整件事翻來覆去地想過，早把家裡人的反應摸得透透澈澈。死過一次，又在死後見識人心的最黑暗處，她對親情沒有太大期待，也對不公沒有太多反感。

易地而處，她的選擇跟他們一樣。畢竟，祖父不只她一個孫女，還有大孫子、二孫子，以及其他房的孫子、孫女們。

「父親的意思是，二嫂回京，二姪女繼續留在這兒，並換掉她身邊的奴僕。除了家裡人，禁止她跟外面的人往來。」

「那怎麼行？英國公夫人替世子相中小雅，我答應了，而且已經換過庚帖，只等著回京後，英國公府正式提親呢。」

「什麼?!父親替小淡拒絕過一次，他們又把主意打到小雅身上了？」

「啊？」

啪嚓！西次間又傳來東西落地的破碎聲。

英國公與齊王在朝廷中的地位舉足輕重，如果換了庚帖，這件事便不可等閒待之，需要與簡廉商議。

於是，上房的談話聲戛然而止，簡淡做了個怪表情，心道簡雅心高氣傲，連她用過的東西都不想要，如今要撿起她拒絕過的男人，會不會再吐一口血？

難道，前世簡雅就是因此更加恨她，聽說睿王府出事後，才派人殺了她？

簡雲豐與簡雲愷和簡雅說完，又跟簡淡好一通長談，目的只有一個——請簡淡出面，由她說服沈餘之，把梁嬤嬤的案子變成簡家家事，大事化小，小事化無。

簡淡沒一口回絕，也沒有一口答應，只說考慮考慮，過兩日再說。

用過晚膳，她領著白瓷出庵堂，迎著些微的晚風往矮山上走。

一個熟悉的聲音從不遠處傳來。「山上的風景很美嗎？」

沈餘之？

簡淡轉過身，果然在小徑的轉彎處、一大塊山石旁瞧見沈餘之的馬車。

車窗開著，探出窗戶的，正是她剛剛想起的那張俊臉。

「世子，美不美在於心情，我現在心情很好。」簡淡一語雙關，腳步輕快地迎上去。

「些許小事，還讓世子親自跑一趟，怪讓人不好意思的。」

沈餘之被討厭扶下馬車，道：「我說過，沒外人的時候，可以叫我留白。」

簡淡瞄向山門，正要說話，就見門吱呀一聲開了，一位尼姑走出來，便道：「你看，還是有外人的。」

沈餘之笑了。他似乎瘦了些，但精神還算不錯，見到簡淡，桃花眼裡彷彿盛滿了星星，灼灼有光。

「一起上山吧，坐了一整天的馬車，我也想走走了。」

簡淡點點頭。「好，我讓白瓷安排一下，幫世子準備些乾淨素齋。」

兩人肩並肩往山上走，邊走邊聊。

「出事時有沒有害怕？」

「有。」

「那有沒有受傷？」

「世子的護衛們來得及時，沒有受傷。」

「那就好。妳祖父找過我，不想張揚處理此事，妳是怎麼想的？」

「留白，我總歸姓簡。」

「是這個道理，那便按照妳的心意來吧。」
「多謝留白體恤，是我不知好歹了。」
沈餘之抓起她的手，捏了捏。「算妳有自知之明。」
「喂！」簡淡急忙抽手。「這不合規矩。」
沈餘之用寬大袖子遮住交握的手。「規矩是死的，人是活的。我手冷，幫我捂捂。」
簡淡回頭看煩人，沒發現暖手爐，又感覺到手中明顯的涼意，不忍心拒絕了。
此時正是日落時分，紅通通的太陽墜向遠山，大片火燒雲像灶坑裡熊熊燃燒的火焰，暮光遍染層林、稻田、草地。
兩人手牽著手，安安靜靜走在石板鋪就的山路上。
一個頎長挺拔，一個俏麗婀娜，兩道背影被夕陽拖得悠長，有一種說不出的和諧。光是看著，便讓人心生嚮往。
蔣毅遙遙跟在後面，欣慰地看著沈餘之的身影，說道：「滷水點豆腐，一物降一物。簡三姑娘只用區區數月，就做到了王爺十幾年沒做到的事情。」
小城重重點頭。「當真不是一家人，不進一家門啊。」
蔣毅深以為然。一個姑娘家，幾個呼吸間便殺了三個人，這等反應、這般手段，絕非常人所有，連睿王也豎起大拇指誇讚，說此女有他當年的風采。
小城靠過來，手搭在蔣毅肩膀上。「蔣兄，這件事，你怎麼看？」

蔣毅道：「幫閑那夥人，只怕跟簡二姑娘和靜安郡主脫不開干係。至於那些殺手嘛，都是生面孔，雖然難辨，但也不至於找不到。」

小城驚訝地哦了聲。「查不出刺客的身分，還能找到主使？」

蔣毅點頭。「世子極在意簡三姑娘，對某些人早有安排。另外，能得到這樣一批不要命的人，又豈是一般人能做到的？如此一對比，真相便呼之欲出了吧。」

小城先是恍然，隨即又疑惑地問：「沒有證據吧？」

蔣毅反問：「世子報復一個人，需要證據嗎？」

「明白了。」小城拍拍他的肩。「蔣兄是個明白人。」

蔣毅嘿嘿一笑，他也只看明白這一樁，還沒看懂另一樁。

沈餘之為何要殺了梁嬤嬤，又讓人仿寫那封信？直接嚴刑拷打、逼問真相不好嗎？

沈餘之明白，他審不了梁嬤嬤。

梁嬤嬤是簡家家奴，簡廉定會干預此案。那樣的話，他不能不賣他老人家面子。這件事將會以梁嬤嬤頂罪、簡雅接受一些無關痛癢的小懲罰結束，毫無意義。

在沈餘之的世界裡，沒有這麼便宜的事。

他必須逼著簡雅做選擇，她要麼向簡淡低頭認罪，接受簡家最嚴厲的懲罰；要麼進衙門，把此事鬧得人盡皆知，變成這輩子難以洗白的污點。

兩害相權取其輕。簡雅不傻，她只能選擇前者。

大約一更時分，所有人進了前院的客廳。

沈餘之高坐上首主位，簡雲豐坐次主位。簡雲愷和崔氏分坐下首，簡淡、簡思敏則敬陪末座。

屋子裡沒有奴婢，只有簡雅是站著的。她精心打扮過，上身著雪青色妝花褙子，下面配寶藍色百褶裙，素雅端莊。

客廳不大，牆角燃燒著的兩個炭盆驅趕秋夜的寒意。

然而，暖的只有空氣，氣氛仍然冷凝。

沈餘之向來不太在乎別人的感受，細細品著熱茶，晾了簡家一干人許久。

待開口後，他又不急著講正事，先是雲山霧繞地聊幾句莊稼、冀東省的水患、貪官污吏，最後又提起「替罪羊」一案。

他不是話多的人，只開個頭，再巧妙引著簡雲豐兄弟順著他的意思說下去。

在「替罪羊」一案裡，沈餘之厥功至偉，每一個被抄掉的府邸，每一顆掉落的人頭，都彰顯他手段的狠辣。

簡雅尷尬地杵在幾人中間，像個正等待受審的女犯。

在簡雅向崔氏頻頻使眼色，崔氏卻始終不能救她於水火之後，沈餘之終於把話拉回來。

他拿起放在高几上的一張紙，問道：「簡二姑娘，這是妳給梁嬤嬤的親筆信，證據確鑿，妳還有什麼要說的嗎？」

簡雅半低著頭，微微抬起杏眼，偷瞄沈餘之一眼，又怯怯地垂下去。「世子，那封信不是小女所寫，小女是冤枉的，還請世子為小女做主。」

沈餘之問：「妳覺得冤枉妳的是誰？」

簡雅語塞。「小女不知。」她與崔氏商議過，即便懷疑靜安郡主，也不能當沈餘之的面說出口。一來，她們沒有證據；二來，靜安郡主是沈餘之的親堂妹。

沈餘之面無表情地把玩著手裡的小刀。「妳不知誰冤枉妳，本世子卻知道，這封信是妳的筆跡。關於此，妳做何解釋？」

簡雅腦門上見了汗，交握於腰腹前的雙手緊緊交纏一起，指尖被箍得紅通通的。

「小女……小女……」

沈餘之冷哼一聲。「既然妳說不出來，本世子只能認為，這封信的確是妳親手所書。全京城都知道妳與三姑娘不睦，王府和簡家比鄰而居，本世子對妳們的齟齬更是一清二楚，妳還是實話實說得好。」

簡雅脹紅了臉，求救般地看向崔氏和簡雲豐。

簡雲豐對崔氏使眼色，崔氏便開了口，說簡雅已經知錯，每日不是抄寫經書，就是聽住持講佛法，修身修心，絕不會做那等蠢事。

沈餘之聽了，要求庵堂住持出來作證。

崔氏啞然。庵堂尼姑都是真正的出家人，不打誑語。

簡雅求助無門，眼淚大顆大顆從眼角流出來，哭了一會兒，眼角餘光瞥向簡淡，突然撲過去，死死抓住她的胳膊，

「三妹妹，我承認我是不喜歡妳，但我發誓，我絕不會做出那等喪心病狂的事。妳快跟世子說說，那封信真不是我寫的啊。」

「二姊，妳抓疼我了。」簡淡把簡雅的手從胳膊上扯下來。「妳都不知道那封信是誰寫的，我豈不是更不知情？我又能說什麼呢？」

沈餘之抬起頭，看了簡雅一眼，對簡雲豐說：「既然簡二姑娘拒不承認，那還是送官吧，不然對簡三姑娘不公平。不管你覺得如何，本世子定會替簡三姑娘討回公道。」

「這……」簡雲豐與簡雲愷對視一眼，起身拱手。「世子，此乃簡家家事，還是在家解決得好。懇請世子通融一二，若小雅真做錯了，我們這些做長輩的，絕不會私心偏袒。」

「哦？」沈餘之蹺起二郎腿。「家事嗎？這樁案子總共死了十三個人，乃是一等一的大案，說震驚朝堂也不為過，任何一條蛛絲馬跡都不該輕放，簡老爺說是不是？」

震驚朝堂，一方面說明事情大，另一方面，還有讓事情傳出去的意思。

如此一來，即便簡雅不進牢房，也會成為眾矢之的，這輩子休想抬起頭。

「爹，娘，三叔，嗚嗚嗚，那封信真不是我寫的啊。」簡雅哆嗦著，大哭起來。

簡雲愷道：「世子所言極是，但二姪女也說了，信不是她寫的。事關一個姑娘的清白，

此事應謹慎處理，您說呢？」

沈餘之哂笑。「簡大人，板上釘釘的物證你不信，卻要相信一個慣犯的推託之詞？那麼，本世子可以明確告訴你，我不關心簡二姑娘的清白，只關心簡三姑娘受的委屈。」

崔氏道：「世子，她們可是親姊妹，我們自家事自家了，不行嗎？」

「不行，聽聞簡二太太為區區一對寶鈿，帶人搜簡三姑娘的屋子兩次。如此偏心，本世子不能信任你們。」沈餘之站起身。「言盡於此，就這樣吧。」

崔氏臉上血色全無，只要讓沈餘之走出這個門，簡雅的一輩子便全毀了。

簡雅撲通一聲跪下，哭道：「世子，那封信真不是小女寫的，小女可以對天發誓，從來沒寫過。」

沈餘之繞過她，逕自向外走去。

簡雲豐跟簡雲愷面面相覷，趕緊站起身，準備追上他，再求情兩句。

「世子，那封信真不是我寫的！」簡雅絕望地喊。「我只是告訴靜安郡主，三妹妹昨天會來庵堂，其他的什麼都沒做，更沒寫信！我發誓，若寫了那封信，將來死無葬身之地。」

沈餘之眼裡閃過一絲笑意，停下腳步。「妳和簡二太太合夥把簡淡誆來，讓黃嬤嬤領她走上小路，再把簡淡要來的消息透露給靜安郡主，如此喪心病狂，還敢說自己什麼都沒做？本世子請問，妳還想做什麼，親自動手，殺人放火嗎？」

簡雲豐恰好走到簡雅身邊，怒氣攻心，一腳踹去。「丟人現眼的東西！」

簡雲愷以手扶額，用袖子把羞得通紅的臉頰遮起來。崔氏則重重地跌坐在椅子上。

簡思敏呆呆看著簡雅，不知在想些什麼。

沈餘之道：「這件事只怕還有簡大太太的手筆，簡老大人可要好好肅一肅家風了呢。」

說完，他邁過門檻，去了臥房。

簡雲愷嘆息一聲，大步送了出去。

第五十八章

正堂裡，簡雅被踢中小腹，歪倒在青磚地上，疼得直打滾。

簡淡冷眼看著，完全沒有上前攙扶的意思。

簡思敏看看簡淡，又看看暴躁的簡雲豐，猶豫好一會兒，也沒有動。

「心思惡毒，丟人現眼！」簡雲豐搖搖頭，長嘆一聲。「我們簡家人的臉，被妳丟得乾乾淨淨。」

他回到座位坐下，吩咐簡思敏。「你去找住持，讓她派人來，我要行家法。」

「爹……」簡思敏叫了一聲，一副要說情又不敢的樣子。

「還不快去！」

「是。」簡思敏一狠心，小跑著出了門。

簡淡想了想，抓住簡雅的手臂，拉起她，拖到椅子上。

簡雲豐目光閃了閃。「她一心置妳於死地，妳還能顧及她的體面，很不錯。」

簡淡道：「父親，我們長了一模一樣的臉，她丟臉，我的臉面也不好看。」她說的當然不是真心話，但若能讓以後的日子更好過些，她不介意虛情假意。

「妳能這樣想很好。放心，雖然不報官，但父親會替妳討回公道的。」

「老爺，小雅身子弱，還是別打了吧，我們娘兒倆在庵堂再住三個月還不成嗎？」崔氏回過神，走到簡雅身邊，把她緊緊摟在懷裡。

簡雲豐嗤笑一聲。「行啊，不過不是三個月，是一輩子。妳願意嗎？」

崔氏又驚又懼。「老爺是認真的？」

簡雲豐拈鬚冷笑。「若非妳黑白不分，小雅豈會一錯再錯？我為什麼不能認真！」

崔氏淚如雨下。「老爺，您怎麼可以這樣對妾身？」

啪嚓！簡雲豐摔了杯子。「我為什麼不能這樣對妳？難道妳沒發現，四個孩子，已經有三個跟妳離心了嗎？還要執迷不悟到什麼時候？」

「嗚嗚嗚……」崔氏反駁不了，摟著簡雅大哭起來，哭得驚天動地，跟死了爹娘似的。

不久，簡思敏帶著兩個年輕尼姑過來。

兩個尼姑擺好長凳，把簡雅拖過來，按在凳子上，一板一眼打了三十棍。

板子落在簡雅屁股的悶響，聽在簡淡的耳朵裡，格外悅耳。

第二天，所有人一同返京，包括昏迷不醒的簡雅，和心情抑鬱的崔氏。

到家時，天已經黑了。一進門，李誠便請簡雲豐兄弟去外書房見簡廉。

簡淡剛回香草園，就收到了簡廉讓人送來的兩只古董瓷瓶。

這是安撫，也是歉意。簡淡完全接受，讓藍釉回送一套親手做的文具。

簡淡回來得晚，廚房沒有好菜，白瓷便做了幾碗疙瘩湯。這是她的拿手菜，用番茄、雞蛋當湯底，雪白的麵疙瘩大小均勻，僅南珠大小，好看又好吃。

紅釉用完飯，坐在燭火下，幫沈餘之的冬裝縫扣襻兒。

「姑娘，這幾天家裡亂了套，先是世子帶順天府的人來，搜遍竹苑和二姑娘的跨院兒。昨天大太太和四姑娘又出事了，聽說從白馬寺回來時，遭了劫匪。」

劫匪？簡淡喝下最後一口疙瘩湯，擦了擦嘴，覺得這似乎更像是「以其人之道，還治其人之身」。

如果所料不差，應該是沈餘之做的。可惜了，不管簡靜還是簡雅，她都希望親手收拾。她只希望沈餘之幫她收拾靜安郡主，畢竟她的手不夠長，伸不到慶王府去。

最近這段時日裡，亂七八糟的事太多，在前往適春園之前，簡廉宣布簡家閉門謝客，拒絕一切宴飲和人情往來，主子和奴婢們一起夾著尾巴做人。

如今，偌大的簡家，比寺院還要清靜幾分。

從白馬寺回來的第二天，王氏沒來請安。

簡淡得到消息，王氏搬出竹苑，住進花園北面的小院子，再也沒出來過。

簡淡練功時，路過那裡幾次，經常聽見木魚聲，應該是設了佛堂。

簡淡讓紅釉、藍釉打聽王氏遇匪之事，但所有人諱莫如深，閉口不言，極有可能是王氏受辱了，才被簡雲帆軟禁。

沈餘之的報復一如既往的毒辣。

至於崔氏，她一直很忙，不是張羅簡思越訂親，就是無微不至地照顧受傷的簡雅和崔家兄弟。她不再找簡淡麻煩，但對簡思敏冷淡不少。

簡思敏彆扭，乾脆也不搭理崔氏，每日到香草園吃飯，起居全由簡淡關照，小日子過得比在崔氏身邊時還要滋潤。

重陽節無聲無息地隨著深秋的風遠去，泰寧帝從適春園返回宮裡。

九月十五，老家衛州傳來振奮人心的好消息，簡思越在秋試中高中第十名，成為大舜近百年年紀最小的舉人。

簡廉連日陰沈的臉總算放晴了，放下邸報問簡淡。「小丫頭給祖父帶了什麼好吃的？」

簡淡打開食盒，端出一碗奶白色的魚湯，放在書案上。「孫女親手熬的，有些燙嘴，現在喝著正好。」

簡廉向後一靠，哈哈大笑。「好！小丫頭還記得祖父愛吃燙嘴的。」

簡淡吐吐舌頭。「孫女正年輕，總共就這麼幾個親近的人，想記不住也很難呢。」

簡廉道：「妳的意思是，祖父年紀大了，記性不好了嗎？」用羹匙指指書架。「隨便找一本書，若能考倒祖父，祖父賞妳一千兩銀子。」

「啊？」簡淡吃驚地張大嘴巴，架上可是有數百本書。「民間傳言，說祖父過目不忘，原來是真的。」

簡廉喝了口湯，滿意地瞇起眼睛。「記性好是真的，過目不忘誇張了。」

簡淡豎起大拇指。「那更厲害了，孫女自詡記性不錯，可讀過的幾十本書，一半都沒記住呢。」

簡廉拍拍手邊的瓷硯。「尺有所長，寸有所短，小丫頭不要妄自菲薄。這套文具做得有靈氣，祖父很喜歡。」

那是一套雕紋彩瓷文具，樣子與普通文具大致相仿，特別之處在於它們的花紋。瓷器表面遍布雕刻出來的菱形花紋，凸起的紋上用工筆精心繪製各樣小動物，有兔子、青蛙、狐狸、老虎等等，極為逼真，不但好看，還頗有童趣。

簡淡自謙兩句，問道：「祖父，大哥什麼時候回來？」

「還有一個月就是下元節，越哥兒要替祖父祭拜，修完老家的祠堂再回來。」

「哦……」簡淡雙手托著下巴，若有所思。「他一個人在外面這麼久，會不會有危險？」簡雲帆連番受挫，她擔心簡思越的安全。

簡廉笑笑。「看來小丫頭真的受驚了。越哥兒的事，祖父早有安排，倒是妳，又要緊張一下了。」

簡淡坐直身子。「出了什麼事？」

簡廉道：「皇上要見妳。淑妃的懿旨，下午就到。明日一早，祖父帶妳進宮。」

淑妃是慶王母妃，靜安郡主的親祖母。正是因為他們，簡淡在宮裡殺了人。

她不明白，自己不過是個普通女子，泰寧帝那麼忙，見她幹什麼？難道是為了沈餘之？

想到這裡，簡淡暗驚，這樁婚事不曾正式訂下，且祖父還向睿王提出三個苛刻條件，以後能否成親，並不確定。在這種情況下，泰寧帝依然要見她，是不是沈餘之為她興風作浪，惹得泰寧帝不滿了呢？

「祖父，靜安郡主出事了？」

簡廉把剩下的魚湯喝完。「祖父也這麼懷疑過，可是沒有打聽到。」

泰寧帝的心思深不可測，他也猜不透，但與簡淡看法相同，認為泰寧帝不同意沈餘之與簡淡的婚事。

這段時日裡，他和睿王聯手，接連挫敗慶王、衛次輔等朋黨，泰寧帝不可能沒有察覺，這大概也是齊王跟英國公最近得到重用的理由。

齊王有奪嫡之心，但對軍隊的掌控，遠不如睿王和慶王。他主持朝政多年，爭取到他，便能替齊王的未來爭取機會。這是齊王授意英國公，執意與簡家聯姻的重要原因。

簡廉以為，齊王的實力不如睿王，但為人精明、性格溫和，既沒有慶王的尖銳和陰沈，也沒有睿王的衝動和暴躁，做事穩健踏實，向來簡在帝心。

他之所以同意簡雅的婚事，一來安撫齊王，不讓齊王與慶王聯手；二來，既然已經左右逢源，再來一座牆頭也算不得什麼；三來，伴君如伴虎，多留條後路給簡家人，沒有壞處。此番簡淡進宮，肯定有危險，不但來自淑妃，更可能來自泰寧帝。但沈餘之得到消息，定會派人暗中策應，問題不大。

於是，簡廉細細囑咐簡淡一番，足足聊了小半個時辰，才放她回去。

簡淡走出外書房，穿過垂花門時，遇到簡靜了。

簡靜又瘦了，高顴骨、深眼窩，嘴巴有些鼓，黑漆漆的眼珠子一眨不眨地盯著簡淡。

兩人擦肩而過時，她陰森森地丟下一句話。「你們都不得好死！」

若是以往，簡淡或許不會理她，反正她是勝利者，讓簡靜一句也無妨。

不過不湊巧，她今天的心情很不好。

簡淡壓低聲音，道：「人都有一死，或者好死，或者賴死，總歸都是死。但不管怎樣，我還是清清白白、乾乾淨淨的姑娘家。」

簡靜停住腳，怔住了。

簡淡見她久久未動，忽然感覺很沒意思，轉身繼續走。

「我要殺了妳！」簡靜忽然大喝一聲，追了過來。

兩人離不到一丈，簡靜跑得很快，眨眼間就到了。

簡淡反應也不慢，從白瓷身後抽出雙節棍一抖，前棍如毒蛇般轉彎，狠狠抽在簡靜的手臂上。

噹啷啷！一把匕首從簡靜的袖裡掉下來，落在青磚地上，發出幾聲悶響。

兩個看門的粗使婆子嚇一跳，其中一個說：「天啊，四姑娘要殺三姑娘，快去喊人！」

另一個道：「妳傻了不成？誰殺誰還不知道呢。」

白瓷立刻去搶匕首。但簡靜離得近，動作更快，撿起匕首，往簡淡胸口刺。

簡淡大怒，用雙節棍接住匕首，隨即一腳踢去，將簡靜踹得趔趄，雙節棍如暴風驟雨般抽下。

簡靜被打懵了，抱著腦袋尖叫，腳下卻一動不動，連逃跑都不會了。

簡靜的丫鬟齊齊衝上來，護在她前面。

簡淡見好就收，哂笑道：「想殺我？妳還得好好練練。」

簡靜大哭，又往前撲。「賤人，妳害了我娘，害了我，我要殺了妳！」

簡廉聽到動靜趕來，面色鐵青，負手上前。「妳若當真不想活了，老夫可以成全妳。」

簡靜又怒又怕，放聲大喊。「祖父，您偏心！」

簡廉冷道：「害人者，人恆害之。這個道理，妳父親沒教過妳嗎？」又吩咐下人。「把她送到她母親那裡，沒有老夫允准，不許放她出來。」

簡靜大哭著，被拖走了。

晚上，簡淡以為沈餘之會來，特地囑咐白瓷燒了幾道他愛吃的菜。

但她一直等到亥時，沈餘之仍沒有出現。

這一晚，簡淡睡得不太踏實。

第二天，簡淡換上正式的衣裳，出門前又細細檢查該帶的東西，直到簡廉派人來催，才匆匆出門，與他同乘馬車。

祖孫倆聊了一路，在宮門口分開，各乘一輛宮車，一個上御書房，一個去後宮。

淑妃派一個小宮女來接簡淡，小宮女多看了簡淡兩眼，小聲道：「睿王世子讓奴婢告訴簡三姑娘，靜安郡主被他的人扔進糞坑，差點淹死。皇上因此震怒，扣住他了。此行極為凶險，無論姑娘在哪裡，都要記住，能不吃的東西絕對不要吃，能不用的東西，也不要用。」

簡淡蹙起柳眉，眉心擰出兩道深深的溝壑。

凶險，是殺她的意思嗎？泰寧帝此舉是為靜安郡主出氣，還是覺得她是沈餘之的心魔，欲除之而後快？

不管哪種，她都要倒大楣了。

簡淡覺得心臟提到了喉嚨，堵住一口氣，連呼吸都變得困難，按了按太陽穴，心道現在除了自救，別無他法。

想活下去，就必須冷靜行事。

小宮女從懷裡取出一只扁扁的東西塞到簡淡手裡。「世子要姑娘帶上這個，一定會用上的。」湊到簡淡耳邊，稍稍解說一番。

簡淡看著手上的東西，點點頭。

到了後宮，一名女官把簡淡引進長春宮，安排她在偏殿等候，說淑妃還在理事，晚一點才能見她。

偏殿不大，布置考究，窗簾和椅墊的花色淡雅，書架上滿滿擺著古籍，加上彩瓷杯盞，處處彰顯著高貴和大器。

簡淡剛坐下，就有宮女上茶。

「簡三姑娘請喝茶。」

「謝謝。」簡淡接過，微涼指尖捧住熱茶杯，整個人舒服許多。

宮女笑著說：「這是我們娘娘最喜歡的香片，味道香濃，姑娘也嚐嚐，看看合不合口味。若不喜歡，奴婢可以重沏一杯。」

這人太殷勤了。無事獻殷勤，非奸即盜。

簡淡笑笑，換左手端茶。「淑妃娘娘的茶定是好茶，光聞香氣就醉了。」

宮女看看杯子，又看看簡淡的唇。「聞著香，喝起來更香，姑娘嚐嚐？」

簡淡點點頭。「好。」應得乾脆，就是一口不沾。

宮女大概從未見過明知是淑妃賜的茶，卻膽敢不喝的人，直勾勾盯著簡淡，像要在她臉上瞪出一個窟窿來。

「這位姊姊，我臉上有髒東西嗎？」簡淡勾起唇角，笑得有幾分諷意。

「沒有、沒有。」宮女年紀不大，道行不夠，尷尬地轉過頭。

立在牆角的另一個宮女噗哧一聲笑了。

簡淡看過去，那位宮女臉一紅，不好意思地垂下頭。

簡淡見狀，乘機把兩指間夾著的小銀針扔到杯裡。茶湯無色，可以清楚看到銀針迅速染上一層黑灰，竟然真的有毒！

簡淡心臟猛地往下墜。之前只是猜想，害怕有限，如今真的落進龍潭虎穴，方知寒涼透骨的滋味。

簡淡盯著茶水，宮女回頭，見她還是不喝，道：「若姑娘不喜歡，奴婢換一杯吧？」

簡淡搖搖頭。「初次進宮，不敢喝太多水，聞聞味道就……哈啾！」打了個噴嚏，杯裡的茶水濺出來，弄濕了手心。

「有手巾嗎？」簡淡甩甩手，啪嚓一聲，袖裡的小瓷偶掉出來，在地上摔得四分五裂。

宮女眼裡閃過一絲厭棄，吩咐偷笑的宮女收拾地上的碎瓷，轉身出門。

趁兩人不注意，簡淡從容地把銀針捏出來，別在袖子裡。「麻煩姊姊了。」

「這不算什麼，簡三姑娘客氣了。」忙著收拾碎瓷的宮女在她腳邊蹲下，一伸手，手腕上露出幾道又紅又腫的掐痕。

簡淡瞧見了，心裡像是被什麼刺了下，從懷裡掏出兩張銀票塞到宮女懷中。雖是同情，但更想試探一下。

「啊？」宮女的臉紅了。「我不……」

「我只是……」急促的腳步聲到了門口，簡淡嚥下剩餘的話，抬抬下巴，示意她另一個人已經回來了。

宮女哆嗦一下，趕緊把銀票塞進懷裡，撿起剩下的兩片碎瓷，起身出去。

第五十九章

剛剛離開的宮女端著一盤點心走進來，笑咪咪地說：「淑妃娘娘還在和其他娘娘說話，簡三姑娘出來得早，只怕還沒用早膳吧，吃些點心墊墊肚子。」

不喝茶就上點心？簡淡有些頭疼，道：「不瞞姊姊，我怕總去淨房失儀，不太敢喝水，卻沒少吃早膳，這會兒還飽著呢，怕是要辜負妳的美意了。」

她再怎麼說也是首輔的嫡親孫女，不敢駁斥淑妃，但絕不會受一個宮女擺布。

宮女臉上一黑，放盤子的動靜大了些。

簡淡不得不提醒她。「祖父喜歡吃燙嘴的餛飩，早上我陪著他老人家用了一大碗呢。」

宮女僵了下，隨即換上一副笑臉。「首輔大人喜歡餛飩啊，餛飩好，正適合這樣的天氣，熱呼呼的，很暖身子。」

簡淡笑笑，不再說話，閉上眼睛，假裝養神。

當自鳴鐘重重敲響時，方才引簡淡進長春宮的女官又出現了，簡淡隨她進了東暖閣。

比之偏殿，這裡的擺設又高貴許多，一整套的黃花梨家什，多寶槅上擺著造型各異的名貴玉雕，條案上、牆角裡立著好幾只大瓷瓶，不用上手便知無一不是古董瓷器中的精品。靠窗的地方有一排花架，除各樣蘭花外，還有幾盆從西洋帶回來的仙人球。

「簡三姑娘？果然名不虛傳。」這是淑妃見到簡淡說的第一句話。

淑妃年約五十出頭，皮膚很好，巴掌臉，眉眼淡淡，五官並不讓人驚豔，但書卷氣很濃，感覺城府甚深。

「淑妃娘娘謬讚。」簡淡行完禮，跪在錦墊上，挺直背脊。

淑妃莞爾一笑，放下手中的古籍。「哪裡是謬讚呢，相對於簡三姑娘的豐功偉績，本宮只覺得自己詞窮。」

簡淡看著地面，勾起唇角。「小女性格魯莽，確實做了不少蠢事，被祖父禁足多日，如今也算悔改了。」

話中綿裡藏針，目的是告訴淑妃，她以往如何，自有簡廉來管，淑妃不是皇后，管不到她頭上。

「簡三姑娘好口才。」淑妃顯然聽明白了，接過大宮女端來的羹湯，慢慢喝起來。寬大的袍袖微微晃動著，瓷勺輕舀慢放，竟無一絲聲音，如同鬼魅一般。

如果只是罰跪倒也罷了，簡淡承受得起，屏息靜氣等著。

一碗羹湯用了大約一刻鐘，簡淡的兩腿麻掉了，抬眼看淑妃，目光跟她對個正著。

淑妃微微一笑。「本宮真的老了，忘了妳這小丫頭還跪著呢。妳與靜安同齡，身體還未長成，可不能跪太久。來人，扶簡三姑娘起來。」

「多謝淑妃娘娘體恤。」簡淡站起身，故意問道：「靜安郡主還好嗎，自從賽馬會之後，我們再也沒見過面。」

淑妃那自命清高的表情終於有了一絲裂痕，薄唇抿起，兩道法令紋又深又長，讓面目變得有些刻薄。

「託妳的福，她過得很不好。」

簡淡沒料到淑妃會如此直白，不由怔了一下。「小女惶恐，不知娘娘何出此言？」

「沒什麼，不提了。」淑妃自知失態，轉了話頭。「知道妳要來，本宮特地準備了幾樣宮裡獨有的小點心，妳過來坐，嚐一嚐。」

簡淡沒有推辭。「小女謝娘娘的賞。」

她大大方方地坐到淑妃下首，接過宮女端來的小碟子，捏起一塊豌豆糕放進嘴裡。

宮女退回去時，目光直勾勾落在簡淡的點心上，眼睛用力地圓睜一下，表情極其詭異。

其他宮女立在淑妃身後，這名宮女背對她們，這一下，只有簡淡看得分明。

簡淡明白，這是沈餘之的人，正告訴她：點心有毒。

簡淡不知沈餘之如何把人安插到這裡的，但她知道，一個想要皇位的少年，為了救她，竟願意把保他性命的人交出來，說明他珍視她甚於皇位。

雖說她的麻煩因沈餘之而來，但不妨礙她為沈餘之的付出而感動，心底泛起一股甜意，點心的香味沁入呼吸，明知有毒，也不那麼怕了。

簡淡把豌豆糕放進嘴裡，胡亂嚼了兩下。

淑妃道：「光吃點心怎麼行？上茶。」

「謝……咳咳咳……」簡淡忽然劇咳起來，一口豌豆糕全噴了出去，噴得到處都是糕渣，還有幾粒黏在淑妃的絳紫色馬面裙上，像剛拉出來的鳥屎一樣。

如果是平民百姓，這場景不算什麼，可在最講究規矩的深宮裡，便相當慘烈了。

淑妃終於繃不住，臉色徹底黑下來，若非有幾十年修養約束著，只怕當場就要罵人。

「咳咳咳……」簡淡咳得驚天動地，直不起腰，抬不起頭，臉頰脹得通紅。

「給她倒杯茶。」淑妃站起身，一甩袖子，往後殿走去。

兩名宮女急忙跟上去伺候，另有一個宮女端上一杯早已備好的茶給簡淡。

簡淡用眼角餘光偷瞄端點心的宮女，見她緊張地看著茶杯，便知茶也是有問題的。

如果一定要喝，該趁淑妃不在時喝。

簡淡停下咳嗽，端起茶杯喝一大口，然後用袖子掩住口鼻，將水吐進方才藏入袖中的小羊皮水袋。水袋底有棉花，進去的水不會流出來。

一盞茶工夫後，淑妃換好衣裳出來，問道：「點心不合口味嗎？不如再嚐別的？」

「謝謝娘娘，小女飽了。」簡淡婉拒。

淑妃點頭。「也好，那多喝幾口茶吧。」

茶杯被續滿了，簡淡又喝一口茶，再以袖子掩面，轉過頭咳嗽幾聲，把茶水吐掉。她在車上練熟了，動作自然隱密，淑妃和她的人均未察覺。

淑妃見狀，露出幾分笑意。「妳祖母最近身體如何？上次見面，還是過年的時候呢。」

簡淡剛要回話，忽然感覺腦袋一陣眩暈，身體也不由搖晃兩下。

淑妃看得清楚，更開心了。「簡三姑娘身體不舒服嗎？大概是起太早睏了吧。來人，帶她去偏殿休息。」

「不，不必了。」簡淡拒絕，使勁搖了搖頭，暗暗狠掐自己一下，精神為之一振，就見靜安郡主從門口走進來。

原來茶裡放的不是毒藥，而是無色無味的蒙汗藥。簡淡雖然吐了，但仍有些許茶水殘留在嘴裡。她是暈，但不至於倒下。

就在簡淡想著接下來要怎麼辦時，兩個宮女過來，一人扛起她一條胳膊，將她往外面架去。

其中一個宮女，正是偏殿那位收了簡淡銀票的姑娘，她一手摟簡淡的腰、一手抓簡淡的胳膊，摟腰的那隻手狠狠在簡淡的軟肉上一掐。

簡淡痛得一激靈，人又精神了幾分，知道宮女這是知恩圖報，在還銀票的人情呢。

總共沒幾步路，宮女掐了簡淡十幾下，疼得她直想吸氣，有些後悔了，早知道一百兩銀子買來這頓掐，還不如不花。

女官引著宮女把簡淡拖到長春宮後面，扔進宮女們使用的淨房，被按在一只恭桶上。

簡淡明白了，靜安郡主要來個「以其人之道，還治其人之身」了。

果然，沒過多久，外面飄進一股惡臭之氣。

門一開，用棉帕遮住口鼻的靜安郡主進來，笑道：「數月未見，簡三姑娘別來無恙。」

簡淡笑笑。「小女確實別來無恙，可靜安郡主就未必了吧。怎麼樣，大病痊癒了嗎？」微微側頭看向靜安郡主身後的木桶，不消說，裡面裝的定是糞尿穢物。

原來淑妃打的是這個主意，由靜安郡主動手，就算是孩子間的打鬧，即便過分些，也是靜安郡主的錯，一頓申斥便罷了，簡廉總不好較真。

她吃了大虧，卻要顧忌著名聲，只得嚥下這口窩囊氣。

好算計！淑妃果然不簡單。

靜安郡主明白，簡淡已經知道她的糗事，臉上血色飛快消褪，大步朝簡淡衝過來。

「我要殺了她！給我按好了！」

「郡主息怒！」幾個宮女緊著追上來，試圖阻攔靜安郡主。

簡淡只是有些睏倦，力氣還在，身子向後一傾，蜷起雙腿，朝兩個上前的宮女狠狠一踹，立刻起身，掙脫其他宮女的箝制。

牆角有枝刷恭桶的刷子，她一把抓起來，對準已經跑過來的靜安郡主，揶揄道：「需要小女幫郡主刷刷嗎？」

靜安郡主腳下一頓，又後退一步，隨即彎腰大吐特吐起來。

簡淡眨了眨眼，用左手摀住口鼻。若非淨房太臭，幾乎就要開懷大笑了。

她忍住笑意，悶聲道：「若郡主不適，還請早些離開這等污穢之地，小女先告辭了。」

簡淡說完，正要往外走，就聽咚的一聲，放在門口的糞桶突然倒了，潑出一大堆糞水。

幾個宮女猝不及防，繡鞋沾滿黃白之物，尖叫聲此起彼伏。

門走不了，簡淡有些頭疼，這下要如何出去？

她看看後窗，正要打開，就見外頭人影一閃，窗戶開了，沈餘之一手用手帕掩住口鼻、一手朝她勾了勾。

簡淡提起裙子，快步過去了。

片刻後，簡淡麻利地爬窗跳下，拍拍衣裳，道：「世子來晚了。」這話沒經大腦，一出口才知道，她不是沒有怨念的。

沈餘之牽住她，疾走幾步，從角門鑽出去，估計聞不到臭味了，才拿下口鼻上的帕子。

「確實是我的錯，不過妳放心，我會替妳報仇。」

簡淡沒說話，很想告訴沈餘之，她的仇她自己報，但又明白，逞強不了。

這件事已經鬧大了，不是後宅女子打打鬧鬧就可以解決的。如果沈餘之不替她出頭，用不著兩天，她就會被淑妃活活玩死。

「報仇的事好說，世子要先想辦法阻止淑妃宣我進宮。」

沈餘之點點頭。「簡老大人說，從明兒起，妳開始稱病。」

簡淡心想，這倒是個好主意，鬆了口氣，這才發現自己的手還攥在沈餘之掌裡，立刻掙脫開來。

沈餘之有些不高興，正要說話，就見穿著太監服飾的小城匆匆而來，道：「世子，皇上要見簡三姑娘，傳口諭的小太監已經到了長春宮。」

沈餘之想了想，對簡淡說：「且不管這些，妳跟小城從那邊走，直接去御書房。」

簡淡一把抓住他。「那你呢？」

「皇祖父派人監視我，我必須馬上回寢殿。妳不要怕，只要皇祖父肯叫妳去御書房，便絕不會再有生命危險，頂多讓妳跪一會兒。」

簡淡聞言，心裡一定。這倒是真的，泰寧帝自有皇帝威嚴，怎能跟個小姑娘當面計較？

「那你小心點。」簡淡反倒囑咐沈餘之一句。

沈餘之笑起來。「放心，我還沒娶妳呢。」

簡淡有些臉紅，轉頭叫小城。「事不宜遲，我們走吧。」

沈餘之又拉住她。「不急，我備了這個，妳趕緊綁在腿上，多少能緩解一點。」

他手裡拿著一副棉護膝，做工精緻，一看就是給小姑娘用的。

簡淡呆了下，心臟又狂跳起來，想說句謝謝，覺得太輕，囁嚅片刻，接過來，背著一干人等，飛快綁在腿上了。

「我走了。」她撂下一句，兔子似地跑遠了。

沈餘之站在原地，看著她消失在宮牆外，這才轉身，快步回了寢殿。

有蔣毅幫忙引開泰寧帝派來的御前侍衛，沈餘之順利溜進房間。

討厭聽到裡面有了動靜，小跑著入內。「主子，皇上的人還在前面等著呢，您再不回來，就要硬闖了，奴才好不容易才攔住。」

沈餘之道：「我知道了，準備更衣。」

簡淡一到御書房，就被引了進去。

她半垂著頭，乖巧地跟在老太監身後，按照簡廉的囑咐，眼觀鼻、鼻觀心，不亂瞟亂看。

大殿很大，空氣中隱隱飄著龍涎香的味道。

才走幾步，簡淡便聽到一聲輕微的咳嗽，想抬頭看看，又強迫自己把頭低了幾分。

「皇上，簡三姑娘到了。」老太監稟報道。

簡淡沒等到泰寧帝的回答，只等來腳下的錦墊，果然如沈餘之所言，要多跪一會兒了。

這一跪，就是半個多時辰。

簡淡腿上有護膝，再加上她忍耐功夫了得，竟然一次都不曾動過。

「簡淡？」

簡淡忽然聽到有人喊她一聲，聲音不大，但威嚴有加，忙道：「小女在。」

「妳好大的膽子。」泰寧帝說道。

「小女惶恐。」

「惶恐嗎？」

「是，小女非常惶恐。」為了證實自己害怕，簡淡還特地抖了一下。

泰寧帝冷哼。「可曾讀過書？」

「小女才疏學淺，讀得不多。」

「聘者為妻，奔者為妾，當作何解？」

簡淡遲疑片刻，道：「回皇上的話，這句話的本意是告誡女子，不得私訂終身，婚姻大事，當由父母做主。」

「如果朕不答應妳與睿王世子的婚事，妳當如何？」

「回皇上的話，小女的婚事由祖父做主，小女不敢多言。」

「如果朕替妳指婚又如何？」

「回皇上的話，皇上乃萬民君父，小女不敢不從。」

「呵……」泰寧帝輕笑一聲。「妳很像妳祖父，狡猾得很呢。」

簡淡不知如何回答，只好保持沈默。

泰寧帝又道：「可聽見了？你非人家姑娘不娶，人家姑娘卻未必非你不嫁，你輸了。臉疼嗎？心疼嗎？」

沈餘之鐵青著臉從屏風後面走出來，目光鎖住簡淡，一言不發。
簡淡身子一抖，抬起頭，飛快瞄了一眼，被沈餘之眼裡的陰霾嚇一跳，又趕緊低下頭。她不過按照規矩敷衍泰寧帝，卻被泰寧帝用來為難沈餘之。
不得不說，這種為難還是有效的。即便一般人，也會因此心生不快，沈餘之性子偏執，說不定真的生氣了。
可真生氣又怎樣？他要當真不懂權宜之計的意思，那這樣的人不嫁也罷。她寧可不嫁，也不要活在一個說句錯話都要讓自己膽戰心驚的人身邊。
「妳還有什麼話說？」沈餘之冷冷地問。
簡淡苦笑，她能說什麼？如果說剛才的話都是違心之論，那就是欺君。此時此刻，她寧可辜負沈餘之，也不能欺君吧。
長春宮偏殿的毒茶和毒點心，還不夠駭人嗎？
倘若泰寧帝不答應這門婚事，及早打消沈餘之的執念，沒什麼不好。沈餘之為此要殺要剮，也是她的命，最起碼不會禍及她的親人。
「小女所言，句句出自真心，還望世子見諒。」
啪！一只小瓷偶在簡淡身前摔得粉碎，濺起來的瓷渣飛到簡淡手上，割開一道小傷口，滲出一滴鮮紅的血。
「皇祖父，孫兒告退。」沈餘之一甩袖子，大步走出御書房。

簡淡心裡一疼，目光直勾勾落在手上，腦子一空。

泰寧帝拿起一本奏章，說道：「妳抬起頭。」

簡淡依言抬頭，泰寧帝打量她片刻，搖搖頭，對一旁的老太監說：「老十三越來越牛心左性了。」

這句話聽起來讓人摸不著頭腦，但簡淡心裡清楚，泰寧帝的意思是，她長得一般，品行不忠厚，配不上沈餘之。

明明配不上，卻偏偏喜歡，就是牛心左性。

一會兒後，簡廉親自接簡淡出宮，上了馬車。

簡淡將御賜的木匣子摔在小几上，匣裡的花瓶撞在匣壁，發出一聲重重的悶響。

簡廉什麼都沒說，心疼地看著她，大手覆上她的頭頂，來回揉了揉。

他不問，簡淡也不多言，腦袋一歪，靠在他的肩膀上，聽著他平靜的呼吸聲，慢慢閉上了眼睛。

第六十章

回府後，祖孫倆先去松香院。除大房的人外，其他女眷都在，包括崔氏。

兩人一進門，馬氏便迫不及待地開口。「怎麼樣，是不是很順利？」簡淡第一次進宮，又不曾學過宮廷禮儀，馬氏怕她犯下大錯，給家裡帶來隱患。

簡淡行了禮，按照簡廉的指示，在他身邊的太師椅上坐下。

「多謝祖母掛念，一切順利。皇上知道孫女喜歡瓷器，還賞了一只官窯花瓶。」

泰寧帝金口玉言，離開前說賞簡淡梅瓶，給的卻是花瓶。

簡廉說，泰寧帝想表達的是「名不副實」，旨在提醒簡淡，她不是他滿意的孫媳。

簡淡讓白瓷把匣子搬過來打開，抱出一只白瓷花瓶，瓷質細膩、色澤溫潤，如同上好的玉器。

這是好東西，但簡淡實在無法喜歡，如果能送人，只怕當場就給了兩眼發光的小馬氏。

眾人體會不了她的心情，七嘴八舌問她進宮時的所見所聞。在座的女眷中，除了馬氏，其他人都沒進過宮。

於是，簡淡不得不勉強編幾句溢美之詞來形容長春宮的典雅、淑妃的賢淑，以及泰寧帝的威嚴。

明明是幾句謊話的事，她卻覺得心力交瘁。
簡廉見她臉色不佳，以有事要問為由，帶她去了內書房。
祖孫倆進房坐下，簡廉喚李誠上茶，讓簡淡喝完兩杯，才道：「跟祖父說說，到底發生了什麼事？」
簡淡取下別在袖子裡的針，放在簡廉面前。「這是在偏殿時丟進茶裡的。」
簡廉拿過去看，臉色一變。「還有呢？」
簡淡便如竹筒倒豆子般，把接下來的事情細細講了一遍。
「皇家的孩子是孩子，犯錯無所謂，我簡廉不能計較，也不敢計較。可我簡家的孩子就不是孩子，想怎麼折騰就怎麼折騰了？呵呵……」簡廉冷笑幾聲，大掌在椅子扶手上一下一下地拍著。
不知過了多久，他起身打開書房的門，在門口吹了一會兒沁涼的風，回轉後道：「妳做得很好，祖父無可指摘，很慶幸當時沒攔著妳習武，不然，即便沒有毒藥，那些屎尿也會要妳半條命。」
「祖父，孫女在祖母那裡時，還有些後怕，跟您說完，倒是好多了。看來，孫女的運氣還不錯，大風大浪雖多，但都能順利挺過去。」
簡淡傾訴一番，心情好多了，反過來安慰簡廉，拿起茶壺，替他續上熱茶。

「孫女聽舅公說過，錢能解決的，都不是問題，這句話在您這兒可以換一換，智謀能解決的都不是問題，您說是不是？」

簡廉被她逗笑了。「妳對祖父還挺有信心。」

簡淡放下茶壺。「當然！孫女雖然見識不多，但知道一件事，敢指著一屋子的書讓孫女隨便考的祖父，整個大舜朝可沒有幾個。」

簡廉點點她。「拍馬屁。」

簡淡俏皮道：「您愛聽就行。」

「真是傻丫頭。」簡廉在抽屜裡找出一只木匣，打開蓋子，抽出兩張銀票。「既然錢能解決的都不是問題，那祖父多給些，讓小淡買個開心。」

「好。」簡淡雙手接過，一看竟是各五百兩的。「祖父，一千兩是不是有點多？」

簡廉擺擺手。「妳該得的。晚些，祖父會讓黃老大夫過去一趟，妳從明天開始稱病，不用去松香院了。

「至於睿王世子，且隨他去。那孩子雖然聰慧，但性格陰晴不定，若當真就此了結婚約，也算幸事一樁，妳懂嗎？」

簡淡感覺心裡一空，但還是勉強自己笑著回應。「孫女都聽祖父的。」

「好孩子。」簡廉抹了把臉。「祖父倒希望妳能任性些，才像個孩子。」

簡淡道：「該任性的時候，孫女不會客氣的。祖父不用擔心孫女，您是家裡的頂梁柱，定要萬事小心。」

簡廉欣慰地笑起來。「小丫頭放心，皇上這般對妳，其實也有不想為難祖父的意思。回去吧，好好睡一覺。」

從內書房出來，簡淡心裡平靜不少。

只要簡廉不倒，簡家就不會倒；只要簡家不倒，她便沒有什麼需要擔心的。

至於沈餘之，不就是個男人嗎？三條腿的蝦蟆不好找，兩條腿的男人可太多了。

簡淡回香草園時，藍釉和紅釉已經放好洗澡水。

她洗去一身晦氣，換上常服，正要琢磨琢磨午膳吃什麼時，簡雲豐來了。

簡雲豐知道簡淡此行凶險，為安撫簡淡，特地去城裡買了她最愛吃的叫化子雞，還有一匣子果脯、兩包美味齋點心，讓丫鬟們擺好。

「小淡，這雞很不錯，因為有泥殼包著，肉還有點燙手呢，妳快嚐嚐。」

「好，謝謝父親，您也吃。」簡淡撕下一條雞腿。「兩個人一起吃才香，您勉為其難陪我吧。」

簡雲豐吞了口口水應好，父女倆一邊吃雞、一邊聽簡淡說進宮的事。

剛開個頭，簡雲豐的雞腿就被嚇掉，胡亂擦了擦手，匆匆交代一句，便去前院找簡廉。

片刻後，黃老大夫過來，說簡淡感染風寒，宜靜養，簡淡便開始稱病了。

另一邊，因為梁嬤嬤橫死，簡雅搬到梅苑的東廂房住。雖說位置不好，但好歹近日內沒死過人。

養了十幾天，她的病好了，但屁股的傷還沒好全，每天趴在床上，身子僵硬，難受得心浮氣躁。

「進個宮回來就病了？她身體不是很好嗎？」簡雅不能理解。「不是說我爹剛給她買了叫化子雞？」

負責打探的小丫鬟嚥了口口水。「是。二老爺帶了好幾樣吃食，不只叫化子雞呢。」

「好幾樣？」簡雅的臉色很難看，獰笑著。「看來某人要稱病呢，我偏不讓她如願。」

白英蹙起眉頭。「姑娘，還是算了吧。英國公府馬上就要送納采禮，在這個節骨眼上，還是謹慎些好。」

「妳是在教訓我？」簡雅抓起手邊的剪刀扔出去。

「奴婢不敢。」白英不敢躲，閉上眼。幸好運氣不壞，刀柄砸在小腹上，只疼了一下。

簡雅趴回去。「為什麼算了？我告訴妳，有我沒她，有她沒我！」雖然嘴硬，但語氣弱下不少。

白芨見狀，壯起膽子道：「姑娘別急，三姑娘稱病，肯定有原因。咱們先打聽清楚，到時候見機行事。」

三天後，淑妃又派人來，說她對製瓷感興趣，想找簡淡好好聊聊。

馬氏被簡廉囑咐過，親自出面，戰戰兢兢地告罪，替簡淡推掉了。

女官無功而返，被小馬氏送出去。

剛出松香院，兩人就見一個姑娘從松香院旁邊的夾道走過，看身形，正是簡雅。

女官停下腳步，盯著背影看了一會兒，問道：「簡三姑娘真的病了嗎？」

小馬氏有些尷尬，硬著頭皮說：「那是二姪女，不是三姪女。她們姊妹生得一模一樣，即便家裡人也常常認錯。」

「是嗎？」女官滿臉狐疑。「簡二姑娘不是一直病著嗎？」

小馬氏有些慌張地擺擺手。「沒有，她已經大好了。」

女官畢竟只是女官，不敢在首輔府放肆，帶著一肚子疑惑回宮。

女官進殿時，淑妃正拿著一塊濕布擦拭蘭花的葉子，一片一片，動作輕柔優雅。

「她怎麼說？」

女官道：「回稟娘娘，簡老夫人說簡三姑娘得了重風寒，不能入宮，懇請娘娘體恤。」

「哦？」淑妃手上一用力，葉子變形了，從宮女手裡取過剪刀，把葉子剪下來。「好巧，剛從宮裡回去就病了，這豈不是本宮的罪過？派個御醫去看看吧，妳親自陪著。」

「是。」女官轉身出了殿門。

小馬氏送走女官，回院子坐了片刻，問身邊的丫鬟。「妳們覺得剛才見到的人是二姑娘，還是三姑娘？」

丫鬟道：「奴婢看不出來。不過奴婢聽說，二姑娘已經可以勉強下地了。」

簡雲澤也在家，便問：「她們姊妹不都病著嗎？」

小馬氏聽了，便眉飛色舞地把經過講了一遍。

簡雲澤皺眉。「既然打發走了便罷，妳想那麼多幹什麼？」

小馬氏反駁他。「老爺，這可不是妾身想多了，那女官回去定會如實稟報，淑妃不懷疑才怪呢。」

簡雲澤想了想，搖搖頭。「淑妃豈會跟一個孩子計較，不要瞎琢磨了。晚上我跟崔家兄弟喝兩杯，妳去廚房看看，多準備幾道好菜。」

小馬氏應下，去廚房安排，又特地燉碗補湯給簡雲澤。

閒下來後，她心裡又開始蠢蠢欲動，還是去松香院，告了簡淡一狀。

「姑母，咱們提心弔膽地替她圓謊，她卻大搖大擺出門，實在太不像話！」

馬氏嚇一跳。「這是撞上了？」

小馬氏摀著胸口，眼睛瞪得老大。「可不是，嚇死我了。」

馬氏怒道：「她要找死，也不能拉著咱們一人家子。走，妳跟我去香草園。」

「是。」小馬氏起身應了。

姑姪兩人氣勢洶洶殺到香草園，藍釉、紅釉把她們請進堂屋，端上最好的茶。

「三姑娘呢，真病了不成？」馬氏氣不過，語氣很不善。

藍釉道：「老夫人，三姑娘的確病了。」

小馬氏不耐煩，陰陽怪氣地說：「行啦，糊弄糊弄外人也罷了，這會兒還裝什麼糊塗，趕緊讓三姪女出來。」

她話音將落，就見門房的婆子急匆匆趕來稟報：「老夫人，淑妃娘娘派御醫來了。」

「天啊天啊，這可如何是好？」馬氏坐不住，起身要往外走。

小馬氏攔住她。「姑母不用急，來人是御醫，自有二伯迎著。」

報信的婆子也道：「四太太說得是，三老爺已經迎著人，正往這邊走呢。」

馬氏嚇得魂不附體。「這可怎麼辦？三丫頭，妳聾了嗎？還不趕緊出來！」

小馬氏動作更快，一掀門簾，怒氣沖沖闖進房。

簡雲豐就在房裡，見到她，淡淡道：「四弟妹，小淡病了，剛剛睡著。」

緊跟著小馬氏進來的馬氏嚇一跳。「老二，你怎麼在這兒？」

「母親，小淡已經病了兩天，現在高燒不退。」

「啊？」姑姪倆異口同聲。「真的？」

簡雲豐的臉色難看了兩分。「四弟妹尚未探望過小淡，憑什麼認為小淡說謊呢？」

兩人有些心虛。儘管覺得簡淡生病是假，但作戲做全套，應該先派個人來問問的。

小馬氏辯解。「剛才送淑妃的女官出府時，我在松香院旁的夾道看見三姪女，現在御醫過來，只怕也是因此而起，怎麼不是假的了？」

簡雲豐氣得握起拳頭，額角青筋暴凸。「竟然還有這種事？罷了，假與不假，等御醫看過再說。」

馬氏跟小馬氏還是不信，正要上前一探究竟，便聽見外面傳來腳步聲，簡雲愷陪著御醫進院子了。

有男人們在，女人們無須出面，兩人由紅釉陪著，進了西次間。

簡雲豐迎出去，客套兩句，把御醫請進來。

房裡燒了炕，有些乾熱，簡淡昏昏沈沈睡在炕上，氣色暗沈、唇色發白，一看就是真的病倒。

前段時日，她又是受驚、又是睡不好，身體已經有些虛，加上前天夜裡踢被，凍了小半宿，便染上風寒。

真假風寒，御醫還是分得清楚，開了方子，又囑咐幾句，由簡雲愷親自送出去。

馬氏帶小馬氏走出西次間，有些訕訕，想瞧瞧簡淡，卻被簡雲豐攔住。

「小淡得了風寒，母親還是別進去得好。」

「風寒？」馬氏用手帕摀住鼻子。「那要不要緊？」

簡雲豐蹙起眉頭。「兩天了，始終高燒不退。」

高燒不退，就是重風寒。馬氏和小馬氏更尷尬了。

馬氏硬著頭皮開口。「這孩子，病了也不派人說一聲。風寒可不是小病，馬虎不得。」

小馬氏贊成地點點頭。「二伯，御醫怎麼說？」

簡雲豐道：「御醫說小淡氣結於心，濕寒入體，要多養一陣子才會好轉。」言下之意，暫時沒有危險。

馬氏聞言，長長出口氣，又叮嚀兩句，帶小馬氏離開了。

路上，小馬氏覺得自己被簡雅當了槍使，心裡極不痛快。

「姑母，您說二丫頭是不是故意的？」

馬氏同樣滿腹牢騷。「都說雙胞胎姊妹大多感情極好，怎麼咱們家這兩個一生下來就結上死仇呢？這可不是小事，一旦處置不好，整個簡家都會被二丫頭拖累。」

「就是，淑妃背後連著慶王呢，誰知道將來……」小馬氏說一半、留一半。

馬氏懂她的意思，擔心的也是這一點。

晚上簡廉回來，馬氏便加油添醋，把事情的前因後果講了一遍。

簡廉面無表情，但心中早已怒火滔天。他自問不是易怒之人，沒奈何總有人觸他的底線。

「老爺，二丫頭這等脾性，嫁進英國公府，未必是件好事啊。」馬氏等了半天，沒得到簡廉的回應，又往深裡說了一句。

「這件事，我會酌情考慮。」簡廉端起茶，喝了一口。「三丫頭怎樣，好些了嗎？」

馬氏道：「御醫說，得好生休養一段時日，性命無礙。」

簡廉淡淡看她一眼。「妳親自瞧過孩子了？」

馬氏縮縮脖子，低下頭。

簡廉冷笑一聲，起身往外走。

馬氏嚇一跳，忙道：「老爺，您要去哪裡？晚膳已經備好了。」

簡廉頭也不回地說：「香草園。」

馬氏小跑兩步追上去。「老爺，三丫頭得的可是風寒。」

簡雲愷正好推門進來。「娘，父親身體強健，看一看不要緊。父親，兒子陪您過去。」

簡廉點頭，馬氏擔心地看父子倆一眼，不敢再說什麼。

父子倆一同出了松香院。

「你跟來，是為了簡雅的事？」簡廉問道。

「是，父親目光如炬。」簡雲愷道：「兒子查過，那丫頭是特地挑在合適的時辰、合適的地點出來。恕兒子直言，這樣的姑娘不適合嫁到英國公府，定會壞事。」

「我知道了。」簡廉道。

到了香草園，簡雲豐和簡思敏都在，爺兒倆死死攔住非要進房間的簡廉。

「祖父，三姊喝完粥，吃了藥，剛睡著。」

「父親，我知道您疼小淡，可她睡著呢，現在進去，只會吵到她。」

簡雲愷聽了，也附和簡雲豐。「父親，既是如此，您問問情況便罷。」

簡廉點頭，看看八仙桌，見兩碗米飯用不到三分之一，問道：「還有飯嗎？」

「有有有。」

簡雲豐張羅著，添兩副碗筷，大家坐下來一起吃。

簡淡頭疼，並沒有睡著，之所以裝睡，是不想讓父親和弟弟留在房裡陪她。染上風寒，可能會死人的。

她叫來陪在旁邊的藍釉，輕聲道：「我這裡不用伺候，妳去聽聽祖父怎麼說。」

「是。」藍釉明白簡淡的意思，悄悄出去了。

簡淡假生病的事，簡家人都曉得；真生病的事，只有香草園的人知道。若非簡雲豐突然來看她，也一直被蒙在鼓裡。

簡淡這樣做的目的之一，就是讓簡雅自以為得逞，做出這般蠢事。

目前看來，此計奏效了。

第六十一章

睿王府裡，沈餘之也得了跟簡淡一樣的風寒，但病勢更重些，除發燒之外，一咳起來便停不住，晚上連覺都睡不好。

他躺在躺椅上，腿上蓋著被子，腳邊燃著兩個火紅炭盆，炭盆上放了銅盆，盆裡的水翻滾著。

「她怎麼樣了？」沈餘之問道。

蔣毅看看睿王，見後者眼睛瞪得老大，謹慎地說：「剛剛看過御醫，沒有大礙，比世子的情況好，能吃能睡。」

「簡老大人怎麼說？」沈餘之再問。

「屬下回來時，簡老大人剛到香草園，沒聽到他說什麼。」

「你……咳咳咳……」沈餘之咳嗽起來。

睿王見狀，揮手讓蔣毅退下。「既然決定不要了，就徹底放下，老子給你找個更好的。當斷不斷、瞻前顧後，那是女人行徑。」

沈餘之涼涼瞥他一眼，咳得更厲害了。

睿王心氣不順，斥道：「你這臭小子，要也是你，不要也是你。你得的是風寒，不是腦子壞了。」

「咳咳咳……」

睿王見沈餘之咳得面如金紙，趕緊投降。「行了、行了，老子怕你了，隨便你總行吧。」

沈餘之咳了許久才停下來，啞聲道：「簡老大人答應簡雅與英國公府的婚事，是不想被齊王叔盯上，也未必沒有騎牆的意思。但簡雅自私任性，不是聯姻的好人選。」

睿王撓撓頭。「原來你是這個意思，有道理，那要不要老子派……」

「不必。簡老大人不喜歡別人干涉他的家事。若他執意如此，我派人殺了簡雅便是。」

睿王嚇一跳。「你這孩子，那丫頭雖然不好，但也不至於死吧。」

沈餘之的唇角勾起極清淺的弧度，似是譏諷，又極冷酷。

「父王，有些女人是不值得憐惜的。簡淡回來這幾個月，簡雅的手段一次比一次激烈，這次得了手，下次定會變本加厲。」

睿王頷首。「這麼說來，還真不能讓她做世子夫人，不然不知多少人會因她遭殃。既如此，這件事由父王來辦，你安心養病。」不想讓兒子殺人。

「可以。」沈餘之知道睿王在擔心什麼。

「那……父王退了跟簡家的口頭婚事？」睿王試探著再次提起。

沈餘之轉過頭，避開睿王的目光，算是答應了。

睿王心裡一鬆。「好，父王順便把信物討回來。」

「不用。」沈餘之說道：「我……兒子的意思是，簡淡還病著，等她好了再說。」

睿王聽了，暗暗嘆氣，但還是應下了。

另一邊，簡廉在香草園用完飯，臨走前堅持去看簡淡，見她果然睡得很沈，才帶著簡雲豐夫婦跟簡雲愷進了內書房。

「事情已經查清楚了，小雅去過松香院，故意讓女官誤以為小淡裝病。老二，崔氏，你們可知情？」

簡雲豐回答。「兒子猜到了。」

崔氏的臉色難看至極，站起身。「爹，兒媳斗膽反駁一句，沒人告訴小雅不許出門，也沒人說不許她去松香院，您就這麼給孩子定罪，是不是太武斷了？」

這話一出，內書房的氣氛更加冷凝了。

簡雲愷猶豫片刻，還是開了口。「二嫂……」

簡廉抬手攔住他的話。「崔氏，事實究竟如何，老夫已有定論。老夫不認為妳有資格在老夫面前替簡雅辯駁，這孩子走到今天這步，妳功不可沒。」

「兒媳做錯了什麼？」崔氏又驚又怒，聲音尖利刺耳。

簡雲豐也生氣了。「既然妳不明白，那我問妳，小雅為何如此恨小淡，難道她一生下來就知道小淡命硬剋親，搶奪她的健康嗎？」

崔氏辯解。「老爺莫含血噴人，妾身從不曾與小雅說過此事。」

簡雲豐哂笑。「妳可能沒跟小雅說過，但梁嬤嬤呢，黃嬤嬤呢，那些丫鬟們呢？妳是當家主母，連幾個下人都約束不好嗎？」

「我……」崔氏還想反駁，卻發現自己辯無可辯。簡雲豐說的是事實，她一直知道下人們在說什麼，卻從未管束。

簡雲豐再道：「妳是四個孩子的母親，不僅僅是小雅的，對待他們時，可曾想過公平兩字？這麼多年，妳對小淡裝聾作啞，心思全放在小雅身上，捧在手上怕摔了，含在口裡怕化了，把她養得驕縱自私，還敢說不是妳的錯？」

「那老爺做了什麼？這麼多年來，您提醒過妾身嗎？您還不是一樣！」崔氏急赤白臉地大喊起來。

她很清楚，今天之事不是小事，簡雅那樣做，說明她心裡沒有簡家，這是大忌，一旦定了罪，她這輩子就徹底完了。

簡雲豐冷道：「我早說過，男孩子們由我管，讓妳教養女孩子。再說了，我真沒提醒過妳嗎？更早之前的事情不提，就說去庵堂這次，我有沒有說過妳，可妳是怎麼做的？」

崔氏頹然跌坐回去。

她在庵堂都做了什麼？一邊告訴簡雅不要那麼自私，卻一邊陪著簡雅大罵簡淡無情無義、鐵石心腸。日子久了，該說的說盡，該罵的罵完，除早晚課之外，娘兒倆彈琴作畫，偶爾去白馬寺幾趟，三個月就結束了。

她什麼都沒能改變，簡雅竟然還聯絡靜安郡主一起害簡淡。如今幾十板子打下去，簡雅反倒更恨簡淡了。

「爹，您要如何處置小雅？」崔氏哭了起來。

簡雲豐站起身，一掀衣襬，跪在簡廉跟前。「父親，以前兒子偏聽偏信，縱容她們母女，導致小雅釀成大錯。您若要罰，不要罰小雅一人，兒子願意接受您的任何懲罰。」

崔氏止住哭，意外地看簡雲豐一眼，急切地起身，跪在他身旁。「千錯萬錯都是兒媳的錯，請爹一併責罰。」

簡雲愷低著頭，撥了撥腰間的玉珮。

在大家族裡，像簡雅這般喪心病狂的孩子，大多死罪可免，活罪難逃，最常見的是關到莊子裡，任其自生自滅。更狠的，便杖殺了事。

他不同意讓簡雅死，卻也不想輕輕放下此事，所以沒有開口求情。

簡廉長嘆一聲。

崔氏磕了個響頭。「爹，兒媳求求您了，您責罰兒媳吧，小雅身子骨兒不好，兒媳願替她受過。」

簡廉沈默著，閉上眼睛，拳頭輕輕敲擊椅子扶手，一下又一下……他想得越久，表示懲罰會越嚴厲。

簡雲豐也磕頭，但什麼都沒說。

不知過了多久，簡廉睜開眼，道：「來人！」

李誠推門而入。「請老太爺吩咐。」

簡廉道：「你選兩個可靠的婆子去梅苑，把二姑娘和她的兩個貼身丫鬟帶過來。」

「是。」李誠轉身去了。

崔氏有些發懵。「爹，您叫小雅做什麼？」

簡廉沒理她，對簡雲豐說：「起來吧。」這是命令，不是商量。

簡雲豐照做，拉起崔氏，重新落坐，等簡雅過來。

簡雅來得不快，形容還有些狼狽，顯然李誠帶去的兩個婆子用了些手段，才把人帶來。

「祖父，都這個時辰了，您叫孫女有何事？」簡雅不但理直氣壯，還怨氣十足。

白英與白芨哆哆嗦嗦地站在一旁。

簡廉看簡雲愷一眼，簡雲愷心領神會，坐直身子，問道：「妳們兩個說說，女官離開松香院時，二姑娘身在何處？」拿出以前審案的架勢，氣勢懾人。

兩個丫鬟俱是一抖，對視一眼，白英結結巴巴開了口。「回三老爺的話，事情是這樣的，我們姑娘在屋裡悶久了，想出去走走，原本打算去松香院看望老夫人，但走到門口時，瞧見四太太送客，就迴避了。」

無懈可擊的理由。簡雲愷笑了，吩咐李誠。「把她們的爹娘叫來，用大板子伺候著，她們什麼時候說實話，就什麼時候停手。」

簡雅慌了，怒道：「三叔這是何意？我不曾被祖父禁足，出來走走怎麼了？」

簡雲愷不理她，揮揮手，李誠便出了門。

白英見狀，撲通一聲跪下。「三老爺不必找奴婢的爹娘，不管您問什麼，奴婢都說。」

白芨呆怔片刻，也緩緩跪了。「奴婢也願意實話實說。」

「妳們敢?!」簡雅大怒，鼓著眼，齜著牙，一腳踹在白英的太陽穴上。

白英倒地，好一刻才重新爬起來，面無表情地說：「二姑娘先是打聽到三姑娘裝病，後來聽說淑妃派來女官，還要宣三姑娘進宮，猜測三姑娘是為了不再進宮才裝病，便去松香院，想拆穿三姑娘的謊話。」

白芨道：「正是如此。」

「妳……」簡雅揚起手，要摑白芨耳光。

「妳不要命了？」崔氏一把拉住她。「大錯已經鑄成，還不向妳祖父請罪？」

簡廉搖搖頭，問白英跟白芨。「妳們為何背叛她？」

白英泣不成聲，白芨捲起袖子，露出胳膊上幾處黑得發紫的瘀青。「回老太爺的話，一來，奴婢不想連累家人；二來，奴婢愚鈍，伺候不好二姑娘。」

簡廉最厭惡虐僕。

崔氏知道，她恐怕真的保不住簡雅了，押著簡雅跪下。「近來兒媳一直忙著越哥兒的婚事，對小雅疏於管教，請老太爺責罰。」

簡廉看著簡雅。「小雅，妳落髮吧。」

「什麼?!」簡雅和崔氏驚呼。她們不是沒聽清，而是難以置信。

「老夫決定讓小雅落髮為尼。」

「爹！」崔氏尖叫。

「父親！」簡雲豐站起來。

簡雅腿軟，差點摔在地上，見簡雲豐和崔氏也難以接受這種結果，鼓起勇氣大喊。

「祖父，您偏心！讓她再進宮又怎樣，我要她的命了嗎？憑什麼讓我出家！我不服，要麼死，要麼活，我絕不出家！」

簡廉端起茶杯，抿了口茶。「祖父答應妳，如果妳當真不想活，祖父可以親自準備三尺白綾，送妳上路。」

「爹！」崔氏又驚又怒。「孩子不過是犯錯而已，又不曾殺人放火！」

簡廉冷笑一聲，問白英跟白芨。「妳們是她心腹，說吧，三姑娘去庵堂時，二姑娘籌謀過什麼？」

白英抖了一下，猶豫片刻，道：「那件事，其實是二姑娘一手謀劃的，是她主動寫信給靜安郡主……」

簡雅目眥盡裂，衝過去便是一腳。「我要殺了妳！」

簡雲愷對兩個婆子使眼色，兩個婆子趕緊上前拉開簡雅，按在崔氏身邊。

簡廉搖頭，沈聲道：「老夫早就猜到了。崔氏，並非老夫心狠，而是這孩子的心太毒，不適合嫁到英國公府，更不適合做世子夫人。」

簡雅梗著脖子，凶狠地瞪著簡廉，吼道：「簡淡長於商賈之家，粗鄙無比，她就適合做睿王世子的夫人嗎？我從小學琴棋書畫，哪點比她差？」

簡雲愷沒想到還有這麼一齣，不由驚訝地看簡雲豐。

簡雲豐的臉臊得通紅。

簡廉對簡雅說：「小淡從未看上過睿王世子，是睿王世子看上她。而且，配不配得上，妳說了不算，祖父說了也不算。

「好了，就這樣吧，要生便落髮為尼，要死便三尺白綾，都隨妳。」

簡雅陡然安靜下來，定定看著簡廉，幽幽道：「我會死，而你……會後悔的。」

簡廉冷冷地回望她。「那是妳選的，老夫為何要後悔？」又叫李誠。「去庫房扯幾尺白綾，讓二姑娘帶走。」

「父親！」簡雲豐終於忍不住了。簡雅才十四歲，就算有錯，也不至於死。

「如果明天早上妳還沒死，老夫會親自派人送妳去庵堂。都回去吧。」

簡廉說完，起身大步朝門外走去，步履穩健，神態自若。

與此同時，小城聽完牆根，立刻回睿王府稟報此事。

睿王撇撇嘴。「嘖嘖，都說簡老大人心地仁善，也不見得嘛。虎毒不食子，我看他比本王還要狠上幾分呢。」

沈餘之靠在躺椅上，閉著眼，唇角勾起一抹笑意。「父王，簡老大人是聰明人。」

「什麼意思？」睿王沒聽懂。

「簡老大人很清楚，由他動手，簡雅不一定會死；換我動手，簡雅一定死得很難看，大房的王氏就是個教訓。」

「這倒也是。嘖嘖嘖……」睿王起身。「你們都是聰明人，本王不跟你們一起玩了，還不行嗎？」

沈餘之笑笑，不說話了。

第六十二章

簡雅去松香院之前，考慮過這件事可能帶來的後果。

但她沒想到的是，設計簡淡去庵堂的事並未瞞過簡廉，更沒想到白英與白芨背叛得如此突然。

簡淡回來之前，她過了順風順水的十四年，要風得風，要雨得雨，除了病痛，幾乎沒遭遇過任何挫折。

因為病痛，她是全家人精心呵護的寶貝；因為病痛，她甚少設身處地為人著想，心裡只有自己。

她想用死報復簡廉對她的無情。但死之前，她想先看到白英跟白芨的報應。

然而，簡雲愷比她快一步，兩個丫鬟被他帶到菊苑保護了。

不管崔氏多想順著女兒的意思弄死她們，都無法在此時伸手向三房要人。

崔氏燒了李誠送來的白綾，抱著簡雅坐在貴妃榻上，眼睛不敢合一下。

簡雲豐面色陰沈，一動不動地看著搖曳的燭火。

簡思敏也在。聽說簡雅帶傷趕去松香院，只為逼簡淡進宮，他也怒了。害一次不成，再來第二次，又來第三次，真的夠了。他不覺得簡雅可以被原諒，即便崔氏逼著他去找簡廉求情，他也只是去內書房裝裝樣子，對簡雅的事隻字未提。

簡廉還為此誇他，說他長大了，會動腦子了。

此時此刻，他很想去看看簡淡。最近書院要考試，這兩天忙著複習功課，沒顧得上去香草園用飯，簡淡就生病，真是太弱了。等看見她，得好好嘲笑嘲笑。

「娘，您鬆開我，我快喘不過氣了。」簡雅掙扎著，想從崔氏懷裡坐起來。

崔氏鬆開手。「小雅，妳祖父現在還在氣頭上，明天一早，娘再去……」

「不必了，他鐵石心腸，什麼都改變不了，我還是死了乾淨。娘不用勸了，我心意已決。」簡雅轉頭看向簡雲豐。「爹，麻煩您再幫我找條白綾吧。」

簡思敏回神，皺了皺眉。

簡雲豐看簡雅一眼。「做錯事，就要接受懲罰，明早妳跟我去找小淡，先求得她的原諒，再求妳祖父。哪怕帶髮修行，也總比落髮要強。」這是目前他能想到最好的主意。

簡雅搖搖頭。「沒用的，除非爹以死相逼。」

簡思敏聽見，難以置信地問：「妳希望父親對祖父以死相逼？」

簡雅怒了。「怎麼，不行嗎？不是想救我？我都要當尼姑了，為什麼不能以死相逼？」

「因為……」

簡雲豐站起來，打斷簡思敏的話。「因為我以死相逼，就是我這個做兒子的不孝！小雅，妳的行為是不孝不悌，所以才激怒妳祖父，妳到現在還不明白嗎？」

簡雅搗住耳朵，哭著喊道：「我為什麼要明白？病倒在床生不如死時，誰明白我了？」

簡雲豐終於失去耐心，一甩袖子，往門口走。

「老爺！」崔氏慌了，推開簡雅，趿拉著鞋子追上去。「小雅說得有些道理，她還這麼小，怎麼能落髮呢？您去求求爹吧。」

「呵呵呵……」簡雲豐冷笑。「她還這麼小，怎麼就知道三番兩次地害小淡呢？」

他一甩手臂，把崔氏推得趔趄，砰地帶上了門。

簡雅呆住，好一刻沒回過神。如果簡雲豐不幫她，崔氏能發揮多少作用？

「哇……」她大哭起來。

簡思敏眼裡閃過一絲不忍，雙腳不安地在地上踢了踢。

他猶豫片刻，正要起身，就見簡雅光腳下地，朝他撲來。

簡雅在他面前跪下，淚眼婆娑地說：「二弟，你去向祖父求情吧，他喜歡你，只要你以性命相逼，他一定會答應的！你救救我，我不想當尼姑！」

簡思敏懵了，傻愣愣地看著她。

「我……」拒絕的話到了嘴邊，對著這張與簡淡一模一樣的臉，他說不下去了。

崔氏也過來，抓住簡思敏的肩膀。「好孩子，英國公世子馬上要成為你二姊夫，你二姊怎能在這個節骨眼出家呢？你再去找你祖父，讓他放你二姊一馬，他要是不答應，你就撞牆。只要你肯去，他一定會答應的。」

「撞牆？」簡思敏重複一句。

崔氏重重點頭。「對，只要你敢撞，他一定會放過你二姊。」

簡思敏滿眼哀色，唇角卻勾起來。「母親真是好主意，我這就去撞牆。」把崔氏的手抓下來，逃也似地離開了梨香院。

香草園裡，簡淡又醒了，勉強自己坐起來，用大迎枕墊著身子。

「那邊怎麼樣了？」

藍釉正在一旁縫衣裳。「白瓷守著呢，還沒回來。」放下針線，幫簡淡掖了掖被角。

「姑娘，二姑娘會被罰得很重嗎？」

簡淡按按太陽穴。「妳覺得她不該被重罰嗎？」

「不是……」藍釉不好意思地笑了笑。「奴婢只是怕姑娘委屈。」

簡淡笑了笑，她不委屈。簡雅折騰數次，她都毫髮無傷；她只出手一次，簡雅就要落髮為尼，怎麼看都是她贏了。

砰砰！院子裡傳來敲門聲。

藍釉起身，說道：「紅釉在燒熱水呢，奴婢去看看。」

話音將落，便聽紅釉在外面問道：「誰啊？」

「紅釉，開門！」

「二少爺？」藍釉連忙迎出去。
不久，簡思敏一陣風似地衝了進來。「三姊，妳好些沒有？」
「你進來做什麼？快出去！」簡淡變了臉色。
簡思敏臉色臭臭的，搬了繡墩走到炕前，嘴硬地說：「我身體好著呢，不怕。」
簡淡見他心情不好，不再多說，讓藍釉打開門窗，以免悶著。
「書院不是要小考嗎？」簡淡本想問簡思敏為何心情不好，又怕他央她替簡雅求情，乾脆不提。
簡思敏跺跺地上的青磚，憤憤道：「書院是要小考，因為二姊出了事，才被王嬷嬷叫過來嘛。妳猜，二姊和母親叫我做什麼？」
簡淡明白了，簡思敏不是求情，是訴苦來了。「她們叫你做什麼？」
簡思敏眼裡有了淚花。「讓我以死相逼，求祖父放二姊一馬。母親說了，如果祖父不答應，我就撞牆。」
撞牆？簡淡嚇了一跳。這是昏招，也是好招，但對簡思敏的影響太大了。忤逆長輩，又以死相逼，傳將出去，定是一輩子的污點。
簡思敏用袖子擦擦眼角。「三姊，我們是不是被撿來的，只有二姊是親生的？」
簡淡道：「人心都是偏的，何況她還一直病著……所以，你沒去見祖父，跑來找我？」
簡思敏冷哼一聲。「三姊，家裡人都知道，祖父從不會更改他的決定。而且，我覺得二姊太過分，到現在還沒有一絲一毫的悔意，我為什麼要為她忤逆祖父！」
「我們敏哥兒長大了，會想了。」簡淡感嘆一句，又問：「那你打算如何？」
「不如何，我這就回外院。三姊，如果母親和二姊來求妳，妳會答應嗎？」
「你希望我答應嗎？」
「三姊，這是妳的事，妳說了算。」簡思敏站起來。「好好養病，我明天再來看妳。」
咕嚕咕嚕……某人的肚子響了兩聲。
簡淡笑道：「餓了？」
「嗯，晚上沒吃飽。三姊有好吃的嗎？」簡思敏不好意思地撓撓頭。
「廚房有包子和雞湯，讓紅釉幫你熱一熱。」
「好。」簡思敏最愛吃白瓷做的包子，臉上立刻有了笑意。
砰砰！院門又被敲響了。
簡思敏嚇一跳。「三姊，是不是她們來了？」
簡淡點點頭。「應該是，你去廚房找紅釉吧。」
「好！」簡思敏一溜煙跑了。
等簡思敏躲好，藍釉去開門。
「二太太，我家姑娘正病……」

「滾開！」崔氏一掌推開藍釉，摟著簡雅往上房走。

母女倆剛進屋，白瓷也從外面趕回來，站在炕下，防備地看著她們。

「母親是來探病的嗎？」簡淡坐正一些。她還燒著，臉上有不正常的殷紅。

崔氏對她的病容視而不見，膝蓋一彎就跪下。「簡淡，母親求妳救救小雅。」

簡雅站在崔氏身旁，陰惻惻地看著簡淡，一言不發。

「拿鞋子來。」簡淡已有準備，兩手一撐，身體往旁邊挪了一尺，正好避開崔氏的人禮，下了炕。

她套上白瓷遞來的鞋，頭也不回地往外走，又道：「藍釉拿大衣裳，我要去找父親。」

崔氏一時沒反應過來。「找妳父親幹什麼？我是讓妳去找妳祖父！」

「呵呵……」簡雅怪笑兩聲。「娘，您不明白嗎？她不想去，所以要找父親告狀。」

崔氏立刻起身，對簡淡吼道：「站住！」

簡淡停住腳步，頭也不回地說：「母親，我一直病著，不知道發生了什麼事，總得先去問問父親，徵得他的同意，再去找祖父。有什麼不對嗎？」

簡雅道：「妳真的不知道？」

簡淡轉過身。「我應該知道嗎？」

簡雅往簡淡跟前湊了幾步，在離她不到三尺的地方站住。「妳為什麼不知道？不是妳隱瞞了真生病的消息，故意引我上鈎？」

簡淡知道，她的三個丫鬟絕對忠誠，簡雅所言只是猜測，便反問：「難道不該是妳聽說我假裝生病，想在女官面前拆穿我？」

「不是！」簡雅大吼，手臂忽然向前一揮，一把閃著寒光的匕首猛地戳向簡淡心臟。

白瓷早有防備，但簡雅離簡淡太近，打中簡雅手臂時，匕首向上一挑，劃破簡淡胸口的衣服。

「要死一起死，誰都別想活！」

簡雅目露凶光，收回匕首再刺。

「妳敢?!」白瓷飛踢一腳，踹開她。「居然對我家姑娘下手，我要殺了妳！」

「不用妳殺，我自己來！」簡雅一轉匕首，狠狠刺進脖子。

「小雅！」崔氏淒厲慘叫。

匕首刺進去，拔出來，噴濺的血濕了所有人的眼。

一屋子人全呆住，氣氛如死般沈寂。

反應最快的還是簡淡，一把扯下藍釉正在做的新衣，衝過去按住簡雅的傷口，吼道：「快叫大夫！」

王嬤嬤如夢初醒，踉踉蹌蹌往外跑。

「白瓷！」簡淡又吼一聲。

「啊？奴婢在！」白瓷躥過來。

簡淡壓低聲音道：「王嬤嬤跑得太慢，妳立刻去找大夫，然後不用回來了，知道嗎？」

「姑娘，我不認識……」白瓷哆嗦一下，明白簡淡的意思了。

簡雅這樣的傷勢，必死無疑，簡淡這番話的目的不在於找大夫，而是讓她趕緊逃走。

依方才發生的事來看，可以咬死說是她要殺簡雅，簡雅才自殺的，此時不跑，只怕後果難料。

「咳咳……我……」簡雅想說話，但血不停從嘴裡噴湧，只能勉強吐出一個「我」字，便激烈地咳起來。

簡淡看著這張慘白如紙的臉，彷彿又看到前世自己死前的那一刻。「妳是想說，做鬼也不會放過我是嗎？很好，我等著妳。」

她能重生，說不定簡雅也能，還真是拭目以待呢。

崔氏終於爬過來了，顫巍巍地摸簡雅的臉。「小雅，妳怎麼這樣想不開啊？妳死了，娘怎麼辦？妳怎能為了她尋死呢？這麼傻，不值得呀，嗚嗚……」

崔氏說著，突然立起身子，一拳搗在簡淡胸口上。「小雅，娘這就替妳報仇！」

第一下，簡淡沒躲開，第二下便不讓了，一把抓住崔氏的手腕，用下巴指了指性命危在旦夕的簡雅。

「如果妳無話可說，那我鬆手了。」

儘管剛才簡淡按住傷口，血還是流了一地，浸濕了崔氏的衣裙。

崔氏清醒了些，扶住簡雅，哭道：「小雅，妳撐著，大夫馬上就來了。別怕，娘不會讓妳死的。」

簡雅眼裡流露出一抹笑意，一張嘴，血又噴了出來。

「嗚嗚嗚嗚……」崔氏嚎啕大哭。

「二姊？」簡思敏怯怯的聲音在門外響起。

「去攔住他！」簡淡吩咐藍釉。

藍釉心領神會，立刻出門，在外面攔住簡思敏。「二少爺，二姑娘出事了，可現在不是進去的時候，當務之急是給老爺和老太爺報信，快去吧。」

院子裡響起急促的跑步聲，簡淡鬆了口氣。

簡雅死不足惜，但她不希望簡思敏因此大受刺激。

簡雅一直想說話，但喉嚨破了，鮮血湧出，除倒氣外，一個字都說不出來，只能定定看著崔氏，眼裡蓄滿淚水。

簡淡知道，簡雅後悔了。

一種無法用語言表達的悲哀瞬間席捲她的心頭，她忘記了挨打的疼痛，忘記了因為發燒而變得混沌的腦袋，甚至忘記了眼下發生的一切。

不知過了多久，簡雲豐到了，鞋子和袍子上沾著大片的土，手掌血肉模糊。

「小雅！」他踉踉蹌蹌進了門，跪倒在簡雅身前。「這到底是為什麼？簡家缺妳吃了，還是缺妳穿了？為什麼要想不開?!冤孽啊！」

簡淡聽著，在簡雲豐絕望的呼喊中昏死過去。

夢裡，簡淡又回到了前世。

她站在崔氏的房間裡，再次偷聽母女倆說私房話。

「小雅，妳去看她了嗎？」

簡雅在崔氏身旁坐下，軟軟靠在她懷裡。「女兒沒去，聽說她死得很慘，女兒害怕。」

「也是，娘也不敢看。」崔氏替簡雅抿了抿鬢角的碎髮。「不看也罷，妳們長了一模一樣的臉，看了會作噩夢的。唉……都怪妳爹，當初不該讓她守寡，都說雙胞胎姊妹心有靈犀，她死了，對妳不好。」

簡雅的唇角偷偷勾起一抹明晃晃的笑意。「娘想多了，女兒和她除了長得像，其他沒有任何相像的地方，又哪來的心有靈犀呢？不提她了，女兒說點高興的事。女兒又懷孕了，已經兩個月，成天想吃酸的，這回八成是男孩。」

崔氏一聽，臉上的哀色全無，笑道：「真的啊，那太好了。」拉著簡雅的手。「兩個月還不穩當呢，萬事都要小心。家裡這麼亂，妳不能常待，趕緊回去好好養著。」

「好，女兒這就回去了。」簡雅抱抱崔氏。「娘，她死就死了，沒什麼可傷心的。您要是想她，常來國公府看看女兒就行啦。」

崔氏捏捏她的鼻子。「我想她做什麼，要想也是想妳。」

簡雅嘻嘻一笑。「您好好照顧自己，女兒回去了。」

簡雅離開梨香院，白英不知從什麼地方鑽出來，道：「夫人，奴婢打聽過了，一切如您所料，家裡人都以為是慶王的人幹的。」

簡雅自信地笑了笑。「在這個節骨眼上，沒人會想到別的。她那麼勾人，吸引幾個武夫，不是太順理成章嗎？」

白英走在簡雅後側，目光定定落在她的後腦勺上，恐懼之色一閃而過。

外面的太陽很大，主僕倆出了梨香院，簡淡便跟不上去了。

她呆呆立在垂花門的陰影裡，再次告訴自己：上一世，簡雅殺了她；這一世，她不過是算計簡雅一次而已。

簡雅的死，是自己想不開，跟她沒有任何關係。

「真的跟妳沒有任何關係嗎？」

簡雅忽然折返，脖子上的傷口還在，鮮血汩汩流著，落到地上，匯成一道小溝。

簡淡的鞋子濕了，牙白色百褶裙一圈一圈變成紅色，就像一道道枷鎖，從下而上，緊緊纏住了她。

簡淡又驚又懼，想逃跑，卻動彈不得，用力掙扎一下，喊道：「滾開！妳是自殺的，跟我有什麼關係？」

簡雅的表情猙獰起來，伸手掐住簡淡的喉嚨。「怎麼跟妳沒關係？就是因為妳，我才動不動就生病！因為妳，我由嫉生恨，心魔盤旋不去！因為妳，沈餘之看都不看我一眼。妳生來就該死！」

「是妳心胸狹隘，與我何干？」簡淡急怒之下，彷彿有了力氣，一腳把簡雅踹出去。

「給我滾！」

然而，簡淡依然沒有從夢境中醒來。

第六十三章

「小淡，小雅是自作孽，她求死與妳何干？祖父不許妳死，妳已經睡了整整三天，快快醒來吧。

「妳心地善良，祖父知道妳一時接受不了，但錯不在妳，不需要自責。

「好孩子，妳醒了，我這個糟老頭子就不會那麼傷心了……」

簡淡在一片念叨聲中睜開了眼。

「小淡，妳終於醒了！」簡廉抓起帕子抹眼睛，挺直佝僂的背。「好好好，我就說我孫女福大命大嘛，哈哈哈哈……」

「祖父，又讓您老人家操心了……」

簡廉慈愛地摸摸她的額頭。「燒也退了。只要妳醒來，祖父做什麼都值得。」

「祖父，三姊醒了？」簡思敏從外面闖進來，一下子撲到簡淡身上。「妳嚇死我了，嗚嗚嗚……」

他是穿孝服進來的。

簡雅真的死了！

這白色刺疼了簡淡的眼，淚水順著臉頰湧出，頃刻間打濕了枕頭。

她恨簡雅，一直在盼簡雅死。然而人真的死了，又覺得心裡空了一塊，黑洞洞的。

「父親，敏哥兒哭什麼？小淡怎麼了？」簡雲豐跟簡雲愷驚慌失措地跑進來。

「小淡醒了。」簡廉從從容容地起身。「御醫說過，只要她能清醒，就無大礙，大家可以放心。」

簡雲豐枯槁的臉上有了喜色，抓住簡淡的手。「醒了就好。」

簡雲愷也道：「是啊，三姪女，妳把大家嚇壞了。」

簡廉幫簡淡掖好被角。「好了，我們都出去，御醫說她元氣大傷，即便醒來也不能累著，讓她再睡一會兒。」

簡雲豐點點頭，吩咐簡思敏。「敏哥兒別哭了，守著你三姊，哪兒也別去。」

「嗯。」簡思敏擦乾眼淚，把長輩們送出去，然後坐在簡淡身邊，拉著她的手。「三姊，妳睡吧，我看著妳睡。」

簡淡的確很累，但還能撐一會兒，想了想，問道：「母親呢？」

簡思敏癟癟嘴，又哭起來。「母親落髮了。」

落髮了啊……簡淡在心裡重複一遍，也挺好的。四大皆空，日日青燈古佛，悉心研習經文，不但靜心，還可以逃避世事。

「她是自願的嗎？」

「自願的。」簡思敏擦去眼淚。「三姊，她不知道二姊藏了匕首。她也挺可憐的。」

「嗯。」簡淡閉上眼。「三姊累了，你陪著三姊睡一會兒。」

簡思敏點點頭。

簡雅橫死，且年紀尚幼，喪事不能大辦。

簡淡在梅苑養病，能下地走動時，靈棚已經撤得乾乾淨淨，崔氏也帶著簡雅的牌位去了庵堂。

簡雲豐病了，簡思敏請了假，每日往返於外院和梅苑之間，照看完父親，再去照看簡淡，幾天下來，小臉消瘦許多，人也成熟不少。

這天下午，他讓小廝買了些簡淡愛吃的零嘴，親自送過來。

簡淡讓藍釉把吃食放在攢盒內，用銀籤挑一塊桃脯放進簡思敏嘴裡，問道：「父親怎麼樣了？」

「大夫說是心病，得父親自己看開才行。」

簡淡沈默。簡雲豐是二房的一家之主，對妻子兒女有管教之責，如今二房分崩離析，他受到的打擊，無疑是最大的。

她起身倒了兩杯熱茶，一杯給簡思敏，一杯給自己。茶葉是祖父讓人送來的青茶，聽說是泰寧帝賞下來的，味道香醇，入口順滑。

一杯茶很快見了底。

簡淡放下茶杯。「既然你請了假，多陪陪父親，讀讀書，偶爾請教請教學問。再過幾天，父親能起床時，讓他教你畫畫，忙起來就好了。」

「這樣有用嗎？」簡思敏眼裡又含了淚。「三姊，大哥什麼時候才能回來呀？」

簡淡道：「如果順利，這兩天該到了。」衛州到京城不算近，往返怎麼也要十天左右。

「三姊，妳有客人嗎？」外面有人問了一聲，聽起來是簡悠的聲音。

「五妹快請進。」簡淡應聲。「沒外人，是敏哥兒呢。」

簡淡醒後，崔曄兄弟來探望過幾次，簡悠聽到男聲，以為是他們，才問一句的。

「三姊，大哥回來了，已經到外院。」簡悠一進門就說道。

「真的？」簡思敏驚喜地站起來。「三姊，我先去看看。」抹了淚，拔腿便跑。

「二弟總算有主心骨兒了。」簡悠看著猶自晃動的門簾道。

簡淡心裡一沈。「是啊，他還小，這些日子可憋壞了。」

簡悠見她神色黯淡，知道剛剛的話觸動她的心事，立即換了話頭。「三姊，我畫了幅畫，妳幫我看看？」

「好啊。」簡淡知道她的心意，勉強自己笑笑。「讓我瞧瞧妳有沒有進步。」

簡悠讓丫鬟把畫拿上來，親自打開，是一幅很尋常的工筆菊花，內容沒什麼新意，畫技也一般。

「妳養墨菊了？」簡淡看著畫問。

簡悠美滋滋地說：「前陣子買的，養了一個多月，好看吧？」

簡淡不好意思誇畫，但誇誇花還是可以的，笑道：「這盆墨菊紅中帶紫，紫中透黑，華貴又不失嬌媚，的確好看。」

「花是好花，就是不好養，這個季節容易長白粉……」

簡悠並不在乎簡淡如何品評，只是要陪簡淡說說話而已。

簡思敏一溜煙跑回外院，推開簡雲豐的房門衝進去。「大哥！」

「二弟？」簡思越忙不迭地用袖子擦了下臉，才轉過身。

「大哥，嗚嗚嗚……」簡思敏撲到他懷裡，嚎啕大哭。

簡思越好不容易壓下的淚水又洶湧起來，微微彎下腰，抱住簡思敏。

「二弟，這些日子辛苦你了。大哥回來了，一切都有大哥呢。」

簡雲豐掙扎著下地，走到兩個兒子身旁，拍拍小兒子的後腦勺。「敏哥兒不哭，爹很快就好了，你不要擔心。」

「嗚嗚嗚……」簡思敏哭得更大聲了。

結果，簡雲豐和簡思越都忍不住，也陪著哭起來。

這一哭就是一刻多鐘，直到淚乾了、嗓子啞了，簡思敏才停住。

簡思越接過小廝遞來的濕帕子，擦了擦臉。「小淡怎樣了？」

簡思敏道：「好多了，能下地，就是晚上睡不好，總一個人發呆。」

簡思越聽了，鼻頭又是一酸。

雖然簡家對外宣稱簡雅病逝，但世家跟市井間，還是有各種各樣的流言。他沒進京，便聽到了不少。

如今，「天煞孤星」已經成為簡淡的新綽號，可以想見，簡淡帶著這個名頭，未來的路將會多麼難走。

簡雲豐道：「走，一起看小淡。父親病了這一場，好幾天沒去看她了。」

簡思越起身，勸道：「父親，兒子去就行。您才好些，應該多休息，不要勞動了。」

簡雲豐猶豫片刻，點點頭。「也好。告訴你妹妹，不要胡思亂想。」

其實，現在他並不怎麼想見簡淡。一看到她，就會想起簡雅。

簡雅再可恨，也是他的親骨肉，他不想承受那種椎心蝕骨的痛。

簡思越到梅苑時，不但簡悠在，簡然也來了。

簡然正在講一個關於豬的笑話，逗得簡淡跟簡悠哈哈大笑。

簡思越也笑著走進去。

「大哥。」三個姑娘看到他，趕緊下地。

「嗯，大哥回來了。」簡思越說道。

簡然跳上去，牽住簡思越的手。「大哥，給我帶好吃的嗎？」

簡思越掐掐她的蘋果臉。「大哥回來得匆忙，沒來得及帶。過些日子，大哥帶妳去吃好吃的，怎麼樣？」

「好，大哥說話算話。」簡然人小鬼大，她不是真的想吃，只是覺得這樣說更熱鬧些。

簡悠道：「瞧妳這小沒出息的，天天就知道吃，大哥還能騙妳啊？」扯扯簡然的耳朵，把她拉回來，又道：「大哥，到時候可別忘了叫上我呀。」

簡思越笑道：「到時候，大家一起去。」

「在說什麼呢？這麼熱鬧。」崔曄掀開門簾進來，崔逸跟在後面。

「大表哥，七表哥。」簡思越眼裡有了幾分驚喜。

「嗯，聽姑父說你回來了，過來湊湊熱鬧。」崔曄道。

湊熱鬧是玩笑話，崔曄是不想讓兄妹倆抱頭痛哭，影響簡淡的心情罷了。明理的人都知道，儘管簡雅的死和崔氏出家是她們母女自作孽，但對簡淡的傷害是旁人無法想像的。該安慰簡淡的話，都說盡了，現在能做的就是不提。

簡悠跟簡然見人多起來，指揮丫鬟搬了繡墩和椅子，請哥哥們坐下。

簡悠又厚著臉皮把她的大作拿出來，讓眾人點評。

在座都是有修養的人，一句刻薄評論也無，但改進意見不少。

簡悠聽得認真，崇拜的目光不時往崔曄身上偷溜一圈。

崔曄沒有沈餘之的俊美，也沒有簡思越的清俊，但氣質溫潤、笑容璀璨，言談舉止有著少年無法企及的成熟和睿智。

他指著畫的左上角，道：「這裡若能加一塊湖石就好了，景物有堅硬、有柔軟，立意會好些，也更好看。」

簡淡也點頭。「大表哥說得是。」病了這一場，她的臉瘦了些，下巴尖尖的，杏眼大而清亮，此刻巧笑倩兮，顯得更有靈氣。

崔曄的目光在她臉上停駐片刻，不動聲色地說：「三表妹畫得不錯，五表妹若喜歡，可以跟三表妹一起畫。」

簡悠笑道：「三姊，那妳不許嫌我煩，以後我想畫畫了，就來找妳。」

簡淡苦笑。「妳想吃好吃的來找我，想彈琴了來找我，想畫畫了也找我，我看妳乾脆搬過來，跟我一起住算了。」

簡悠的笑變得有些尷尬了，吶吶道：「我……」

簡淡眼裡閃過一絲了然，道：「妳若真搬過來，只怕我這病是好不了了，吵也被妳們姊妹吵死了。」

簡悠聞言，頓時鬆口氣。「是啊，要不是三姊需要靜養，我們早過來陪妳了。」

簡思越和崔曄對視一下，表情微妙，但什麼都沒說。

噹噹……堂屋裡的自鳴鐘敲了四下。

簡思越起了身。「三妹累了，且先躺一會兒。大哥去換換衣裳，晚點過來陪妳用飯。」

崔曄兄弟跟簡悠姊妹也順勢告辭了。

睿王府裡，沈餘之的風寒也好得差不多，精神恢復不少，除有些咳嗽外，已經沒有其他症狀。

他也瘦了，因為眉骨高，漂亮的桃花眼陷在眼窩裡，目光多了幾分深邃，還多了幾分陰森和凌厲。

他身上披著玄色暗紋披風，左手執筆，正在練字。

討厭和煩人侍奉左右，一個添茶、一個磨墨。

不久，蔣毅從外面走進來，稟報道：「世子，簡大少爺回來了，簡三姑娘心情不錯，跟簡五姑娘、簡六姑娘，以及崔家兩位公子高高興興聊了一會兒。屬下回來時，他們剛走。」

沈餘之扔了毛筆。「這幾天，崔家兄弟經常過去嗎？」

蔣毅想想，道：「自從王爺向簡老大人退了口頭婚約後，他們去梅苑走動得就勤了。」

沈餘之冷笑一聲。「什麼東西，也不撒泡尿照照自己。」

「人家是崔家嫡系，又是表兄妹，探探病罷了，怎麼就不是東西了呢？」睿王推門進來。「現在那丫頭的名聲差得很，即便有簡老大人撐腰，婚事也一樣艱難。崔家肯讓她進門，那是她燒了高香。」

「還有，既然決定退婚，就不要再看著人家了。你不要臉，你老子還要呢。」

沈餘之聽著，撿起筆，端詳毛筆在宣紙上染出的一大片墨跡，蘸了蘸墨，就著這片墨跡勾勒出一隻張牙舞爪的小猴子，再寫一排行書：山中無老虎，猴子稱大王。

睿王被他氣笑了。「別提猴子、老虎，老子來是想告訴你，你皇祖父要替你賜婚了。」

沈餘之把毛筆扔給討厭，用濕手巾淨手。「對象是王妃的五姪女，還是方家三姑娘？」

睿王的眉心擰成大疙瘩。「王妃的五姪女？這是怎麼回事？」

沈餘之冷笑。「她在王府住了小半個月，每日都到致遠閣門前轉悠。怎麼，打量著我對簡三姑娘沒興趣，就什麼阿貓、阿狗都敢送上門了？」

「你啊！」睿王隔空點了點他，不贊同地說：「什麼阿貓、阿狗，那是王妃的親姪女，你這臭小子怎麼說話的？」

「醜！」沈餘之道。

噗！睿王剛喝下去的茶全噴出來了。「她還醜？我看你不是喉嚨有問題，是眼睛有問題，要不要請個御醫好好看看？」

沈餘之嫌棄地別過頭。「父王，女人光五官好看沒用，就像王妃，您總共看她幾日？」

睿王接過煩人遞來的帕子擦嘴。「你這小子真瞎了，王妃能跟她五姪女比，老子作夢也要笑醒了。」

「既然父王這麼喜歡，不如納了她？」沈餘之面無表情。

啪！睿王一掌拍在小几上。「你說的是人話嗎?!

「算了、算了，老子跟你掰扯不清。老子來是想告訴你，你皇祖父要替你賜婚，對象是你長平姑姑家的三姑娘。」

沈餘之挑眉。「方三姑娘喜歡魯敬遠，父王您看著辦吧。」

「什麼？」已經開始往外走的睿王停住腳。「真的假的？」

蔣毅拱手。「啟稟王爺，確有此事，魯家還因此退了簡家三房的親事。」

睿王有些頭疼。「都是些什麼亂七八糟的事啊，那算了，英國公家的大姑娘也不錯，老子派人打聽打聽，不然就訂她。」

「還有蕭月嬌備選？」沈餘之有些驚訝了。「皇祖父到底想做什麼？」

睿王聽了，又轉回來，重新落坐。「方家、蕭家都掌兵權，幫你找這樣的岳家，你皇祖父是不是已經有所考慮？」

沈餘之擺擺手，示意蔣毅和討厭、煩人出去。

三人見狀，知道兩個主子有機密要談，便領命告退了。

第六十四章

等房門重新關上，沈餘之才小聲開口。「父王，皇祖父大概是想藉此看看各方的反應。」

睿王明白了。「慶王的動作越來越多了，留白，你說他會不會狗急跳牆？」

沈餘之搖頭。「不好說。賜婚的消息是個試金石，如果慶王對此沒有動作，證明他另有打算；如果他試圖破壞，表示尚未準備好，大家還要僵持一陣了。」

睿王思索片刻。「如果是前者，你覺得他會有什麼打算，會不會對你皇祖父不利？」

沈餘之道：「如果是前者，父王夢裡發生的事便要重演了。」

睿王神情凝重，點點頭。「的確如此。不過，現在他想殺咱們，還差一點工夫。」

他們派人殺過慶王，且慶王也一直試圖殺他們，雙方皆有防備，誰都沒有得手。可見勢均力敵，硬鬥下去，只會兩敗俱傷。

齊王看似不爭不搶，但始終想伺機而動，他們必須更加謹慎，以免發生鷸蚌相爭、漁翁得利的蠢事。

現在泰寧帝突然賜婚，表示他的想法有了很大的變化。

那麼，他到底是怎麼想的呢？

沈餘之拿起紫砂壺，嘩啦啦往茶杯裡倒水。水流又細又長，熱騰騰的水氣縈繞，茶香撲鼻而來。

茶杯倒滿時，沈餘之的思緒也清楚了。

泰寧帝若想在方家和蕭家擇一女賜婚，說明他想打破目前這種平衡。

如此一來，父王一家獨大。

慶王絕對不想看到這個結果，勢必出手，屆時兩敗俱傷，得利的便是齊王。

也就是說，皇祖父屬意的繼承人是齊王。

父王的夢是佐證。畢竟，沒有那個夢，父王就沒有要那個位置的慾望。夢裡，睿王府之所以遭慶王屠戮，關鍵是父王與齊王結盟。

若是如此，他該順著皇祖父的意，把這齣戲演下去。

如果慶王不上鈎，大家便一起苟且著；如果慶王上鈎，不管他對付父王，還是對付齊王，或者直接對付皇祖父，都是可以利用的天大好事。

沈餘之心裡有了定論，臉上露出一抹笑意。「父王不必擔心，有兒子在，慶王叔只管放馬過來。」

「至於賜婚，隨他老人家高興，訂哪個都成，反正兒子都不會娶。」

睿王鬱悶了。這是什麼話？賜了婚又不娶，當這是小孩子扮家家酒嗎？不由瞪大眼睛。

「你小子……」

沈餘之打斷他。「父王手握重兵，那兩家同樣握有兵權，您覺得皇祖父會放心嗎？」

「對啊！」睿王恍然大悟，一拍大腿。「消息只是消息，不是真的指婚。那父王讓人盯緊慶王。你這邊也是，不管去哪兒都多帶些人，萬萬不可掉以輕心。父王先回去，王妃病了，御醫該到了，父王去露個面。」

沈餘之點頭，送睿王出門。

沈餘之回轉時，討厭從外面跑進來，擔憂地問：「主子，聽說御醫上門，那王妃的事會不會露餡兒？」

沈餘之慢慢彎起薄唇。怎麼會呢？太醫院裡的御醫，八成都是他的人。如果不是，絕不會被請到睿王府來。

煩人見他笑了，便知道他們的擔心是多餘的，換了個問題。「那毒……還繼續下嗎？」

沈餘之負手。「繼續，直到她死。」

睿王妃為了干涉他的婚事，想要簡淡的命，他就要她的命。他已經查明，簡淡去庵堂路上遇到的另一批劫匪，就是她命人所為。

「這……」煩人遲疑片刻。「主子，既然您和簡三姑娘有緣無分，何必為了她讓王爺傷心呢？」

「王爺會傷心嗎？」沈餘之冷哼一聲，大步進了書房。

睿王對嫡王妃情有獨鍾，嫡王妃死後，所有女人對他來說都是一樣的。死一個，再娶一個便是。

煩人縮了縮脖子，討厭輕輕撞他的肩膀，小聲道：「你是不是傻，要真有緣無分，主子豈會沒日沒夜地讓蔣護衛保護她？」

煩人不服氣。「你才傻呢，皇上要賜婚，口頭婚約也退了，你當簡老大人沒脾氣啊！」

討厭敲他的頭。「說不定退婚是雙方講好的，只是權宜之計呢。」

煩人拍掉他的手。「簡三姑娘脾氣大著呢，再說了，本來就是主子剃頭擔子一頭熱。」湊到討厭耳邊道：「我跟你說，將來還說不定是怎麼回事呢。依我看，最好還是想辦法讓主子慢慢忘了簡三姑娘，不然到時候吃苦頭的，還是咱們。」

討厭點點頭。「你說的也有道理。」

這日的晚飯，是簡思越帶著弟弟、妹妹一起用的。

大家有默契地不提任何有關簡雅的事，吃完又聊了聊衛州的趣聞，簡思越便起身告辭。

簡淡道：「大哥，我有件事想問問你的意見。」

簡思越笑著說：「什麼事？」

簡淡道：「舅公給了我一座兩進的院子，就在城南，我想搬過去住幾天。」

簡思越覺得不安全。「不妥。」

簡淡抓住他的袖子搖了搖。「大哥，以前我進京都是住在那裡，左鄰右舍也是老鄰居，而且白瓷和青瓷都在，不會有事的。」

現在慶王要對付的是睿王和齊王，簡家沒那麼重要，且她與沈餘之取消口頭婚約，又逼死了親姊，名聲盡毀，於簡家來說無足輕重，無人會分出精力對她下手。此外，白瓷、青瓷的身手都不差，她亦會些武功，只要不惹事，他們就不怕事。

簡思越明白她的言外之意，有些動搖了。「這不是小事，大哥不能答應妳，但能替妳問問祖父的意思。」

簡淡點頭，笑著送他出去。

五天後，簡淡留下藍釉跟紅釉守著香草園，離開簡家，搬進城南的院子。

院子裡有布置好的房間，衣裳、首飾等日常用物也一應俱全。

放好行李，白瓷引簡淡進了書房。「姑娘，我哥不但整理得乾乾淨淨，還連夜找人打架子，怎麼樣，好不好看？」

書房是新布置的，家什是紅樟木打的，只刷了桐油，自然清新。

「好看。」簡淡知道白瓷在討賞，想逗她笑，便甩出一錠銀子。「這些賞銀夠不夠？」

「哈哈哈……」白瓷扠腰大笑。「夠夠夠，太夠了。」

青瓷一巴掌拍在白瓷額頭上。「臭丫頭，八輩子沒見過錢似的，越來越沒出息了。」

白瓷搗著發紅的前額，怒道：「你打我？中午別想我給你做好吃的。」

「哎喲，別這樣。」青瓷的態度軟下來，涎著臉說：「好妹妹，要不妳也打哥一下？」

白瓷不客氣地拍了青瓷一掌，然後伺候簡淡上炕休息。

簡淡拿迎枕墊在身後，懶洋洋地靠著牆，道：「中午多做些肉菜，我饞了。」

白瓷有些驚訝。「肉？現在不是……」

青瓷戳戳她的腦門。「妳這丫頭怎麼回事，姑娘叫妳做什麼，妳就做什麼。二姑娘不仁，咱們姑娘也不必講義，守個屁的孝啊，她可把咱們姑娘害慘了！」

他在澹澹閣聽了不少關於簡淡的流言蜚語，早對簡雅恨之入骨。

簡淡聞言，淚水一下子湧了出來。

青瓷不知所措，撲通跪倒在地，磕了三個響頭。「姑娘，您別生氣，小的是直性子，想到什麼就說什麼。但小的覺得小的沒說錯，二姑娘就是個害人精，自己死也罷了，還累得姑娘不得安寧，小的心裡不痛快！」

「哈哈哈……」簡淡抹了把臉，又大笑起來，淚水一串串落下，褥子很快濕了一大片。

白瓷嚇壞了。「哥，咱們姑娘莫不是瘋了吧？」

青瓷結結巴巴地說：「我也不知道啊。」

簡淡哽咽著出聲。「妳才瘋了呢！」

簡雅的死，是卡在她喉嚨裡的魚刺，嚥不下，吐不出來。

青瓷的話就像伸進她喉嚨裡，取出那根魚刺的手。

她如釋重負。痛快，太痛快了！

簡淡搬出來，簡家除簡廉、簡雲豐以及簡思越知情外，無人曉得她住在哪裡。

沒了需要小心翼翼應對的簡家人，簡淡自在許多，每日吃吃喝喝，讀書、畫畫、做瓷器，偶爾上街走走，看看買賣行情。

隨著簡淡的名聲越來越臭，澹澹閣的生意卻越來越火爆了。大家好奇而來，最後被或新穎、或怪異、或好看的瓷器吸引，臨走時總要買走一、兩件。

青瓷說，澹澹閣開業後，沈餘之再也沒去過鋪子。

他不去，簡淡便能放心去了。

她每隔三天就去梧桐大街瞧瞧，再到濟世堂附近蹓躂蹓躂。

濟世堂還在義診，沈餘之在市井中的名聲越來越好了。

儘管簡淡的名頭被沈餘之壓得蹤影全無，但總歸有她的一分心力，瓷器做得更有勁了。

這日，簡淡從澹澹閣走到濟世堂，上了濟世堂對面的茶樓。

「公子，還坐老地方嗎？」夥計不熟悉用斗笠擋住半邊臉的簡淡，但熟悉她的隨從。

女扮男裝的白瓷回道：「老地方。」

夥計殷勤地領著主僕倆上樓，待簡淡落坐，問道：「今兒喝什麼茶？」

「茉莉花茶。」簡淡每次都點新茶，從不重複。
夥計應好，把抹布搭在肩上，快步出去了。
「少爺，要畫畫嗎？」白瓷把籃子放在桌上，取出裝訂成冊的草紙和眉黛。
簡淡習慣在散步時想圖樣，隨時畫上幾筆，帶筆墨不方便，白瓷就拿眉黛代替毛筆。
簡淡點點頭，逛金銀鋪時看到變色的琉璃頭面，想畫幾種雕刻紋樣的變色斗笠杯。
圖案不難畫，她隨手畫了兩款，第三款剛畫一半，就聽見隔壁來了幾個客人。
其中一人道：「聽說濟世堂的義診一直沒斷過，睿王世子藉此在民間撈了不少名聲。」
「可不是。要我說，咱們蕭世子也該占一半功勞，憑什麼都給睿王世子啊！」
「是啊，蕭世子在澹澹閣花了不少銀子吧？據我所知，有一千多兩了。」
「蕭世子，既然簡二姑娘死了，你就收了簡三姑娘，省得天天惦記著。」
「淨瞎說，簡三姑娘是首輔嫡孫女，你當是百花樓賣笑的人，說收就收？」
「命犯天煞，刑剋親人，比百花樓的姑娘還不值錢呢，有人收就不錯了……」
走廊裡的腳步聲忽然一頓，隨即傳來砰的巨響。
「你這人怎麼回事啊?!」
「諸位公子，抱歉抱歉，這位客人走錯了，請多包涵，這邊請。」
「嚇本公子一大跳，說句抱歉就行了？再說了，你算什麼東西，敢替人抱歉！」
「你侮辱我表妹，該道歉的人是你！」

「喲，原來是崔家大公子啊，我就侮辱了，你能把我怎麼樣？告訴你，這裡可不是小小的清州，是京城！想撒野也得看看地方，我看你是活膩了吧！」

「哦，原來京城還是可以隨便打死人的地方，崔某當真長見識了。」

「給我……」

「乃杰！」蕭仕明的聲音響起來。「我與崔家兩位公子差點當了親戚，也算有緣。大家給蕭某面子，這事就算了吧。」

「大哥，我們走吧。」崔逸也道。

「對對對，咱們趕緊走。」又有人勸，聽起來像是崔家兄弟的同窗或朋友。

樓梯上又響起嘈雜的腳步聲，隨即安靜下來。

簡淡鬆了口氣，她不在乎方乃杰說她什麼，但真怕崔家兄弟因她挨打。

現在已經十月中旬，來年二月春試，這時要是出了事，說不定又要耽擱三年。她不想欠這種無法還清的人情債。

包廂是木頭的，隔壁的幾個紈袴又聊起來，說話聲傳進簡淡主僕耳裡。

「聽說皇上最近極不喜簡老大人，首輔都要靠邊站了，一個小小的崔家也敢裝橫，真是反了。」

「生什麼氣？讓人跟上去，找個胡同揍他們一頓便是。」

「哈哈哈，這主意不錯，你們幾個一起去，不打個半死就別回來。」

「是！」

簡淡放下眉黛，和本子一起扔到籃子裡。

白瓷小聲問道：「少爺，小的去幫忙？」

簡淡站起身，打開窗戶往下看，見崔曄兄弟與兩個同窗上了馬車，往梧桐大街去了。

方乃杰派了八個人，駕著兩輛馬車跟上。

簡淡關窗。「兩位表哥沒帶小廝，妳應付不來的，還是一起去吧。」

跟蕭仕明混在一起的，都是勛貴家的公子、少爺，崔家雖是名門望族，但在這些人面前還不夠看，狗仗人勢的奴才絕不會手下留情。

「公子，茶來了。」夥計端著茶壺進來。

簡淡坐下。「茶壺先放這兒，我們去趟美味齋，等會兒就回來，幫我們留好包廂。」

「好的。」夥計照辦，轉身出去了。

主僕倆飛快下樓。

大街上人很多，馬車走不快，兩人一路小跑，半盞茶工夫後，簡淡瞧見兩輛馬車左右夾擊，把崔家馬車逼進一條胡同裡。

隨後，胡同裡傳出吵鬧的聲音。

「下來！別裝孫子，給老子下來乖乖受死！」

「不是要替你家表妹出氣嗎？下來啊，老子讓你一隻手！」

白瓷從背後抽出雙節棍，大搖大擺地走過去，粗聲道：「哎喲，這不是我家表公子的馬車嗎？大表公子，七表公子，你們在嗎？」

「是誰？」車門開了，崔曄拎著棍子跳下來。

白瓷甩了甩雙節棍，笑道：「我是伺候三公子的。」

崔曄怔了片刻，臉上泛起一絲笑意。「妳家公子呢？」

簡淡壓低斗笠，從馬車後走出來，壓著嗓音道：「大表哥，我在這兒，出了什麼事？」

一個滿臉橫肉的下人問旁邊的小廝。「這是簡家三公子？你見過嗎？」

小廝搖搖頭。「沒見過。」

滿臉橫肉的下人便道：「那不管了，給我打！」

幾個奴才跟著方乃杰等紈袴耀武揚威慣了，豈會在乎一個名不見經傳的簡家三公子？一群人如狼似虎地朝崔曄撲去。

「跑！」白瓷朝崔曄喊了一聲，雙節棍隨即往前掃。

她下手極狠，棍子直接往腦袋拍，只聽咚咚兩聲，兩個下人後腦勺挨了下，立刻昏死。

簡淡也帶了雙節棍，但她不想暴露身分，從牆邊找了柴火棍，把一個下人抽得四處亂竄。

八個下人剩下五個，白瓷獨力對付兩個。車裡三個書生瞧見，勇氣大增，也跳下來，與崔曄合力揍另外三個。

一會兒後，那些奴才見打不贏，忙忙逃竄，牽著馬車出了胡同，滾遠了。

看人走遠，崔曄拱了拱手。「多謝三表弟仗義相救。」

簡淡還禮。「大表哥不必客氣，應該的。」

崔曄的兩個同窗被嚇破了膽，催促道：「那幾個是京城有名的紈袴子弟，咱們招惹不起，還是早走為妙。」

簡淡也道：「兩位仁兄說得極是，大表哥先走，咱們回家再敘。」

崔曄問她。「那妳呢？」

「我先去取些東西，很快就回去。」見崔曄似乎不太放心，簡淡又道：「放心，他們不敢對我怎麼樣。」

崔曄點點頭。「那妳小心些。」

幾人上車，馬車駛出胡同，重新趕往梧桐大街，簡淡和白瓷則小跑著回了茶樓。

第六十五章

主僕倆進了茶樓，兩輛馬車先到，哭爹喊娘的聲音在樓下聽得清清楚楚。

簡淡負著手，笑咪咪地上二樓包廂。

白瓷推開包廂的門，簡淡正要進去，就見兩個小廝突然冒出來。

簡淡登時後退一步，右手一壓斗笠。「不好意思，走錯了。」

「啊？」白瓷懵了，沒錯啊。

簡淡一拉白瓷，轉身往樓梯走。

一個小廝追出來，小聲問道：「簡三姑娘，那冊子，妳還要不要？」

簡淡住了腳。冊子上沒幾個圖樣，她不在乎，只覺得躲開沈餘之是螳臂當車。

他有潔癖，幾乎不會上茶樓，現在出現在這裡，定是為她而來。

「要。」簡淡改了主意，轉身回包廂，長揖行禮。「在下……」

沈餘之擺手，食指豎在嘴邊，示意她噤口。

隔壁的幾個紈袴還在說話。

「……簡三公子？聽說簡家老三才十二、三歲，為人老實本分，人瘦得跟竹竿似的，腳踢不出個屁來，不可能是他！」

「身邊的人會使雙節棍，又行三，應該是簡三姑娘才是。」
「不會吧，簡二姑娘剛死，她就出來逛了？」
「怎麼不能？她們素來不合，簡二姑娘死了，簡三姑娘不知多快活呢。」
「欸，你們不知道吧，簡三姑娘早搬出來了。」
「真的？知不知道她住哪兒？」
「怎麼，蕭世子是什麼意思？」
「是啊，娶不成姊姊，就想娶妹妹？我勸你還是省省，天煞孤星，可不是鬧著玩的。」
沈餘之臉色陰沈，手裡的小飛刀在指間來回翻騰，轉得越來越快。
「主子。」討厭擔憂地叫了一聲。
自從簡淡搬出來，他家主子便沒安心過，只要不進宮，定守在簡淡出門的必經之路上。以前最討厭坐馬車，而今天天坐馬車，就怕簡淡不出門，還派人看著崔曄。
可是，就算崔曄真對簡淡有意，也是門當戶對。一個剋妻，一個剋親，誰也別嫌棄誰。而且，泰寧帝賜婚的消息已經傳出來，主子何必這般執著？
「主子，小不忍則亂大謀。」煩人怕討厭實話實說，趕緊換句話勸沈餘之。
一旦沈餘之殺到隔壁收拾蕭仕明等人，就會讓人發現，簡淡是他的軟肋，這是大忌。
沈餘之聽了，抬眼瞥煩人一下。
煩人嚇一跳，躲回牆角種蘑菇去了。

啪！隔壁傳來拍桌子的聲音。

「都閉嘴，什麼天煞孤星，我讓人批過簡三姑娘的八字，根本沒那回事！」

「你查過？你怎麼知道她的八字？」

「你傻啊，誰不知道簡三姑娘比簡二姑娘晚生兩個時辰，蕭世子知道姊姊的八字，自然就知道妹妹的……」

幾個紈褲聊著聊著，話題就偏了，不再提崔家兄弟，變成蕭仕明癡戀簡淡，非卿不娶。

簡淡聽得小臉通紅。

賽馬會之後，簡淡便知蕭仕明對她有意，但沒想到他會這麼執著，還特地算過她的八字，甚至在這種場合以此為證，替她解圍。

儘管她不會感動，卻是震驚，大概知道簡雅為何定要置她於死地了。

她記得，上輩子蕭仕明也誇過她的畫，極可能也喜歡過她。她替簡雅沖喜後，那簡雅嫁給蕭仕明，是不是也替了她？

若是如此，簡雅怎麼可能不殺她？

「怎麼，感動了嗎？」沈餘之定定看著簡淡，眼神陰森森的。

簡淡一時沒反應過來，眨了眨黑白分明的大眼睛。「感動什麼？」

不知道感動什麼，便是沒感動。

沈餘之眼裡有了一絲暖色。「沒什麼。我來是想告訴妳，賜婚的消息是真的，但不會真的賜婚，妳放心。」

「啊？」簡淡懵了。「什麼賜婚？」她住在市井，不與簡家往來，如何得知朝廷之事？而且，他們之間連口頭婚約都沒了，沈餘之又何必解釋？

沈餘之擺擺手，語氣冰冷。「總之，離妳大表哥遠一點，否則別怪我不客氣。還有蕭仕明，先看上的是妳，發現娶不成，就想娶簡雅。現在簡雅死了，又惦記上妳，吃碗裡的惦記著鍋裡的，算什麼東西！」

簡淡不寒而慄，忙不迭地說：「世子多想了，大表哥沒那個意思，今天是偶然遇見的。」

沈餘之聽了，臉上的神色緩和些，伸長兩條大長腿，薄唇上泛起一絲笑意。「總之，妳記得我今天說過的話。」

簡淡不怕他，卻怕因此害了崔曄，乖乖地說道：「世子放心，我一定記得。」

沈餘之滿意地頷首。「出去。」

「好。」簡淡呆呆地站起。

沈餘之冷哼一聲，討厭跟煩人會意，趕緊拉上白瓷躲出去。

沈餘之起身，走到簡淡身前，摘下她的斗笠扔到八仙桌上。「妳記住，沒人可以做我的主，皇祖父也不行。」

「啊？」簡淡張大了嘴巴。什麼叫皇祖父也不行，這是要謀逆不成？

紅唇潤澤誘人，沈餘之忽然低下頭，在她的唇上輕啄一下。

簡淡一驚，就要往後退，卻被沈餘之拉過去，摟進懷裡。

他抱得極緊，簡淡掙扎兩下，卻被箝制得更緊，動彈不得，貼在他的胸膛上。

她側著耳朵，他怦怦的心跳聲如同戰鼓般傳來，鼻尖縈繞著清新的松香，讓人不由沈醉其中。

「放開！」簡淡動了動。

「不放！」沈餘之湊近她的耳朵，輕聲道：「我告訴妳，不管未來發生什麼事，妳都是我的，沒人可以搶走，除非我死。」

簡淡感覺自己的心跳停了一拍，熱血湧上腦袋，有那麼一瞬間，不知自己身在何方。

「為什麼？」

沈餘之在她臉頰上親了一口。「沒有為什麼。如果妳一定要問，那我告訴妳，我親過的就是我的。」

簡淡無言。她問了個蠢問題。沈餘之做事向來憑個人喜好，不用問為什麼。

「鬆開，你勒得我喘不過氣了。」她終於回神，感覺前胸被壓得有些疼，雙手使力，試圖拉開彼此的距離。

沈餘之邪魅地笑了笑，薄唇在她臉上緩緩一蹭，意有所指地說：「軟軟的。」

簡淡臉上登時像著了火一般，又熱又麻，恨不得立刻找個地縫鑽進去，惱羞成怒了。

「放開我！」

沈餘之低低笑了兩聲，鬆開簡淡，又捧住她的臉，目光在她唇上流連片刻，想了再想，還是別開頭。

「我替妳準備了一樣禮物，等會兒帶回去。」

簡淡又羞又臊，冷哼一聲，拉過椅子坐下。不坐不行，她的心臟還在狂跳，腿也軟了。

沈餘之摸摸她的頭。「過一陣子，京裡可能會發生大騷亂，妳多存些吃食，不要隨意出門，也不要回簡家，知道嗎？」

簡淡一驚。「祖父他們會有危險嗎？」

沈餘之狡詐地笑笑。「安排好了，不會有事。」拿起桌上的錦盒。「這也是給妳的。」

「謝謝世子。」簡淡站起身，伸手去接。

沈餘之把盒子放在她手上，順勢握住她的小手。「我先走，妳等隔壁散了再走。」

簡淡點點頭。

沈餘之不懷好意地看看與隔壁包廂相連的牆面，戴上自己的斗笠，轉身出門。

簡淡打開窗，讓涼風吹散臉上的灼熱，順便目送沈餘之的馬車離開茶樓。

見馬車走遠，她鬆口氣，打開錦盒，發現裡面裝的是她在金銀鋪看過的琉璃頭面。漂亮的變色琉璃做成樹葉、花朵和蝴蝶，不但款式活潑，還很有趣。

剛進來的白瓷不由哆嗦一下。「少爺，這人也太可怕了吧。」連她家姑娘多看兩眼的首飾都知道。

簡淡心中五味雜陳，不知自己該感到慶幸，還是該感到窒息。但有一點很清楚，她沒有不高興。

她把沈餘之鋪在椅子上的靛藍色細布拿起來，慢條斯理摺好，放進籃子裡，說道：「不可怕，就不是他了。」

「也是。」白瓷摸摸溫熱的茶壺。「少爺還喝茶嗎，還是馬上回家？」

「回家。」她想什麼時候回家，就什麼時候回家，為什麼要聽沈餘之的？

簡淡正要起身，便聽到隔壁的人似乎也散了，椅子挪得嘎吱亂響，緊接著，走廊裡有了腳步聲。

忽然間，外面響起巨大的斷裂聲，隨即是慘叫。

「發生什麼事了？」白瓷想往外面走，卻被簡淡一把拉住。

「不用看，定是樓梯斷了。」

白瓷嚇得一屁股坐在椅子上。

簡淡心有餘悸，暗道這可能就是沈餘之讓她慢點離開的原因了。

她再次打開窗，目光投向濟世堂，只見兩個夥計跑進去，帶著幾個老大夫跑回來。

簡淡想了想，出去瞧瞧。

樓梯果然塌了，一片狼藉，地上躺著十幾人，幾個身下有了濃濃血色，顯然傷得不輕。

簡淡立刻回包廂，倒兩杯茶，白瓷一杯，她一杯。喝光後，又各倒了半杯，放在桌上。
「公子，出事了。」夥計神色慌張地闖進來。
簡淡道：「我們看見了，樓梯塌了，有需要幫忙的地方嗎？」
「倒不用，只是……」
簡淡摸出一塊銀子放在桌上。「行，我們馬上走。」
夥計打躬。「多謝公子體諒，走廊另一側也有樓梯，還請移步。」
主僕倆拿著籃子，戴上斗笠，跟著夥計下樓，往澹澹閣去了。
白瓷邊走邊說：「那位也太狠了，就算茶樓的東家砸鍋賣鐵，也賠不起吧。」
簡淡搖搖頭。「傻丫頭，這得看東家是誰。」
白瓷撇嘴。「這麼破的茶樓，東家能好到哪兒去？」
簡淡笑笑，不多說了。

兩人到澹澹閣時，青瓷還在鋪子裡忙著。
白瓷去叫他，簡淡則先上了馬車。
車廂裡放著一只籃子，用棉布蓋著，棉布微微起伏著。
簡淡遲疑片刻，想起沈餘之送她琉璃頭面時，說的是「這也是給妳的」，表示他還準備了別的東西。

難道是狗？前幾日她在茶樓閒坐時說過，想養一隻狗。

簡淡掀開棉布，裡面果然是剛出生的小狗，有著軟綿綿、毛茸茸的黑毛，正睡得香甜。旁邊有張摺疊得整整齊齊的紙箋，簡淡打開，見上面寫著好看的行書：狼犬，餵羊奶個月，注意保暖。

簡淡讀了兩遍，心道士別三日，當刮目相看，這字脫胎換骨了啊。

簡淡喜歡狗。林家養了好幾條，都是狼犬，每條都跟她極好。沈餘之的禮物簡直送到她心裡去了。

簡淡把籃子放到腿上，撫了撫小狗軟乎乎的背脊。

小狗哼哼唧唧兩聲，睜開滴溜溜的大眼睛，扭過頭，用濕濕的小鼻頭拱拱她的手，嗅了嗅，又叫一聲，趴了回去。

簡淡感覺心被融化了，喜歡之餘，還有些傷感。這個小傢伙讓她想起一生下來就被送到林家、喝著奶娘的奶長大的自己。

「放心吧，我會好好照顧你，肯定比你爹娘細心百倍。」她憐愛地摸摸牠的頭。「叫你丟丟怎麼樣？你不說話，我就當你答應哦。」

「嗷嗚。」小狗瞄簡淡一眼。

「這是答應的意思吧？太好了，咱們心有靈犀！」簡淡美滋滋，手指在丟丟的鼻尖上點了點。

「少爺跟誰心有靈犀呀？」白瓷拉開車門上車，驚喜地哎呀一聲。「哪來的小狗？」

「狗？」青瓷的大腦袋也探進來。

「小奶狗，剛才從路人手裡買的。」這裡不是說話的地方，簡淡隨便撒了個謊。

兄妹倆都喜歡狗，當下樂得不行，駕著車去城南的菜市場，別的不看，先找賣羊奶的，買了一大罐羊奶。

晚上，丟丟喝了溫熱的羊奶，跟簡淡一起睡在大炕上。

炕頭熱，簡淡睡在炕中間，丟丟睡在她身邊墊著厚褥子的大籃子裡。

第二天早上，簡淡讓白瓷照顧丟丟，換上靛藍色緞子做的外衣，梳了簡單的雙平髻，獨自出去逛逛。

城南的姑娘們不怕拋頭露面。如果不坐馬車，簡淡都是這樣打扮，從未引起誰的注意。

出門左轉，走十幾丈就是大街，街邊的小食攤子還沒撤，到處冒著熱騰騰的水氣。

簡淡在一家包子攤前站住，買了六個肉包子。她不餓，只是想跟陌生人搭搭話，沾些煙火氣。走到街口，便把包子送給每天幫祖父進城賣柴的小男孩。

送完包子回來，簡淡拐到街對面的布莊。之前收了沈餘之的禮物，做兩件衣裳還禮，總是要的。

掌櫃正坐在門檻上吃餛飩，瞧見簡淡，熱情地打招呼。「小姑娘，要買布嗎？」

簡淡笑咪咪。「對，有好的嗎？」

掌櫃起身往屋裡走。「有有有，別看咱們鋪了不在熱鬧的城西，可貨是齊全的，也有不少上等的布料。」

布莊裡，前面擺布，後面擺緞子，到處堆得滿滿當當。最好的緞子堆放在掌櫃身後的條案上，質地緊密，顏色跟花樣也漂亮，有玄色、大紅色、松花綠、竹青色、薑黃五種。

簡淡一時難以取捨，乾脆各要兩塊，給祖父跟父親他們一人添一件新衣。

掌櫃一點都不驚訝，招呼夥計一起裁料子。這一帶雖是老百姓的宅子，但住的多是有錢人，走商的、鏢局，或開雜貨鋪等等，做的都是賺錢買賣，買一、二百兩銀子的緞子，算不得什麼。

一個夥計掌著尺，一邊量、一邊說：「掌櫃聽說了嗎，濟世堂對面的一品茶樓樓梯塌了，傷了好幾個人。」

拉著布料的夥計道：「不是說死了三個嗎？」

掌櫃搖搖頭。「傷的都是主子，死的是下人，掉下去時扎到木頭上，刺穿了心。」

量布的夥計有些困惑。「明明一起下樓，怎麼就下人倒楣呢？」

掌櫃笑著解釋。「主子走前面，下人走後面，樓梯塌了，當然是高處的人摔得重。」

簡淡有些遺憾，沈餘之下了死手，該死的竟然一個都沒死。

掌櫃把裁下來的緞子疊好，放在一旁，感嘆道：「聽說長平公主的二公子傷勢很重，折了一條胳膊跟一條腿呢。嘖嘖，幸好那茶樓是慶王府的，不然就倒大楣了。像咱們這樣的小門小戶，全家賠命，也難消人家心頭之恨。」

慶王府的茶樓？簡淡嚇一跳，心道這事只怕不能善了，故意問道：「濟世堂不是在城西嗎？這是什麼時候的事啊？」

「昨天下午發生的。」量布的夥計道。

簡淡驚訝。「那今天早上就傳來城南了？這麼快！」

掌櫃說：「小姑娘，這可不是小事，慶王府報官啦，城門口貼著人犯的畫像呢。」

正裁著布的夥計也道：「是啊，還有幾個書生被順天府抓去問話，我來時路過府衙，正好瞧見。」

簡淡又是一驚，居然還貼畫像，那畫了誰呢？也不多待，付完銀子便拎起包袱，趕去城門瞧瞧了。

第六十六章

城門兩側貼著一張告示和五張畫像。

告示描述了事情經過，以及五個犯人的特徵。五張畫像貼成兩排，上面兩張，畫著兩個年輕男子，一個有張大胖臉，亦正亦邪；另一個濃眉大眼，正氣十足。

下面三張，頭一張是個戴斗笠的男人，除下巴之外，五官都藏在斗笠裡，看不到真容。另外兩張也是年輕男人，長得有點像，五官清秀，但看不出特徵。

簡淡知道，上面兩張畫的是她和白瓷，有些發懵，不由想蓋住臉，但忍住了。

旁觀的男人說道：「一看就是戴斗笠的人幹的，妳說是不是？」

簡淡沒說話，前面的大娘接道：「我覺得是。」

男人咂咂嘴。「可惜了，連長相都不知道，上哪兒抓去？」

後面有個書生打扮的人說：「告示上寫著，這是兩夥人，戴斗笠的是主子，兩個長得像的是小廝。抓住小廝，就能抓住主犯。」

簡淡仔細看了看自己的畫像，跟旁邊的男人對視一眼。

男人又道：「有小廝的模樣也不好找，妳瞅瞅這兩人的五官，跟一般人有何區別？」

簡淡點點頭，確實沒有區別，她就站在他面前，他都沒認出來，更別提五官沒有顯著特徵的討厭和煩人了。

五個人中，她和白瓷相對好認，然而，因為她倆當時是男裝打扮，畫粗眉毛，讓茶樓夥計誤會，因此畫像畫的都是男人，五官粗獷，與女人根本沾不上邊。

簡淡沒再說話，拎著包袱往回走了。

到家時，青瓷也在，從簡淡手裡接過包袱，緊張地說：「姑娘，出大事了！鼓樓上貼著姑娘和白瓷的畫像呢，說茶樓的樓梯是姑娘和白瓷弄塌的，這可怎麼辦？」

白瓷大刺刺地拍拍青瓷的肩膀。「應該是男人的畫像吧。哥，你看清楚了，我跟姑娘不是男的。」又看向簡淡。「姑娘，睿王世子會不會出事？」

「對對對，畫像是男的，確實不太像姑娘。」青瓷拍拍自己的大腦袋。「不過，那兩個小廝畫得也不太像，應該沒人能想到是睿王世子。」

簡淡道：「畫像若是不像，便說明睿王世子對此早有安排，我不擔心世子，只擔心表哥他們。」

白瓷不以為然。「表少爺他們有老太爺護著呢，姑娘不必擔心。」

簡淡苦笑。「表少爺有祖父，對方有英國公和長平公主，中間還夾著慶王府，這件事沒那麼簡單，我們還是去順天府看看吧。」

白瓷跟青瓷點頭，事不宜遲，主僕三人立刻出發。

青瓷把馬車駛到順天府附近。簡淡戴上帷帽，選一處人多的地方下了車。

她剛走到順天府大門，就見崔曄、崔逸等人出來，走在後面的，正是一品茶樓的夥計，便趕緊躲到一棵老槐樹後面。

崔曄停下腳步，對茶樓夥計拱手。「多謝小哥仗義執言。」

夥計笑著還禮。「哪裡哪裡，小人只是實話實說罷了。是小人陪幾位下樓，樓梯也是幾位走後才塌的，小人不敢昧著良心冤枉人。」

崔曄從懷裡掏出一張銀票遞過去。「小小心意，不成敬意。」

夥計笑逐顏開，假意推拒兩下，便收起銀票告辭了。

簡淡目送崔曄一行離開順天府，走回馬車。

青瓷是請假出來的，還得回鋪子上工，簡淡便讓他在滷肉鋪旁停車，打算買些滷肉，再步行回去。

買好東西，剛走兩步，簡淡就見一輛裝飾奢華的馬車迎面駛來，車徽是英國公府的。

她一怔，腳下頓了頓，兩個婦人從她身側閃過，擋在面前。

這時，英國公府的馬車也停住了，一個騎馬的護衛看看簡淡這邊，俯身跟車裡的人說了句話，隨即縱馬朝簡淡跑來。

簡淡暗道一聲不好，拔腿鑽進旁邊的小巷裡。

她跑過第一家，順著南北向的胡同往南邊逃，才跑十幾丈，身後的馬蹄聲便大起來。

簡淡回頭看，發現護衛已經追到胡同口。

她跑得又快些，拐進前面的胡同，左右衡量，發現這條胡同無遮無攔，更難躲藏，只好轉向東，打算重上大街。

快到街口時，她聽見更近的急促馬蹄聲，發現已經有人在前面堵截。無奈之下，只好回轉，但後面的馬蹄聲也近了。

「完了。」簡淡慌張地定在原地，頭皮發麻，手腳又冰又涼，心道活該，誰叫她不聽沈餘之的話，非要出來亂走。

「簡三姑娘。」有人輕輕喊了簡淡一聲。

簡淡抬頭，見面前的灰牆上落下一條粗粗的草繩。

小城在牆頭上現身，壓低嗓音道：「在下不好下去，煩勞簡三姑娘……」

「我知道了。」簡淡明白他是什麼意思，把滷肉往懷裡一揣，小跑兩步跳起，抓住繩子，兩腳踩牆，不過幾下便麻利地上了牆。

「厲害啊！」小城吃驚地讚嘆一聲。「那在下先下去，再接應您。」

簡淡回頭看一眼，追兵沒到，但馬蹄聲極近，便道：「那些人追來了，一起下去吧。」

她說著，雙手扒住牆頭，放下身子，一躍落地。

「簡三姑娘真是好樣的。」小城豎起大拇指，輕輕一跳，也下來了。

簡淡背過身，從鼓鼓囊囊的懷裡取出滷肉，謙虛道：「班門弄斧罷了。」

小城毫不客氣地笑起來，他還真沒見過這麼直率的大家小姐呢，太可愛了。

簡淡有些尷尬。她沒扔滷肉，是因為太緊張忘記扔，又怕暴露行蹤，才帶過來。

說話間，馬蹄聲到了牆外。

追兵勒住韁繩，揚聲問道：「人呢，出去了嗎？」

那邊有人回答。「沒出來，是不是在裡面？」

馬上的人叫道：「那是死胡同！趕緊再來人幫忙找，他們應該是摸進哪家院子了。」

簡淡有些緊張。「這是第二家，很快就能搜到，接下來怎麼辦？」

小城斂起笑容。「來人是蕭仕明，他負責北城兵馬司，即便搜，也不敢大張旗鼓。走吧，我們到前面去。」

簡淡猶豫。「前面有人吧？」

小城沒回答，在前面帶路，從院牆間的夾道，溜進了二進院落。

此時，一名老人正在院子裡打太極拳，瞧見兩人，嚇了一跳，收了架勢，顫巍巍叫道：「你們是什麼人，怎麼進來的？」

小城抽出腰刀，老人踉蹌了一下。「你們要幹什麼？」

簡淡怕嚇壞了他，柔聲道：「老先生，我們進來躲躲，不會傷害你的。」

正房傳來急促的腳步聲，門吱呀一聲開了。

小城快步上前，把刀架在老人的脖子上。「誰都不許出聲，不然我殺了他。」

從正房出來的是個年逾五旬、面容堅毅的老太太，身邊還陪著兩個衣著華麗的中年婦人。

老太太搖搖手。「俠士別緊張，我們不出聲。」

「都進屋。」小城押著老者，逼著一干人等進了上房。

門一關，他就放下長刀，對老太太拱拱手。「叨擾了。只要你們按照我說的做，我保證不會動你們一根汗毛。」

老太太鬆了口氣。「需要咱們做什麼，俠士儘管吩咐。」

小城道：「很簡單，等會兒有人叫門，說沒看到我們便行。」

老太太連連點頭。

這邊正說著，外面的下人便來稟報。「老太太，官府的人上門，說有賊跑了，要來搜查。」

「官府？」老太太想了想，問道：「俠士，如果衙役們非要進屋怎麼辦？」

「讓他們進來，只說沒看見我們。」

老太太鎮定下來，點頭起身。

小城道：「老先生留下，其他人一起去。」

「也好。」老太太擔憂地看看老人，又看看多寶槅上的珍寶，帶著兩個中年婦人和下人出了二門。

她們出去後，小城讓老人躲進房間，帶著簡淡出門，悄悄上了屋頂。

京城的四合院圍牆很高，廂房屋頂與圍牆齊平，中間有凸起的房脊。兩人越過房脊，藏在後面。

「官爺，真的沒人來過，您可以隨便看。」老太太鎮定地領著蕭仕明的護衛進二門。

兩個護衛四下看看，又小聲商議片刻，道：「拿梯子來。」

老太太訝異，但還是照做了。

護衛們把梯子架到簡淡與小城躲藏的廂房上，逕自朝房脊後面走去，卻什麼都沒發現，原來小城臨時改了主意，不死守一處，進了隔壁的空院子。

兩人如法炮製，再上隔壁西廂房，跳下圍牆，溜進兩座宅院間的防火夾道，一路往南，再往東，重新回到大街。

街口就是車馬行，小城租了輛馬車，載著簡淡回簡家。

上了車，簡淡這才顧得上白瓷，問道：「白瓷呢，她會不會出事？」

小城坐在車伕旁邊，道：「我來找您時，已經有兄弟去找她，如果所料不差，應該已經到簡家了。」

簡淡點點頭。祖父說過，簡雅的死與白瓷無關，她回簡家不要緊。靜下心，靠在車廂上，理了理昨天下午和剛剛發生的事。

若她想得沒錯，蕭仕明回到英國公府後，可能會從蛛絲馬跡中發現，她當時也在附近，或者就在茶樓。畢竟他見過她穿男裝的樣子，還知道白瓷隨身攜帶雙節棍。

另外，澹澹閣開業時，青瓷在他面前露過面，跟蹤青瓷找到城南大街，並非難事。

若非她見過英國公府的馬車，只怕已經落在蕭仕明手裡。

一旦如此，事情便會徹底失去控制，結果非常可怕。

半個多時辰後，簡淡在簡家側門下了車。

「小姐！」白瓷正焦急地等在門口，看她下車便撲過來。「您沒事吧？」

「沒事。」簡淡拍拍衣襟上的塵土。「妳也剛到？」

白瓷點點頭，她來前回了院子一趟，手裡拎著丟丟，以及簡淡剛買的緞子。

「進去後，什麼都不要說。」簡淡不想讓簡家人知道一品茶樓的事與她有關。

沈餘之為她鬧出這麼大的動靜，總讓她有種紅顏禍水的錯覺，實在難以啟齒。

主僕倆整整儀容，敲了側門，從從容容進去。先到香草園換衣裳，然後去松香院。

松香院的管事婆子說，馬氏頭疼，讓簡淡等她好些再來。

簡淡知道，馬氏怕她了。如此正好，大家都不麻煩。

簡淡不想住之前養病的梅苑，又回了香草園。

「姑娘想住這裡？絕對不行！」藍釉把腦袋搖得像博浪鼓似的。「奴婢覺得，還是住梅苑好些。」

簡淡笑道：「怕什麼，這宅子經歷過不少主子，哪處沒死過幾個人呢？」

藍釉執拗起來。「那不一樣。姑娘要想好好睡覺，就聽奴婢一回勸。」

簡淡當然不會聽，簡雅活著時，她都不怕了，死了更不怕。

「妳和白瓷一起去市場買米麵，再多買些菜吧。我帶紅釉去梨香院，中午跟二老爺一起用飯。」

「是。」藍釉見簡淡堅持，只好跟白瓷走了。

簡淡帶著紅釉進了後花園。

京城的初冬正是觀賞紅葉的時候，簡淡一邊走、一邊看，打算從花園另一頭的月亮門出去，再到梨香院。

荷塘邊傳來女子說笑的聲音。

紅釉道：「應該是五姑娘和六姑娘。」湊近簡淡，低聲說：「姑娘，最近五姑娘好像跟大表少爺走得很近。」

「嗯。」

簡淡不以為意，只要簡悠不嫌棄崔曄，定是樁絕好的姻緣。

「怎麼，五妹跟崔家大公子走得近，也不行嗎？」簡靜從小徑拐彎處走出來，旁邊還跟著神情凝重的簡潔。

簡潔有些虛胖，眉眼間疲色極重。如今的簡雲帆只是個七品小官，簡廉又與睿王聯手，她的處境可想而知。

簡淡很久沒看到大房的人了，沒想到剛回來就瞧見兩個。

她心裡煩躁，打一架可以，但不想吵架，便往旁邊邁了一步，打算來個視而不見。

簡靜蹬鼻子上臉，手臂一伸，攔住簡淡。「簡淡，妳害了我，又殺了簡雅，現在居然連簡悠都不想放過了？毒婦，賤人！」

「四妹。」簡潔抓住簡靜的胳膊，使勁捏了一下，對簡淡道：「三妹，好久不見。」

簡淡從袖子裡摸出一把匕首。「大姊，有事不妨直接說，何必浪費工夫呢？」

簡靜聽了，氣得雙眼險些噴出火來，怒道：「不過是隻一捏就死的臭蟲罷了，有什麼好得意的？日子還長著呢，看誰能笑到最後！」

「那邊的人是三表妹嗎，出了什麼事？」崔曄的聲音從不遠處傳來。

「大表哥，是我。」簡淡的匕首在簡靜臉上比劃一下，逼退她。

「賤人！」簡靜從齒縫中擠出兩個字。

簡潔扯她的胳膊。「算了，大家走著瞧。」

簡淡懶得理她們，快走幾步，去找崔曄兄弟了。

簡悠跟簡然也在，簡悠穿著素雅的月白色斗篷，頭上插戴南珠頭面，嬌俏可愛。

「大表哥，七表哥。」簡淡屈身行禮。

崔曄笑起來。「正想去看妳，可巧妳就來了。」笑容很暖，氣度雍容，舉止儒雅。

簡淡眼裡閃過一絲激賞。「那正好，我已經讓白瓷去買菜，中午都在梨香院用飯吧。」

崔逸道：「那太好了，我跟大哥有口福啦。」

簡悠遲疑片刻，咬咬下唇，笑咪咪地跑上來，抓著簡淡的胳膊晃了晃。「三姊，我還說讓大表哥帶我和小然去找妳玩，順便在城裡逛逛呢，結果妳一回來就不成了。不行，三姊得賠我，我也要在梨香院用飯。」

簡淡笑著應下。崔曄很好，肥水不落外人田，她想成全簡悠。

賞過殘荷和紅葉，一行人從月亮門出來，去了梨香院。

才走幾步，有個小丫鬟迎面跑來，脆生生地稟報。「五姑娘，六姑娘，舅老爺來了，三太太讓姑娘們馬上回去。」

簡悠聽了，蹙起精心修過的一字眉，笑意僵在唇角。「大表哥，七表哥，三姊，那我和小然先回去。」

簡淡點點頭。「好，最近三姊都在家裡，妳改日再來便是。」

「好。」簡悠飛快瞄了崔曄一眼。

崔曄正在看路邊的一株臘梅。

簡淡挑眉，如果崔曄對簡悠無意，事情就有些難辦了。

簡悠只比她小一歲，卻遠沒有從小寄養在林家的她成熟，以崔曄的年紀和閱歷，怕也很難對一個需要哄著的小姑娘有意吧。

另外，若非真有親戚上門，只是託詞叫回簡悠姊妹，可見簡雲愷夫妻不滿意這樁婚事。

罷了、罷了，人心複雜，她還是別操心了吧，以免沈餘之誤會。

第六十七章

梨香院裡，簡雲豐正在書房畫畫。為平復心緒，這些日子，他畫了不少圖。

「父親。」簡淡斂衽行禮。

簡雲豐對她的歸家毫無準備，想起再也回不來的簡雅，眼角不由濕了，勉強笑道：「妳回來啦。」

簡淡心裡一酸，垂下頭，低低嗯了一聲。

崔曄見狀，接過話頭。「剛才姪兒想找姑父討教時文，但聽說姑父在畫畫，就去了後花園，可巧遇到三表妹，便一起來了。」

崔逸走到畫案旁，讚道：「妙哉，古人詩云：『山明水淨夜來霜，數樹深紅出淺黃』，姑父畫得好秋景！」

簡淡明白，兩位表哥在幫她解圍，連忙打起精神，跟著恭維簡雲豐。「父親取景精妙，筆意流暢，色彩絢麗自然，畫技有所突破了呢。」

簡雲豐向來用克己復禮要求自己，小輩們的刻意誇讚提醒他，自己失態了，而且這對簡淡不公平，遂不安地咳了一聲。

「咱們家園子的秋景比春景更好些，妳若不走了，陪父親多畫畫。」

簡淡聽了，心裡又是一暖。父親可以因為道德倫理逼她守寡，也可以因為道德倫理強迫自己暫時忘記死去的簡雅，力求對活著的她報以公平。

「多謝父親，小淡正有此意呢。」簡淡露出清朗明媚的笑顏。

崔曄的目光在簡淡臉上停駐片刻，也笑了起來。「如果姑父願意，姪兒也來湊湊熱鬧，跟姑父學兩筆。」

簡雲豐心情好了不少，一擺手。「這有什麼不願意的，不耽誤讀書就行。你們來得正好，我讓管家買了河蟹，等會兒你們兄弟陪姑父喝兩杯。」

崔曄點頭應了。

簡淡已經開始張羅午膳，蕭仕明卻還在大街上守株待兔。

昨天事發時，他走在最前面，只有左邊小腿被碎木扎傷，其他地方完好無損。

濟世堂的大夫剛幫他包好傷口，官府的人便來了。其他紈袴傷得重，他便出面說了整件事的經過。

回到家，一眾親人接連探望，直到夜深人靜，他才把事發經過細細梳理了一遍。

如同簡淡所想，他猜到真相並不難，只是苦於沒有證據，便派人蹲守澹澹閣，再跟蹤青瓷，找到簡淡。

青瓷會功夫，他怕動靜太大引人注意，耐心地等青瓷離開才現身，卻沒想到，簡淡也如此難纏。

煮熟的鴨子飛走了，蕭仕明的臉色很難看。沈餘安也同樣不爽，又無法責怪蕭仕明。

「一定有人幫忙，沈餘之應該在她身邊安排人了。」

蕭仕明點點頭。「那咱們接下來要小心了。」

沈餘安壓低聲音，笑道：「看你這點出息，馬上要當他的大舅子了，怕什麼？」

蕭仕明指指自己的小腿。「他就是這麼對待大舅子的，差點要了我的小命啊。」

沈餘安冷哼一聲。「放心吧，睿王極可能執掌東宮，慶王不會放過他們父子。」

「可皇上最看重姨父，一旦有人主張立賢，姨父定脫穎而出，慶王不會那麼傻吧。」

沈餘安倒了兩杯熱茶，遞給蕭仕明一杯。『放心吧，我父王沒有軍權，暫時不是慶王的敵手。倒是睿王，一旦真封了太子，坐實身分，慶王定會行動，我們等著看好戲就是。」

蕭仕明眼睛一亮。「既如此，不如我們把簡淡當時在一品茶樓的消息透露給慶王府？」

「妙啊！」沈餘安一拍大腿。「轉移沈餘之的心思，讓他跟沈餘靖狗咬狗。」

兩人心裡生出算計，笑了起來。

中午，簡雲愷的小廝說，順天府衙推到了，讓簡淡去外書房見客。

簡雲豐問他。「發生什麼事？」

簡淡看看崔曄。「應該是之前的案子有眉目了。」說的是庵堂遇劫的事。

簡雲豐道：「不是說找不到幕後主使嗎？」

簡淡起了身。「父親不用擔心，反正沒什麼大事。您和兩位表哥先喝著，我去去就回。」

簡雲豐不知所以，但崔曄知道，放下酒杯。「姑父不必擔心，姪兒與三表妹同去，去去就回。」

崔曄可靠，而且還有簡雲愷在，簡雲豐沒什麼好擔心的，擺擺手，讓他們出去了。

白瓷想跟，被簡淡用眼神阻止，叫藍釉陪她一起去。

走出梨香院，崔曄瞧瞧左右，小聲道：「順天府沒找我，便說明蕭仕明等人不曾提起過派爪牙襲擊我們之事，三表妹什麼都不要承認。」

「好。」簡淡崇拜地看著崔曄。「還是大表哥想得透澈。」

不過，她不擔心這個，是擔心順天府找來茶樓夥計，會認出她和白瓷。

崔曄笑著搖搖頭。「表妹謬讚。」

等在外書房的人不少，除了衙役，一品茶樓的三個夥計也在。

簡淡有些慌張，進門之前，深吸好幾口氣，才緩和狂亂的心跳。

庵堂的案子是衙推親自辦的，大家見過面，略略寒暄兩句，就進入正題。

衙推說道：「簡三姑娘，有人看見妳昨日下午出現在一品茶樓二樓，且女扮男裝，可有此事？」

簡淡道：「大人，小女的姊姊剛去世，還在孝期，不曾出門，更不曾去過茶樓。」

「哦……」衙推若有所思，片刻後，看了簡雲愷一眼。「既然如此，可能是看錯人了。簡大人，本官讓茶樓夥計認認人，您沒意見吧？」

簡雲愷的目光掃過簡淡臉上，見她淡定自若，方拱手道：「大人客氣了，此乃照章辦事，下官豈敢阻撓。」

於是，茶樓的人被叫進來，招待簡淡的夥計始終低著頭，雙手握拳，垂在身體兩側，稍稍有些局促，卻不慌張。

衙推吩咐。「都抬起頭，認認人吧。」

三個夥計齊齊看向簡淡。

簡淡的拳頭握在袖子裡，咬緊牙關。

很快，一個夥計開了口。「大人，小人從沒見過這位姑娘。」

另一個也道：「大人，小人在茶水間沏茶，也沒見過這樣的客人。」

簡淡進一品茶樓時，都是戴著斗笠，不進包廂不摘，一樓和沏茶的人確實沒見過她，她只擔心負責二樓的夥計。

二樓的夥計說：「大人，小人記性好得很，畫像畫得也很像。昨日那位公子眉毛又黑又濃，這位真的不像。」

衙推道：「眉毛可以畫粗，你仔細看看五官。」

夥計又看了看簡淡，極認真地回話。「大人，小人招待的明明是男客，眼睛比她小，鼻頭也比她大，嘴唇厚，下巴更方些，這位肯定不是。」

簡淡聽了，可以確定，就算這夥計不是沈餘之的人，也肯定被他威逼利誘過了。

衙推面容一肅。「你確定？」

簡雲愷涼涼地看衙推一眼。「看來何大人已經有了定論，既然如此，抓人便是，又何必來問話呢？」

衙推尷尬地笑了笑。「簡大人，茶樓是慶王府的，受傷的人有長平公主的二公子，下官也很難辦啊。」

簡雲愷哂笑。「是啊，大人確實很難辦，庵堂一案到現在還沒個結果，十幾條人命呢。怎麼，我們簡家就不配得到公道了？」

「這……簡大人何出此言，那樁案子沒有人證，也沒有物證，死無對證，本官實在沒辦法嘛。」

衙推說完，起身拱手。「既然證人說不是簡三姑娘，那就不是。本官不打擾了，告辭。」帶著三個夥計走了。

送走順天府衙推，簡雲愷把簡淡、崔曄叫到外書房。

「曄哥兒，聽說昨日你也在一品茶樓，這到底怎麼回事？為何順天府問完你，又來府裡找小淡？」

簡淡搶著道：「三叔，這件事還是由姪女回答比較妥當。

「昨天，姪女的確出過門，先去梧桐大街看瓷器，又到濟世堂，看看還有沒有捨藥。路過一條胡同時，瞧見方二少爺和蕭世子的人毆打兩位表哥，我和白瓷便以三弟的名義幫著他們，修理那些下人。如果所料不差，應該是方二少爺他們氣不過，想藉此事扳回一局。」

這說詞合情合理！崔曄眼裡閃過一絲笑意，讚賞地微微頷首。

他上前一步，道：「茶樓坍塌之事，的確與姪兒無關，但姪兒與蕭世子等人發生了一點爭執……」把經過講了一遍。

簡雲愷黑了臉。「所以，這件事是睿王世子做的？」

門開了，管家走進來，湊到簡雲愷耳邊，悄聲道：「三老爺，有人送了一封信來。」

信是沈餘之寫的，告訴簡雲愷，這椿官司出他處置，簡府不必操心。

簡雲愷何等精明，豈會不明白這其中的涵義？

他打發了崔曄，留下簡淡，沈默許久後，道：「說實話吧。」

「三叔，姪女能問問信是誰寫的，寫了什麼嗎？」

簡雲愷說：「信的事不需要妳操心，先回答三叔的問題。」

簡淡想了想，簡雲愷看信後才認定她撒謊，信裡說的事定與一品茶樓有關，寫信的人極可能是沈餘之。

如果是他寫的，不會對她不利；如果他講明一切，簡雲愷也不會多此一問。

孝期上街閒逛，已經讓人詬病，若再添上茶樓私會沈餘之一事，便是死有餘辜。且不說三叔和祖父如何看她，父親就能要了她的命。

簡淡權衡再三，決定繼續撒謊。「三叔放心，就是我剛才說的那樣，什麼事都沒有。「當時本想藉著三弟的名義嚇退方二少爺他們的下人，孰料沒能奏效，只好打他們一頓。現在看來，倒是連累三弟了，還請三叔多關心三弟在書院的情況。」

簡雲愷沈默片刻，道：「既然妳不想說，三叔不勉強妳。他們找上妳，就不會再找敏哥兒。此事非同小可，明天起，妳不要隨意出門了。也不必告訴妳父親，免得橫生枝節。」

簡淡心裡一鬆，暗道簡雲愷果然是聰明人。

宮中御書房裡，簡廉正在陪泰寧帝下棋。

泰寧帝落下一子。「如你所料，肅縣來了密報，北涼厲兵秣馬，蠢蠢欲動。」

簡廉道：「是啊，今年西北大旱，北涼缺糧草，一場惡戰怕是免不了了。」

泰寧帝看看棋局，端起茶杯喝口水。「既然是惡戰，就要派虎將才行，你覺得馮巍山怎麼樣？」

馮巍山是後軍都督府左都督，正一品。

簡廉思忖再三，道：「馮將軍為人忠義，武藝高強，性格剛猛，統軍尚可，但在兵法謀略上略有不足。」

泰寧帝微微一笑。「確實如此，那再派個懂謀略的幫他，更有勝算。」

「皇上。」何公公拎著拂塵快步過來。「長平公主求見。」

泰寧帝揀走簡廉的三顆棋子。「她不去找賢妃，找朕幹什麼？」

何公公道：「公主說，方家二公子被睿王世子弄折了胳膊和腿……」

泰寧帝皺眉，扔下棋子。「今兒就到這裡吧。」

簡廉起身。「皇上，老臣告退。」

泰寧帝道：「去吧，今年南方大澇，糧草捉襟見肘，你多費心。」

「皇上放心，老臣自當竭盡全力。」

簡廉退出去，走到門口時，長平公主正好進來，便拱了拱手。「見過公主。」

「哼！」長平公主瞪簡廉一眼，一甩袖子，氣沖沖地進了門，大聲哭道：「父皇，您這回一定得替兒臣做主……」

簡廉見狀，捋捋鬍子，氣定神閒地走了。

長平公主進了御書房，在錦墊上跪下，眼淚大顆大顆往下掉。

「父皇，沈餘之太猖狂了，簡直欺人太甚！」

泰寧帝道：「快四十的人了，怎麼還跟孩子一樣，有話不會好好說嗎？」

「父皇不幫兒臣做主，兒臣就不好好說話。」長平公主賭氣。

泰寧帝伸直雙腿，拿起一本奏摺。「妳說說看。」

長平公主避重就輕地說了一品茶樓坍塌的事，又道：「父皇，兒臣來時問過順天府，說已經派人去睿王府，但沈餘之拒絕他們進府問話。父皇，王子犯法，與庶民同罪，沈餘之就是心虛！」

「妳說是留白幹的，有證據嗎？」

長平公主當然沒有證據，只能顧左右而言他。「沈餘之心悅簡淡，我兒不過說她兩句閒話，他便下了死手。父皇，您要為兒臣做主。」

「簡淡？簡老大人的孫女？」

長平公主道：「正是。她……」欲言又止。

「她怎麼了？」

「他不是同意父皇賜婚了嗎，怎麼還惦記簡淡呢？」長平公主不想把方乃杰派人毆打崔家兄弟的事情牽扯出來，臨時改弦易轍，把「她」換成了「他」。

泰寧帝提起硃砂筆，在奏摺上寫了一段話，又道：「『人少則慕父母，知好色，則慕少艾』，很正常。」

「父皇！」長平公主不依地喊了一聲。

「好了，起來吧。」泰寧帝放下硃砂筆。「妳自己也說了，凶徒戴著斗笠，兩個小廝又與畫像不像，既沒人證，又沒物證，憑什麼認定凶手是留白？留白又憑什麼讓茶樓夥計進府認人？這件事，朕會過問的，妳回去吧。」似乎有了些不耐煩。

長平公主知道泰寧帝的脾氣，此時必須見好就收，不然適得其反，遂怏怏地站起身，告退了。

晚上，沈餘之收到長平公主告御狀的消息。

第二天，睿王接了泰寧帝的賜婚旨意，命沈餘之於次年五月二十日，與英國公嫡次女蕭月嬌完婚。

撤了香案，父子倆去致遠閣商議。

睿王道：「臭小子，你不是說你皇祖父不會真的賜婚嗎？」

咄，咄。沈餘之往箭靶上射了兩支飛刀。「既然賜婚，皇祖父便另有打算了。」

「什麼打算？」

「如果所料不差，大概是殺心又起吧。」

「殺我？為什麼？」

「殺我。」

「胡鬧，雖說你皇祖父對我多有不滿，可對你一向關愛有加。」

「呵呵。」沈餘之輕笑兩聲。「父王，如果您不爭那個位置，皇祖父自然喜愛兒子，否則，他一定想讓兒子早死。」

睿王生氣了，用手指點點沈餘之。「胡說，你皇祖父最厭憎手足相殘，而且你是他最疼愛的小輩。」

「父王，您知道我是什麼樣的人，皇祖父也同樣了解。如果您要爭權，他會放心讓我活下去嗎？」

睿王想了想，道：「所以，你讓人引方乃杰等人去一品茶樓，誘他說出那些混帳話，再弄塌茶樓，又故意不讓順天府來府裡認人，就是想看看你皇祖父到底會不會對你下手？」

沈餘之搖搖頭。「父王想多了。兒子是跟著簡淡去茶樓，那些事不過是順勢而為，提醒皇祖父，兒子想要的，一定要弄到手罷了。

「父王，皇家沒有父子，只有君臣。比起兒子，皇祖父更在乎的是江山社稷。為了江山社稷，除掉一、兩棵雜草，不算什麼。」

睿王沈下臉，很久沒有說話。

沈餘之不打擾他，起身去書架上拿書，坐在躺椅上看起來。

他翻了十幾頁，睿王終於開口。「你皇祖父想派馮巍山去肅縣，你現在又得罪了方家，我們未來會不會更加艱難？」

沈餘之放下書。「沒有後軍都督府，我們還有中軍、前軍。至於方家，方大少爺和幾個西南將領吃空餉，兒子握有證據，他們逃不出咱們的手掌心。」

「啊？」睿王有些呆了。「你怎麼……」

沈餘之笑道：「兒子別的沒有，就是錢多，所以消息一定多。父王，皇祖父的江山沒有您想像得穩固，貪官污吏遍地，即便您坐了那個位置，將來也絕不會清閒。」

「那……老子還能反悔嗎？」

沈餘之挑眉。「現在反悔，等同於送死，您說呢？」

睿王語塞，說不出話了。

第六十八章

這日清晨，藍釉買菜回來，陰沈著小臉進廚房，對正在切肉的白瓷道：「聽說睿王府已經開始籌備訂親的事了。」

白瓷把刀剁在砧板上，咬牙切齒。「大騙子！」

紅釉去掉大蔥的外皮，放進水盆裡。「是皇上賜婚，又有什麼法子呢？」

白瓷道：「賜婚又怎樣？我就是氣不過，明明……」

「明明什麼？」簡淡進了廚房。「過去的事，就不要提了。既然活著，日子還得過，我們要學會往前看。」

聽到沈餘之被賜婚的事，已經過了七、八天，簡淡瘦了三、四斤，卻始終記得沈餘之的話——不會真的賜婚。

如今真的賜婚，他卻杳無音信了。為什麼？他是欣然接受？還是反抗無用呢？

簡淡不得而知。

如果婚約還在，以往的親吻和擁抱甜如蜜糖；如果一切成為泡影，開胃小菜便是蒼蠅和老鼠屎，一旦提起，頓時心腹翻湧，恨不能吐個天翻地覆。

簡淡很清楚，她之所以在意，是因為動心，相信了沈餘之的信誓旦旦。不但以前相信，現在依然心懷希望。畢竟，他並不是個半途而廢的人。

白瓷道：「可……」

「可什麼可？」藍釉打斷白瓷的話。「姑娘說得對，該忘得忘，總想著過去那些事，活著就沒意思了。」

紅釉道：「就是、就是。」

白瓷明白藍釉的意思，悻悻然閉了嘴。

藍釉轉了話頭。「姑娘，邊關又要開戰，齊王當監軍，今天啟程趕赴肅縣。」

簡淡知道北涼會開戰，也知道齊王會監軍，只好奇主將有沒有變。

藍釉又補充道：「主將是馮巍山將軍。」

「馮巍山？」簡淡不了解此人，但知道上輩子的主將並不是他。

那麼，是祖父干預，還是睿王和沈餘之做出了反應呢？

上輩子，大舜慘勝北涼，一座城池遭屠戮，老百姓和士兵死傷慘重。如今簡廉早知先機，想必能化險為夷。若是如此，她也算功德無量了。

簡淡這麼一想，心情晴朗不少，道：「今兒天氣不好，已經開始落雪，妳們準備準備，等會兒隨我去花園轉轉。」

三個丫鬟應下。

辰時末，真的下雪了，風不大，大團大團的雪花紛紛揚揚落下，很快在樹冠上、院子裡、屋頂上積了白白一層。

簡淡穿上翻毛長靴，披鑲毛領的玄色裘皮大氅，帶三個丫鬟去花園。

現在已是十一月，荷塘上早結了冰，層疊的殘荷還在，發黑的梗、枯黃的葉，一枝枝、一片片……

單調的木魚聲從花園深處響起，一下又一下，每一聲都像敲在心門上。

簡淡呆呆立在涼亭裡，站了許久。

一陣北風吹來，冷意鑽進衣服，滲入皮膚，凍得人直想打哆嗦。

藍釉抱緊雙臂，對白瓷使了個眼色。

白瓷明白她的意思，想了想，從籃子裡取出紙筆。「姑娘，要不要畫畫？」大嗓門打破了花園的靜謐。

簡淡從紛雜思緒中驚醒。「嗯，畫兩張。」

大雪、涼亭、殘荷，枯瘦的垂楊，還有牆角怒放的紅梅……筆畫加加減減，變成本子上的一張張圖案。

忽然，一陣嗚咽簫聲傳來，如泣如訴，曲調悲涼，技巧嫻熟。細細一聽，竟是一首〈妝檯秋思〉。

白瓷一翻眼珠。「誰這麼敗興？大雪天吹這個，煩不煩啊！」

聲音從睿王府而來，難道是沈餘之？

簡淡壓住立即跑出涼亭的衝動，耐著性子畫完最後幾筆，才把本子和眉黛扔進籃子。

「走吧，去梨香院。」

她大步走出涼亭，眼角餘光瞥過隔壁的高臺，然而，那裡只有白皚皚的雪，與隨風亂舞的枝杈。

沈餘之不在。

簫聲不知從何而來，又不知隨著北風往何處去，簡淡的神思亦隨之飄遠了。

一出月亮門，來送澹澹閣銀子的青瓷迎面跑來。「姑娘，今兒老太爺沒上朝，聽說是病了，三老爺剛把御醫送走。」

「啊？」簡淡回過神，迷茫地看著他。「什麼？」

青瓷又重複一遍。

簡淡登時回神，讓白瓷、紅釉到梨香院準備午飯，帶著藍釉去了內書房。

內書房裡飄著濃濃的草藥味，簡淡先進書房，發現沒人，遂小跑著進內室。

「祖父，您生病了嗎？」

簡廉臉色青白地躺在炕上，蓋了兩層厚厚的棉被，卻依然瑟瑟發抖。

簡淡暗驚，後脊梁骨開始嗖嗖冒出寒氣。這是風寒發熱的跡象啊，會死人的！

簡廉睜開眼。「小丫頭來啦，祖父不要緊，休息幾天就好了。」

李誠嘆息一聲。「老太爺這是累的啊。」

兵馬未動，糧草先行。簡廉不但要督管此事，還要關注朝政及西北軍情，心力交瘁是必然結果。

「祖父，不然……您告老吧。」簡淡在李誠搬過來的杌子上坐下，抓住簡廉發燙的大手。「孫女總覺得眼下的形勢不太好，咱們回衛州老家吧。」

「胡鬧！」簡雲豐推門進來。「這樣的事，豈是妳這乳臭未乾的小丫頭能置喙的？」

「父親，三叔，四叔。」簡淡站起身，讓到一邊，脫鞋上炕，取來迎枕幫簡廉墊好，讓他躺得更舒服些。

「父親，兒子來晚了。」簡雲豐有些慚愧。

「父親，您感覺怎麼樣？」簡雲澤問道。

簡廉清清嗓子，開了口。「小丫頭是管不了為父的事，但為父的確有告老的心思。」

「啊？」簡雲豐與簡雲澤齊齊發出一聲驚呼。

只有簡雲愷不動聲色，問道：「父親，朝廷正值用人之際，皇上會同意嗎？」

「翰林院的高煦年輕有為，皇上早有提拔之意。」

兄弟三人沈默了。一旦簡廉告老，簡家就完了。

簡家雖是實打實的書香門第，但也是實打實的青黃不接。沒有簡廉，就沒有鮮花著錦的簡家，不但保不住這間宅子，連兒女婚事也會大受影響。

「父親，越哥兒的婚事……」簡雲豐話說半截，又停下了。

「婚事訂了就是訂了，高煦不是逢高踩低之人。」簡廉道。

簡雲豐鬆口氣，如果這樣，於二房來說沒什麼，但簡雲澤、簡雲愷的臉色便不好看了。

簡廉又道：「若皇上答應，老夫打算回衛州老家。現在分了家，你們要走要留隨意。」

簡雲豐是閒雲野鶴，在哪兒都行，立刻道：「兒子願隨父親回衛州。」

簡雲愷和簡雲澤沒吭聲，陳氏和小馬氏的娘家在京城，即便他們能做主，也要跟她們說一聲。

「父親，現在說這些是不是早了些？」簡雲愷問道。

簡廉笑笑，意味深長地說：「老夫告老，亦屬無奈之舉。眼下局勢詭譎多變，如果老夫什麼都不說、什麼準備都不做，再過兩個月，只怕就來不及了。」

簡淡不太明白。那些事，她早已告訴過祖父，為何祖父還是這副被逼無奈的樣子呢？

簡家撤了，睿王父子怎麼辦？沈餘之娶英國公的嫡女，英國公與齊王是連襟，這門親事結得並不好。難道睿王要放棄爭奪皇位，再次選擇與齊王聯手？那慶王是不是還要殺睿王？

不……祖父早有準備，以他們的智謀，應該不會落到如此田地。

那麼，究竟是事情無法掌控，還是這些都在意料之中？

簡淡左思右想，發現憑她的閱歷，無法想出讓自己心安的結論。

她強迫自己不再思考此事，取來炕几上的水壺，幫簡廉倒了杯熱水。「祖父，孫女先回衛州，替您收拾收拾老宅，您看怎麼樣？」

簡廉道：「妳大哥收拾過了，不用忙，到時候祖父帶妳回去。」

忽然間，李誠在外面響亮地打了聲招呼。「小的見過大老爺。」

大伯父？簡淡看看幾位長輩，兄弟三人均面無表情，氣氛一下子凝重起來。

門很快開了，簡雲帆大步進來。「聽說父親病了，兒子特來探望。」他胖了些，氣色比前陣子好多了。

「大哥。」簡雲豐帶頭行禮。

「嗯。」簡雲帆點點頭。「父親，您感覺怎麼樣？」

簡廉掙扎著坐起來。「還行，一時半刻死不了，這把老骨頭還挺得住，咳咳咳……」

簡淡扶住簡廉的後背，等他不咳嗽了，再把水端到他面前。「祖父，喝口水壓壓。」

「老爺怎麼咳成這樣？」馬氏小跑著進來，乍然看到簡雲帆，吃了一驚。「喲，你們都在啊。老爺醒得早，這會兒該歇著了，都回去吧。」

簡廉拍拍簡淡，示意她把迎枕拿走，他要躺下了。

簡淡照做，穿鞋下地，與簡雲豐一起出去。

另一邊，簡雲帆乘車離開簡家，直奔百花樓二樓。

慶王世子沈餘靖正坐在包廂裡等他。

「世子，下官來晚了。」簡雲帆連連拱手。

「有事耽擱了？」沈餘靖指指身邊的位置。「簡大人請坐。」

如今簡雲帆是七品官，按說入不了沈餘靖的眼，但他畢竟是簡家人，學識淵博，且頗有智慧，當幕僚再適合不過。

簡雲帆側身坐了，半個屁股貼在椅子上。「家父病了，御醫剛剛才走。」

「病了？怎麼樣，嚴重嗎？」

「是風寒。發熱咳嗽，不算輕。」

沈餘靖冷笑。「聽說聖旨已經下來，高煦果然進了內閣，簡老大人的首輔之位，大概坐不了幾天了。」

簡雲帆道：「世子英明，家父可能有告老之意。」

沈餘靖示意隨從替簡雲帆倒了杯茶。「簡老大人告老，高煦頂上，簡思越運氣不錯。」

簡雲帆眼裡閃過一絲猙獰。

沈餘靖看得清楚，心裡微微一笑，又把話頭繞回高煦身上。

高煦是泰寧帝的人，泰寧帝看重的是齊王，那高煦定唯齊王馬首是瞻。

但不管怎麼說，齊王沒有兵權，也沒生出沈餘之那樣奸詐的兒子，所以慶王的首要敵人，依然是睿王。

簡雲帆明白沈餘靖的意思，但他此刻關注的是另一件事。「世子，聽說馮巍山善戰，齊王於兵法頗有研究，此仗必贏，王爺有對策嗎？」

沈餘靖正要說話，夥計端著托盤進來，上了兩道涼菜。門一開，就見沈餘之、沈餘安，以及蕭仕明從門口走過去。

沈餘靖奇道：「喲，這三個人居然湊到一塊兒了。」

簡雲帆若有所思。「睿王世子當真要娶英國公的嫡女嗎？依下官對他的了解，這件事不太可能。聽說睿王妃病了，一旦……」

沈餘靖道：「就算睿王妃死了，賜婚依然是賜婚，頂多延遲婚期，不會取消。」

「那也是。」簡雲帆壓低聲音。「聽說馮巍山向來欽佩有謀略的人，此番齊王監軍，說不定就有了兵權。」

沈餘靖冷笑。「馮巍山仗義，又是睿王的人，哪有那麼便宜的好事。」

簡雲帆沈吟。「所以，兩家會不會真的聯手了呢？」

沈餘靖點點頭。「確實有這個可能……」心裡生出了算計。

另一邊，沈餘安知道馮巍山是睿王的人，最近幾日一直在想方設法親近沈餘之。只要馮巍山顧全大局，這場仗便能讓齊王立下大功，在朝堂樹立更大的威信。

蕭仕明顧慮到沈餘之的潔癖，遂約他去月牙山泡溫泉、炙鹿肉。

沈餘之答應赴約，但臨行前突然改變主意，說天太冷、路太遠，想去百花樓開開眼界。

百花樓是青樓，占地頗大，分成前樓、後院。前樓有三層，乃附庸風雅、撫琴吟唱之地。穿過二進垂花門，進入後院，則是酒池肉林，欲壑難填之處。

百花樓不但大，姑娘也出眾，其花魁在京城，乃至於整個大舜都是佼佼者。但像沈餘靖、沈餘安這樣的宗室子弟，多會顧惜身分，只上前樓，不進後院。

進了包廂，討厭和煩人麻利地換掉桌布，用新的軟布蓋上椅子，再取出沈餘之專用茶具和碗筷，一一擺好。

儘管這是蕭仕明第二次與沈餘之同坐一桌，但仍被沈餘之的龜毛驚得目瞪口呆，開始懷疑，自家妹妹嫁了這樣的人，會不會守一輩子活寡？

蕭仕明思考再三，決定試探一下。

「世子喜歡什麼樣的美人，等會兒人來了，在下幫世子挑一挑。」

沈餘之道：「不必了，我聽聽琴就好。」

沈餘安笑著說：「十三弟，撫琴另有其人，仕明的意思是，找幾個合胃口的清倌替咱們倒酒。」

沈餘之忽然道：「討厭！」

沈餘安一怔。

「小的在。」討厭上前一步。

沈餘之又道：「去泡茶。」

「是。」討厭取出茶葉，拿著自家茶壺出去了。

沈餘安扶額。這就是不需要美人服侍的意思？什麼破名字，什麼爛人！

蕭仕明閉閉眼，又看看討厭和煩人，心道莫非簡淡是煙幕，他真正喜歡的是男人？不由哆嗦一下，極想問問沈餘之要不要小倌，又怕挨悶棍，只得憋回去。

這時，老鴇裹著香風進了門，對坐在主位的沈餘安道：「貴客，姑娘們在外面候著了，您看……」

沈餘安呷一口茶，勾勾手指頭。

姑娘們進來了，果然個個如花似玉。

沈餘安挑兩個，蕭仕明挑兩個，剩下的幾個姑娘，眼巴巴看著最俊俏的沈餘之。

剩下的，並不意味長得稍遜一籌，正好相反，沈餘安和蕭仕明特意把最美的留下了。

沈餘之的目光緩緩在幾個姑娘臉上掠過，又無動於衷地喝了口茶，轟蒼蠅似地擺擺手。

老鴇嚇一跳。這也太挑剔了，連百花樓最美的花魁都看不上，那要什麼樣的，仙女嗎？

但她認得蕭仕明，不敢造次，帶著一肚子的疑問下去了。

夥計們開始送菜，美人們替沈餘安、蕭仕明倒酒，討厭則給沈餘之斟茶。

沈餘之細細洗了手，之後親手剝起花生，吃一粒，剝一粒，細心又講究。

沈餘安見怪不怪，問道：「老十三，聽說令堂的病拖很久了，好些了嗎？」

沈餘之道：「還是老樣子，御醫說不好治。」

沈餘安跟蕭仕明碰了碰酒杯。「要不要幫你介紹兩個醫術高明的民間大夫？」

沈餘之漠然。「她的事，我管不著。」

蕭仕明更加不安了。沈餘之性情古怪，又如此涼薄，若真的喜歡男人，他妹妹蕭月嬌這輩子豈不是毀了?!

這樁婚事來得著實莫名其妙，慶王若能殺死他就好了。

蕭仕明看看沈餘之，後者還在聚精會神地吃剝皮的花生米，那只明顯不同於百花樓的茶杯微微冒著熱氣。

他動了動受傷的腿。沈餘之防備太甚，下毒難，他身邊可用的高手又太少，靠他絕對不成，若能慫恿齊王動手，或者還有一絲希望。

殺死沈餘之，對齊王只有好處，沒有壞處。如果睿王沒了沈餘之，就不會對那張椅子癡心妄想。

三人在百花樓聽一會兒曲子，閒話幾句，沈餘之就以無聊為由，提前告辭了。

送走沈餘之，蕭仕明打發走幾個清倌，低聲道：「大表哥，如果慶王要對睿王下手，咱們是不是可以落井下石？」

「這……」沈餘安雖一直惦記泰寧帝屁股下的椅子，但還真沒惦記過睿王和沈餘之的命，搖了搖頭。「皇祖父說過，父王人品敦厚，兄弟鬩牆這樣的醜事，不適合他。」

蕭仕明道：「姨父不適合，但慶王適合啊。」

「你是說……嫁禍？」

蕭仕明點點頭。

沈餘安還是不答應。「皇祖父和沈餘之都不是一般人，咱們不能輕舉妄動。」

第六十九章

沈餘之離開百花樓後，哪裡都沒去，直接回了致遠閣。

小城向他稟報。「主子，簡三姑娘讓白瓷送來一件翻毛皮斗篷，偷偷放在牆上了。」

沈餘之眼裡閃過一絲笑意。「有人瞧見嗎？」

小城道：「應該沒有，圍牆附近沒有腳印。」

「拿來看看。」沈餘之把手放到水盆裡，認真洗了一遍。

煩人打開放在桌上的包袱，拿起來看了看。斗篷是玄色暗紋緞面的，裡子用的是紫貂皮，脖頸處還有一圈油亮的太平貂皮。做工精細，極為漂亮。

只是……他家主子能穿皮靴，卻從不穿動物毛皮，嫌髒！

「主子，帶毛的。」煩人拎起斗篷。

沈餘之怔了好一刻，自語道：「那丫頭倒是個愛乾淨的，沒什麼問題。」

討厭別過頭，撇了撇嘴。

「我試試。」沈餘之站起身。

討厭只好搬小凳子過來，讓煩人站在上面，把斗篷披在他肩上。

長短正好，脖子上的貂毛柔軟暖和，斗篷下襬用玄色繡線繡著大大小小的雪花，或密或疏，輕靈有致，既不破壞緞面的暗紋，又給玄色增添了生氣。

沈餘之十分喜歡，脖頸破天荒的沒覺得癢，美滋滋地在大銅鏡前照了又照。

「討厭，把我新買的那對手鐲拿來。」

討厭有些猶豫，硬著頭皮說：「主子，這樣不好吧，王爺已經在準備聘禮了。」

沈餘之面色一沈，手在光滑的緞面上蹭了兩下。

討厭腳下抹油，端著洗手水，小跑著出了門。

沈餘之自嘲地笑了笑。「算了，成敗還未可知，我何必招惹她呢？再等等也不遲。」讓煩人解下斗篷，吩咐小城。「送回去吧。」

小城應了聲，把包袱拎在手裡。

沈餘之又問：「崔曄每日都去梨香院嗎？」

小城點點頭。

沈餘之閉上眼。「他不行，年紀比小笨蛋大得太多，萬一早早死了，小笨蛋要守不少年的寡，得想想辦法。」

小城道：「世子無須擔心，簡老大人未必喜歡崔大公子，他是剃頭擔子一頭熱。」

沈餘之搖搖頭。「未必，如今她名聲太差，崔家對她來說，已經是最好的人家了。」

煩人又問：「主子，萬一簡老大人真的歸隱田園，簡三姑娘嫁去衛州，應該沒有問題吧？畢竟隔得那麼遠呢。」

沈餘之點點頭，苦笑一聲，不再說話。
他不擔心簡淡到衛州之後的事，只擔心崔曄趁他無法從賜婚中脫身時，與她訂下婚事。
一會兒後，白瓷在院子裡發現送回來的斗篷，交給簡淡。
簡淡什麼都沒說，只吩咐藍釉把它裁短些，送去給簡思越。
斗篷只是個試探。如今有了結果，她就可以放下了。或許會有些傷心，但很快會過去。她重活一回，不是為了沈餘之，只是為了她自己，該放下的，必須放下。
簡廉的風寒一直沒好，雖說不發燒了，但始終在咳嗽。
冬至那天，他上了乞骸骨的奏疏。泰寧帝在小寒那日批了，並派人接他進宮，下了一天的棋。
隔天，簡家各房忙碌起來，雖說泰寧帝從未提過要收回簡宅，但簡家人卻不得不離開，以免讓有心人詬病。
因為早有準備，大家很從容。除大房想自行處置外，其他三房的家什都搬到雲縣靜遠鎮的莊子裡。
林家離得近，派人幫了不少忙，很快便安置好一切。
臘月二十二，簡雲豐帶著三個兒女去了庵堂。

天氣寒冷，大家坐車，簡思越跟簡雲豐同乘一輛，簡思敏則與簡淡坐。

簡思敏沒骨頭似地靠在簡淡肩上。「三姊……」

「嗯。」簡淡放下眉黛。「什麼事？」

「沒事，就是叫叫妳。」簡思敏摸摸鼻子。

簡淡想了想，問道：「你怕母親見到我會生氣吧。」

簡思敏搖搖頭。「不是，我是怕妳生氣。」

小滑頭。簡淡失笑，她可不認為自己比崔氏更重要。

簡思敏見她不信，尷尬地笑笑。「三姊，明兒就是小年，不管妳還是母親，我都希望妳們好好的。」

簡淡拍拍他的手臂。「好，到時候你護著我些，我儘量不去招惹她。」

申時，馬車抵達庵堂，父子四人下車，剛敲開庵堂大門，便有一匹快馬奔馳而來。

簡淡回頭一望，見是李誠，心裡登時大驚。

簡雲豐白了臉，轉身往回跑，問道：「可是家裡出事了？」

李誠下馬，壓低聲音道：「二老爺，睿王妃歿了，老太爺讓二老爺不必回靜遠鎮，從庵堂出發，直接回衛州。」

簡淡和簡思越離得很近，聽得清清楚楚，又糊裡糊塗。睿王妃死就死了，他們為什麼要在這個時候趕回衛州？但還是應下來。

李誠傳完話，匆匆走了，簡淡便先到正殿上香，簡雲豐和簡思越兄弟去禪房探望崔氏。

此時是尼姑們靜修的時辰，崔氏正在禪房誦經。

不過月餘未見，崔氏明顯老了，額頭、眼角多了不少細紋，法令紋也深了，明明三十出頭，卻有了四十的模樣。

「崔氏。」簡雲豐輕輕叫了一聲。

崔氏停止誦經，緩緩睜開眼，目光落到簡雲豐臉上，淚水漫過眼眶，大顆大顆落下。

「母親。」簡思越、簡思敏一起跪下。

禪房裡響起一陣細碎的嗚咽，半盞茶工夫後，簡雲豐從懷裡取出一方繡帕遞給崔氏。

崔氏接過，瞧見熟悉的針腳，哭得更大聲了。

簡思敏站起來，勸道：「母親，仔細哭壞了身子。」

簡思越想勸，又不知從何勸起，只好打量禪房四周。禪房很整潔，衣櫃、桌椅、佛龕、文房……該有的一樣不少。

只是，簡雅的牌位不在此處了。

簡雲豐的心思跟簡思越差不多，環顧一周後，與簡思越對視一眼，不由重重嘆息一聲。

崔氏止住哭聲，偷偷瞄他一眼。

這一眼被簡思越看個正著，立刻猜到崔氏的心思，登時哭笑不得。難怪她會把簡雅養成那樣的性子而不自知，正所謂有其母必有其女，原來她骨子裡跟簡雅是一模一樣的。

簡思越把簡思敏拉過來，道：「父親，您和母親說說話，我和二弟去看看小雅。」

簡雲豐在蒲團上坐下，擺了擺手。

簡家先人的牌位供在往生殿，佛香裊裊。

簡淡站在簡雅的靈位前。

「其實，我重生就是為了找妳報仇的。然而，贏是贏了，卻沒有得到想像中的快樂。

「妳用自殺報復我，如今陰陽相隔，萬事都成泡影，有沒有後悔過？

「不怕告訴妳，我還住香草園，每日都在妳自殺的地方寫字畫畫，並無不適。父親、大哥和二弟雖然難過，但現在已經好多了。

「妳瞧瞧，不管沒了誰，這日子都是一樣的過。妳的死，毫無價值……」

外面傳來腳步聲，簡淡陡然驚覺，回過頭，看見簡思越、簡思敏先後跨過門檻。

「三妹！」簡思越心疼地叫了聲，取出棉帕，放在簡淡手裡。

簡淡伸手往臉上一抹，這才發現，原來自己早已淚流滿面。

她慘笑一聲，轉過頭，繼續對牌位說話。「雖說我們是孿生姊妹，但不得不承認，我們真的不像，起碼我沒有妳心狠。」

「好了，都過去了，妳這樣子，二妹在九泉之下會不安的。」簡思越拍拍簡淡的肩膀，拿出三炷香點燃插上，拜了拜。

簡思敏也跟著上香。

兄弟倆一句話都沒說，上完香，默默退了出來。

庵堂用飯早，三人剛進正堂，小尼姑便送來食盒。

「二老爺還在禪房？」簡思越問道。

小尼姑點點頭。「等會兒就是晚課，應該馬上就回來了。」

三人等了小半個時辰，簡雲豐腳步沈重地入內。

父子四人開始用飯。飯菜簡單，大家吃得也快，不到一刻鐘，便放下碗筷。

王嬤嬤上了茶，道：「老爺，老奴想去看看太太。」

簡雲豐點頭。「去吧，替我勸勸她。」

王嬤嬤先是不懂，但隨即會意，福了福身。「是，老奴告退。」

簡雲豐又把白瓷等人趕出去，對孩子們道：「我有話跟你們說。」

簡思越知道，他猜對了。

崔氏果然要還俗。

京城裡，睿王府的裝飾一片素白，致遠閣也不例外。

沈餘之面色陰沈地坐在書案後面，目光落在麻布蒙起來的彩色瓷器上。

討厭小心翼翼地問：「主子，想點法子吧，萬一查出什麼……」

煩人拍他後背。「怕什麼，又不是咱們幹的。」

沈餘之心道，真是蠢貨，哪裡來的萬一，這件事就是衝著他來的。

睿王妃死了，他的婚事至少要延後三年。如此，得利的是慶王和英國公府。

英國公沒有這個膽子，那就是慶王幹的了。

睿王妃出身忠勇侯府，現在的忠勇侯是她嫡親兄長，雖說眼下是個閒散人，但忠心的屬下不少，在幾大軍營的勢力不容小覷。之前在庵堂路上截殺簡淡的人，應該就是他的手下。

現在慶王殺掉睿王妃，再把火引到他身上來，一來絕了父王和齊王聯手的可能，二來離間父王與忠勇侯的關係，慶王行事便會更加從容。

那麼，如果皇祖父不想看到慶王獨大，會怎麼應對呢？

沈餘之站起身，躺到躺椅上，蓋上被子繼續思索。

如果皇祖父當真想藉慶王的手除掉他們父子，再以此為藉口除掉慶王，便必須讓慶王更加緊張，或許會再頒一道聖旨，命他與蕭月嬌在百日內成親，理由是他年紀大了，想親眼看到最喜歡的孫輩成親。

等他和蕭月嬌成親，再放出風聲，立父王為太子，慶王就該急了。畢竟，他是皇祖父表面上最寵愛的孫子，把皇位給父王，等於給了他。

慶王不敢再賭，便只能動手。

然而，猜測只是猜測，不等於事實。

現在只能等，看皇祖父會不會按他設想的來，若真那麼做，他也不必客氣了。你想捧殺我，我想捧殺他，大家互相利用，端看誰技高一籌吧。

沈餘之打通思路，沈沈睡了過去……

一個時辰後，討厭進來叫醒沈餘之。「主子，三法司來人了，忠勇侯也來了。」

沈餘之坐起來。

蔣毅稟報道：「世子，忠勇侯的意思是，暫且不舉行王妃的葬禮，停放在白馬寺，何時查明凶手，何時下葬。王爺已經答應了。」

沈餘之點點頭，身為丈夫，為妻子鳴冤昭雪是應有之義，必須答應。

「抓了誰？在哪裡審？」

蔣毅回答。「王妃身邊的丫鬟、婆子都被帶走了，要在大理寺審。」

沈餘之示意討厭倒杯熱水來。「蔣護衛安排妥帖人手，去大理寺瞧瞧。」

「是。」蔣毅拱手，轉身出去。

討厭鬆口氣，咕噥道：「幸好咱們用的不是王妃的人。」指的是之前下毒的事。

煩人點頭。「就是、就是，不然一用刑，什麼都招了。」

沈餘之喝完一杯熱茶，哂笑一聲。「你們太天真了。」

他話音將落，蔣毅又從外面返回。「世子，王妃身邊的嬤嬤，沒等出府就招了，說收了世子的賄賂，在王妃的藥裡下了毒。」

沈餘之歪了歪腦袋。「理由是我與王妃不睦？」

蔣毅欽佩地看沈餘之。「正是。」

討厭有些驚慌。「主子，怎麼辦？」

沈餘之道：「不怎麼辦。她說是我，就真的是我了？證據呢？」

蔣毅道：「世子說得是，世子和王妃不睦多年，沒道理在這個時候突然毒死王妃。不過，世子有證據證明此事不是您所為嗎？」

沈餘之笑了笑。慶王的主要目的，是阻止他通過蕭家與齊王聯手，弄出個嬤嬤來陷害他，不過是順帶著增加有趣戲碼罷了。

慶王能找人陷害他，他當然也能找到證據證明不是他。

大家玩一局，各憑本事吧。

不久，睿王與刑部尚書、左都御史，以及大理寺卿同時到了致遠閣。

沈餘之移步到大廳，睿王、刑部尚書坐主位，左都御史、大理寺卿分坐左右次位。

一個四十歲左右的嬤嬤跪在下面，滿臉淚痕，但表情十分鎮定。

沈餘之進來後，懶懶散散地拱拱手，便算打過招呼了，在討厭搬來的椅子上坐下。

「父王，這是給王妃下毒的凶手嗎？」

睿王沒好氣。「這奴才說是你叫她下毒的，你怎麼說？」

沈餘之看看三位大人，明知故問：「幾位大人就是為此而來嗎？」

刑部尚書捋著鬍鬚，沒有說話。左都御史眼觀鼻、鼻觀心，也不開口。

大理寺卿是慶王的人，道：「世子，下官的確為此而來，但並非懷疑世子，只是職責所在，既想為睿王妃討回公道，也想為世子洗清不白之冤。」

沈餘之把玩著手裡的小飛刀。「如此，本世子還要謝謝大人了？」

大理寺卿面不改色，拱手笑道：「世子客氣了，這是下官該做的。」

說完，他對跪著的嬤嬤道：「丁陳氏，妳把剛才說的，再跟世子說一遍。」

丁陳氏抬頭，看向沈餘之，目光從他的臉上移到手上，不由哆嗦一下，淚水更加洶湧。

沈餘之似笑非笑，一雙桃花眼彷彿籠罩於迷霧中，沒人能從他眼裡讀出他此刻的思緒。

「丁陳氏，妳有沒有要說的？」大理寺卿又問一遍。

「有。」丁陳氏深吸一口氣，擦乾眼淚。「那藥是世子身邊的討厭交給奴婢的。討厭說，不是毒藥，只會加重病情，奴婢以為王妃本就病重，病情再重些也沒什麼，便依了他。」

她從袖袋裡抽出一疊銀票。「這是討厭送來的一萬兩銀票，說事成後再給一萬兩。」

大理寺卿看看睿王和另外兩人，見他們仍沒有開口，只好望向沈餘之。「世子怎麼說？」

沈餘之抬抬下巴，討厭便朝丁陳氏走過去。

大理寺卿站起來，防備地看著討厭。「世子這是做什麼？」

丁陳氏跪著後退兩步。

討厭彎腰，從她手裡搶過一張銀票看了看，眼睛一亮。「這不是我家主子的銀票。」把銀票放到沈餘之面前。「主子瞧瞧，圖案不一樣。」

沈餘之似乎早想到了，淡淡地說：「拿去給王爺和幾位大人看看。」

討厭把丁陳氏的銀票交給睿王，又從懷裡取出一張。「王爺，我家主子的銀票是特製的，印的不是波浪紋，而是松針紋。」

大理寺卿一愣。

沈餘之道：「大人可能會說，一張銀票證明不了什麼，沒人笨到用特製的銀票付這樣的錢。那請問大人，如果本世子讓人毒殺你家兄弟，再給你家僕婦幾萬兩銀子，讓她誣陷大人，說大人為爭奪老太太身邊的美貌丫鬟而殺死兄弟，大人打算如何辯解呢？」

大理寺卿立時紅了臉。沈餘之舉的例子太巧了，除殺死兄弟是子虛烏有之外，其他都是不久前發生過的事，他啞口無言。

沈餘之靠在椅背上，懶洋洋地說：「來人，把丁陳氏的親朋好友全找來，查查他們的近況，比如有沒有賭博欠錢，害了人命，或者失蹤很久的。如果有，綁兩個來，該打的打，該殺的殺，直到丁陳氏說實話為止。」
丁陳氏哆嗦一下，大哭出聲。「世子饒命！奴婢的小兒子欠下賭債，被賭場抓去七、八天，昨兒被送了一隻手指頭回來……奴婢逼不得已，這才犯了死罪。
「王爺，世子，諸位大人，這件事是賭場的人威脅奴婢做的，與世子無關，不是世子指使的，嗚嗚嗚……」
沈餘之聽了，嘴角噙了一絲笑意，手中飛刀忽然射出，斜斜插進窗櫺上方，離地面足有一丈高。
「討厭，把它取下來。」
討厭應聲，跑了兩步，腳在窗戶上一踏，飛身取下飛刀，再輕靈落地，用帕子擦了，送回沈餘之手裡。
沈餘之道：「本世子若想毒殺王妃，根本用不著經他人之手。」站起身，意味深長地說：「大人，你明白了嗎？」
這是明顯的威脅。大理寺卿眼裡閃過一絲恐懼。
「妙啊。」刑部尚書終於開口了。
左都御史也讚賞地笑了笑。「世子真乃奇才。」
睿王鬆了口氣，蹺起二郎腿，與有榮焉地看著自家俊俏兒子。

第七十章

另一邊，簡淡從沒想過，崔氏會主動說要還俗。

以往她覺得崔氏溺愛簡雅，苛刻待她，不是個好母親，但從未拋開過母親這個身分去想她是什麼樣的人。

現在想來，崔氏想還俗，無非是信仰不堅，吃不了苦，耐不住寂寞。當初她出家，大概只是因為傷心太過，且不敢承當責任，才衝動落髮。

這樣看來，崔氏是個懦弱、自私，沒有擔當的蠢人。

佛祖慈悲，自然可以還俗。但身為名門望族的嫡女、書香門第的貴婦，出爾反爾，未來定會遭人非議，令簡家蒙羞。

即便簡雲豐答應此事，也要簡廉點頭。

簡雲豐問了孩子們的意見，簡思越沒說話，簡思敏贊成，只有簡淡明確地反對。

他預料到簡淡和簡思敏的反應，讓他出乎意料的是簡思越。他很清楚，簡思越沒開口，等同於拒絕。

沈默片刻，簡雲豐道：「越哥兒留下，小淡帶敏哥兒出去走走。」

簡淡看簡思越一眼，帶簡思敏離開。

姊弟倆走出去，簡思敏抱住簡淡的胳膊，撒嬌道：「三姊，院子裡太悶了，我們出去走走，聽說這裡的日落很美。」

簡淡應下，兩人披上厚斗篷，一起出跨院兒，剛要走向庵堂大門，就見崔氏迎面過來。

崔氏戴著灰色僧帽，穿著灰色僧袍，面色發黃、眼神晦暗，整個人灰撲撲的。

「小淡！」崔氏結結巴巴叫了一聲。

簡淡權當沒聽見，拐個彎就想出門，剛走兩步，卻被簡思敏拉住手臂。

簡思敏央求地叫了一聲。「三姊。」

簡淡只好站住。

她停下了，崔氏卻一個字都說不出來了，只對著她的臉哭個沒完。

簡淡哂笑一聲。「二弟明白了嗎？這位師父看到的不是我，而是你二姊。」

她一甩袖子，扔下簡思敏，出了庵堂大門。

簡思敏尷尬地看著哭泣的崔氏，一時不知如何安慰，只好遞上帕子，道：「傍晚風大，母親快些回去吧，仔細皴了臉。我去看看三姊。」

崔氏接過帕子，擦擦眼淚，又瞧瞧帕子上陌生的針腳，眼裡有了一絲黯然。

「三姊，等等我。」簡思敏追上簡淡，討好地問：「妳生氣了？」

簡淡笑笑。「不生氣。」她跟崔氏生什麼氣，不值得。

簡思敏心頭一鬆，往前跑了兩步。「三姊，妳來追我，看誰先到坡頂。」

姊弟倆你追我趕上了坡，欣賞夕陽，又在平坦的地方練練雙節棍。

簡思敏聰敏好動，或許讀書比不上簡思越，但雙節棍耍得不錯，簡淡已不是他的對手。

天黑時，姊弟倆回到跨院兒。

正堂的燈亮著，東、西次間沒有人影，簡淡跟簡思敏便進了正堂。

崔氏也在，跪在簡雲豐膝前。簡思越面無表情地跪在她身後。

簡雲豐無奈地說：「崔氏，我答應妳還俗無用，要父親點頭才行。」

崔氏道：「老爺，妾身不求老太爺答應，只求老爺帶妾身走。屆時老太爺若不願讓妾身進簡家，妾身就自請和離，回崔家去。

「就算崔家無妾身容身之處，還可以自立女戶，靠嫁妝度日。」鐵了心要還俗。

簡思敏見狀，幫著崔氏說情。「父親，佛祖不留無緣之人，既然母親如此懇切，您就答應吧。」

簡淡撇撇嘴。這就是崔氏的為人，先是因為悲傷和不想承擔責任而拋夫棄子，現在又因為吃不了苦而拋棄佛祖。

她想得沒錯，崔氏心裡真的只有自己而已。

第二天，簡雲豐父子等崔氏行完還俗儀式，直到巳時，一家人才上車。

崔氏是最後一個出來的。她換上裘皮大氅，戴著帷帽，拎著小包袱坐上簡雲豐和簡思敏的車。簡淡與簡思越乘另一輛。

簡思越大概沒睡好，哈欠連天，眼袋也是青黑色的。

簡淡從暗格裡取出枕頭和棉被。「大哥睡一會兒，中午打尖的時候，我再叫你。」

簡思越搖搖頭。「雖說一宿沒睡好，但精神還好。」一把棉被打開，搭在簡淡的腿上，有些不好意思地問：「三妹，妳帶銀票了嗎？」

簡淡從懷裡掏出幾張銀票，放到簡思越手裡。「盤纏夠了，大哥不必擔心。」

簡思越接過來，仔細數了數，長舒一口氣。「太好了，有一千兩。臨時要走，咱們什麼都沒帶，路上需要買些東西。父親身上只有二百兩，我有二十兩，怕連打尖住宿都不夠。現在可以踏踏實實睡一覺了。」一把枕頭放好，躺下去，很快就睡著了。

庵堂往南沒有官路，必須走京城到白馬寺的官道，但不往京城，而是往西，再折向東南。如果簡廉從靜遠鎮出發，也會走這條路，大家可在路上會合。

前天剛下過一場雪，路上的雪沒化，馬車走得不快，顛簸大半個時辰才看見官道。

趕車的是青瓷，敲敲車廂，道：「姑娘，前面有送葬的車隊，排場極大。」

簡思越醒了，一下子坐起來。「莫非是睿王妃？」

簡淡立刻吩咐。「停車，不要靠過去。」

簡思越頷首。「三妹所言極是，睿王妃一死，祖父便急著趕回衛州，可見祖父對此事頗為顧忌，我們不宜露面。」昨晚睡不好，他也把這件事想清楚了。

簡淡問道：「要不要通知父親一聲？」

簡思越點頭，也敲敲車廂板。「青瓷，你去告訴老爺，咱們在這兒等一等。」

簡雲豐的聲音傳過來。「等什麼等？死的是睿王妃，簡家與睿王府做了這麼多年鄰居，即便不去送，也該拜一拜的。」

簡思越嚇一跳，急忙下車，把簡雲豐攔在馬車後面。「父親，祖父急著回衛州，躲的就是此事，咱們現在湊上去，只怕不妥。」

簡雲豐只考慮到禮節，根本沒想過朝事，被簡思越一提醒，才想起簡廉的不對勁。他小聲問道：「越哥兒，你祖父為何要如此行事？」

簡思越回答。「現在睿王鋒芒畢露，想來有所圖謀。祖父門生眾多，即便告老，影響依然很大。既然祖父不想摻和朝堂之事，便該避開睿王妃的葬禮。」

簡雲豐點頭，隨即又道：「不對啊，睿王妃剛剛病逝，為何要把棺槨移到白馬寺，難道是橫死？」

簡思越點點頭。

簡雲豐嘖了一聲。「真是多事之秋，走走走，上車、上車。」

因為時近正午，送的又是棺槨，睿王府一行走得很快。

一盞茶工夫後，簡家馬車上了官道，往西去了。
大約走了五、六里路，前面突然出現兩輛停著的馬車，車壁沒有任何記號，但跟車的人，青瓷極為熟悉，是討厭。
青瓷又敲敲車廂。「姑娘，睿王世子在前面。」
簡思越愣了一下，隨即看向簡淡。
簡淡閉著眼睛，沒有任何反應。
簡思越便吩咐。「不用管他，只要他們不表明身分，我們就走我們的。」
他話音將落，討厭便跳下馬車迎上來，道：「簡三姑娘，我家主子等您一個時辰了。」
「三妹。」簡思越擔心簡淡。「若妳不想，大哥可以代替妳去。」
簡淡道：「大哥陪著我就行。」
她是小女，人家是親王世子，不能不見。

馬車車門開了，淡淡松香被西北風吹出來，撲到簡家兄妹臉上。
聞香識美人，簡淡覺得沈餘之做到了。
不過，今日的美人是個病美人。
沈餘之穿了一身白色孝服，卻沒有想像中的俊俏，面容慘白、唇色極淡，往日水潤的桃花眼彷彿乾涸了，一副大病初癒的樣子。

「世子。」兄妹倆行了禮。

「要走了吧。」沈餘之的目光直勾勾落在簡淡臉上。

簡淡垂下眼簾，濃密睫毛像小扇子一樣搧著，玄色斗篷襯得肌膚更加雪白，如凝脂般。

「現在就走。」她低聲說道。

「事出突然，沒有太多工夫準備，只幫你們帶了些必備的用品。」說到這裡，沈餘之瞥向候在一旁的討厭。

討厭朝青瓷擺擺手，兩人從一旁的馬車裡取出三床被子、兩個盆子、兩只小銅爐、一袋炭，還有兩匣吃食。

簡雲豐聽到動靜，也下了車，見狀長嘆一聲，快步過來。「草民見過世子，世子太周到了，多謝。」

「世叔不必客氣。」沈餘之眼裡漾起笑意，打開小几的抽屜，親手取出一疊銀票遞給簡思越。「簡大哥拿著吧，這是澹澹閣的銀子，小淡應有的那一份。」

簡思越一驚，怎麼叫他簡大哥了？有些惶恐。

沈餘之已經被皇上賜婚，那些東西也罷了，不值什麼，不接不好，但這麼多銀錢，可不好收下。

沈餘之的手尷尬地停在半空中。

「多謝世子。」簡淡知道簡思越顧慮什麼，但她更怕沈餘之記恨他，趕緊上前接過。

沈餘之把銀票放到她手上，食指一勾，輕輕撓了下。「我說的話還有效，不會讓妳等太久的。妳明白我的意思嗎？」

簡淡驚詫地抬起頭。

沈餘之笑起來，笑容裡有自信、有篤定，還有一絲霸道。

「我讓小城帶兩個人跟著你們，路上會安全些。」

簡淡搖搖頭。「多謝世子美意。世子正是用人之際，不宜分散人力。」

沈餘之堅持。「有銀子，自然就有能人可用。放心，我在京城等妳平安歸來。」

簡思越知道，自家妹妹逃不出沈餘之的掌控了，有些不服氣，思慮再三，還是開了口。

「世子這是什麼意思？我的妹妹絕不會給人做妾！」

沈餘之挑眉。「恰好，我身子骨兒不好，從未想過納妾。」

他是睿王世子，事關血脈延續，豈會不納側室？簡思越不信他的話，卻不好反駁，遂換了說詞。「世子這樣出爾反爾，真讓人無所適從。」

沈餘之的目光掃過他穿的玄色斗篷，冷哼一聲。「在我這裡無所謂出爾反爾，只有立足生死，並著眼大局，才能好好活下去。我若沒命，簡淡便要守寡。你捨得，我捨不得。」

「巧言令色。」簡思越也冷哼一聲。「眼下還不是一樣？」

沈餘之語塞，眼神閃躲一下，狡辯道：「簡大哥莫多想，我自有我的道理。」

簡淡看得出來，沈餘之底氣不足。

但她也因此明白一件事——前世，沈餘之之所以不想娶她，或許不是因為喜歡簡雅，只是不想讓她當寡婦罷了。

因為喜歡，所以要千方百計地擁有；因為喜歡，所以要不留餘地的放棄。

簡淡有些動容，輕聲叮囑。「世子，萬事小心。」

沈餘之道：「我做事，妳放心。」

討厭小聲提醒他。「主子，算算時辰，王妃的棺槨要到白馬寺了，咱們該往回趕。」

簡雲豐便道：「草民等人告退，請世子節哀。」

「路上小心。」沈餘之不捨地看著簡淡，又囑咐一句。

於是，討厭關上車門，駕著馬車，駛向白馬寺。

送走沈餘之，簡雲豐也上了自己的馬車。

崔氏道：「聽說睿王世子不喜睿王妃，甚少往來，他惦記小淡，不想娶蕭家姑娘，現在守孝三年，便不必成親，睿王妃的死怕是與和他有關。老爺，咱們不該收他的東西呀。」

簡雲豐斜她一眼。「那妳為何不出來阻止呢？」

崔氏道：「妾身一個婦道人家……」

簡雲豐不客氣地打斷她。「既然知道自己是婦道人家，就不必多言了。」

「妾身也是好意，老爺何必如此。」崔氏有些委屈。

簡雲豐把沈餘之送來的被子蓋在身上，躺了下去，閉起眼。「好意？那叫不識抬舉。人家是什麼身分，簡家現在是什麼身分？人家特地送來的程儀妳不接，想幹什麼？」

崔氏臉上一紅。「老爺教訓得是。」幫簡雲豐拉了拉被角。「妾身本意是覺得，小淡不該就那麼露面的，好姑娘應該矜持些。」

簡雲豐無奈地嘆息一聲。「睿王世子是什麼性子，妳應該清楚，小淡做得已經很得體了。妳管好自己就成，以後不必再提這些話，我不愛聽。」

簡思敏看看崔氏，又看看簡雲豐，什麼都沒說，鑽進簡雲豐的被子裡，也睡了。

崔氏只好閉緊了嘴巴。

另一輛車裡，簡思越也不高興。

「他這是什麼意思？皇上賜了婚，又有三年孝期，幾位王爺為那個位置鬥得跟烏眼雞似的，以後還不知道怎樣呢。他還想拖著妳一直等下去，真是欺人太甚！」

簡淡亦不明白沈餘之到底怎麼回事。既然他的話依然算數，便是還想娶她，可為什麼不跟祖父說，反而冒險來這裡等她呢？

簡淡想來想去，想不明白，只好先放下。「大哥別想那麼多了，我的婚事自有祖父做主，他愛怎樣，就怎樣吧。」

中午，馬車行至一個不知名的小鎮。

簡思越下車，正要找家乾淨飯館用午膳，就見李誠騎馬迎上來。

「大少爺怎麼現在才到？老太爺為了追你們，已經趕到前面去了。」

簡思越驚喜地說：「祖父也啟程了？」

李誠點頭。「老太爺說，他多年不回老家，想在衛州過上元節。」

簡思越道：「那太好了，我去跟父親說一聲。」

簡雲豐聽到消息，比簡思越還高興，讓他買了熱包子、滷肉、饅頭等乾糧，繼續趕路。

傍晚時分，簡淡一行人趕到安田縣。

簡廉在城門附近的小客棧包了一座院子，簡淡等人到時，飯菜已經準備好了。

一大家子聚在正堂，除大房跟四房沒跟來，其他兩房的人倒是齊的，連崔家兄弟都在。

簡淡心想，兩位表哥就是沈餘之急忙追上來的原因吧？

可是，泰寧帝一時半刻還死不了，祖父為何讓崔家表哥放棄春試呢？

簡淡不懂的，崔氏也想不懂，進到正堂時，便愣住了。

簡家其他人也呆了好一會兒，只有簡廉面色如常，道：「冬天的菜涼得快，先用飯，閒話留到飯後再說。」

飯畢，簡廉回東次間，簡雲豐和崔氏被叫進去。

崔曄兄弟與簡思越兄弟住東廂房，簡淡和簡悠姊妹住西廂房。

簡悠的心情不太好，不想搭理簡淡。

簡淡猜到她的心思，懶得哄她。簡悠因為崔曄對她有成見，也能為其他事對她有成見，只要利益相關，所謂的親情就是笑話。

簡然年紀小，性子活潑，對簡淡仍有幾分親近，抱住她的胳膊。「三姊，二伯母怎麼回來啦？」

簡淡道：「母親沒受戒，又想念妳大哥和二哥，所以回來了。」

簡然好奇地問：「什麼是受戒？」

簡悠有些不耐煩。「妳少問兩句，三姊心裡煩著呢。」

簡然仔細看看簡淡的臉，反駁道：「才不是呢，分明是五姊心煩。」對簡淡笑笑，不再說話，自己去行李中找來一本書，脫鞋上炕，就著燭火讀起來。

簡淡讓白瓷打熱水，梳洗一番，準備休息。

簡悠托著下巴，枯坐好一會兒，也讓丫鬟伺候著洗漱了。

她在簡淡身邊躺下，推推簡淡肩膀。「三姊，妳睡了沒？聽說大表哥向祖父求親了，對象是妳，妳知道嗎？」

簡淡睜開眼。「不知道。什麼時候的事？」

「昨天。」

簡淡坐起來，難怪沈餘之趕來攔她，原來還有這樣的事。

「祖父答應了？」

簡然快嘴快舌地說：「沒答應。」

簡淡奇道：「既然祖父沒答應，為何兩位表哥也一起跟來？」

簡悠看簡淡一眼，沒說話。

簡淡明白她的意思，不由哭笑不得。崔曄若要娶她，有個進士身分豈不更好？再說了，崔曄可以為她棄考，崔逸總不會吧。

「既然祖父不答應，肯定有別的原因。」

「小淡，祖父找妳。」簡思越在窗外喊了一聲。

「馬上來。」

簡淡不再搭理簡悠，下地穿鞋，小跑著出門。

第七十一章

簡淡走進東次間，行了禮，叫道：「祖父，祖母。」

「嗯。」馬氏害怕簡淡，坐得遠遠地，回應得很敷衍。

簡廉來回踱步，對簡淡點點頭。「妳坐吧，祖父走一走，消食消食。」

「孫女站著就行。」

簡廉便單刀直入了。「世子以前答應過妳什麼？」

簡淡道：「他說，不會有賜婚這件事。」

簡廉有些詫異。「據我所知，皇上已經下了聖旨，讓他在百日內與蕭月嬌完婚。」

簡淡明白了，沈餘之沒找祖父，知道崔曄兄弟的去向後，直接找她，由她間接向祖父表明心意。

「祖父，他為什麼要這樣做？」

簡廉在太師椅上坐下，黯然道：「朝廷真的要大亂了。」

朝廷大亂，絕非簡廉所願，即便他參與其中，也為此感到心痛。畢竟，那曾是他付出無數心血的地方。

簡淡與沈餘之退掉口頭婚約，看似無人知曉，波瀾不驚，但簡淡不可能不尷尬，不可能不受傷。

從小到大，她承受的一切，都是無辜的。

所以，簡廉和睿王和沈餘之談過，也說好了，前途未卜，聯手歸聯手，親事暫且作罷。

另外，泰寧帝有拱衛司，養了不少探子，所以沈餘之絕對不能打擾簡淡，以免被察覺。

儘管如此，泰寧帝仍因一品茶樓的事，對簡廉有了防備。

君臣隔了心，首輔之位就坐不下去了。

簡廉在朝廷經營數十年，門生故舊極多，但高煦不是他的人。而且，高煦雖與簡家聯姻，但為人剛正，從不結黨營私。

加上簡淡對夢中事的描述，簡廉大膽告老，賭高煦上位。

他賭贏了。

高煦當上首輔，衛次輔便沒辦法對他的門生下手，不會阻礙睿王和睿王世子。

他幫沈餘之把局布到這個地步，接下來，就要看泰寧帝和慶王誰先動手，以及沈餘之如何應對了。

崔曄兄弟是聰明人。他們考不中也罷了，一旦考中，方方面面都要權衡考慮。

之前沈餘之接連遇刺，現在簡家突然離京，睿王妃也被毒殺，京城即將陷入不可預知的境地。

崔家的勢力在清州，若不想蹚這趟渾水，應等局勢明朗再赴試。屆時不管誰上位，他們都可進可退，才決定跟隨簡家一起南下。

至於崔曄提親之事，如果簡廉不答應，崔曄也欣然接受，絕不會影響兩家的關係。

祖孫倆聊的是朝廷大事，說話聲音不大，馬氏離得又遠，聽不清楚，只能知道大概在說些什麼。

她從未見過這樣親切隨和的簡廉，不免生出幾分羨慕，便乘機插了句話。「老爺，既然京城要亂，老四一家會不會有危險啊？」

簡廉道：「誠意伯韜光養晦，人緣好，這把火燒不到馬家。」

馬氏不明白，壯著膽子問：「可老爺的人緣也不差，為何……」她是真的什麼都不懂。

簡廉輕嘆。「這件事，一、兩句話說不清楚，以後老夫慢慢解釋給妳聽。」他不會解釋，但在小輩面前，不能不給馬氏面子。

馬氏卻認真了，美滋滋地說：「那妾身可就等著了。」說完，又瞅瞅簡淡。「三丫頭，既然妳娘回來了，以前的事不要再提，如今她沒了二丫頭，就算有什麼……」

「好了。」簡廉阻止她的自以為是。

馬氏瑟縮一下，趕緊閉上嘴。

簡廉對簡淡道：「祖父說過，不管發生什麼事，都有祖父幫妳撐腰做主。孝道是孝道，道理是道理，不可愚孝，但也不可不孝，妳明白嗎？」

簡淡起身，斂衽行禮。「多謝祖父，孫女明白您的苦心。」

人定時分，慶王的外書房依然燈火通明，除慶王和慶王世子外，還有九個謀士分兩排坐在書案前。

慶王剛剛收到簡廉一早離開靜遠鎮的消息，正與眾人商議，要不要對他下手。

「王爺，簡老大人在朝廷極有勢力，雖說他在睿王妃身故時離開京城，似乎已經表明心跡，但這只是做給皇上看的。以晚生愚見，他必定已經為睿王鋪好前路，為將來打算，此人不可留。」

另一個謀士道：「晚生也這麼認為。年關將至，路上盜匪橫行，往來商旅常被搶被殺，案子不好破。殺他不過順手，但對日後卻大有裨益。」

慶王坐在書案後，食指輕輕敲擊著書案。「兩位先生說得都有道理。但本王一向欽佩簡老大人，人品出眾，有經世之才。如此重臣，本王還真是捨不得呢。」

「王爺……」

慶王抬起右手，示意他不用再講。「本王明白先生的意思，捨不得歸捨不得，人還是要殺的。」

接著，他招手叫來立在角落裡的黑衣人，小聲交代幾句，那人便快步出去了。

門關上後，慶王又道：「簡老大人無權無勢，在衛州更是無依無靠，早一天死，晚一天死，差別不大。現在要對付的是睿王父子，他們一日不死，本王一日不得安心。」

一位謀士道：「王爺所言甚是。刺殺越難成功，可見他們父子底子越雄厚。但這是不是也說明，睿王父子不會與齊王聯手？」

沈餘靖沈吟。「你的意思是，睿王想要太子之位？這不太可能。睿王懶散，不喜政事；睿王世子身子不好，性子乖僻，父子倆都不是有大志向的人。」

謀士搖搖頭。「世子此言差矣，睿王或許沒有，但睿王世子不好說。睿王世子聰慧非常，如果皇上要把太子之位傳給睿王，定是因為睿王世子。不過，以晚生之見，當務之急是解決齊王。皇上也很重視齊王，一旦齊王凱旋而歸，就會有泰半文臣舉薦他為太子。」

「但是，齊王還在邊關，貿然動手，皇上首先懷疑的就是王爺，屆時王爺要面對的局勢會更加複雜。睿王雖最不得皇上的心，但比齊王強橫，是王爺現在主要的對手。」

這話也很有道理，覺得要先收拾齊王的謀士雖不以為然，卻不再強辯。

慶王把玩著一枚羊脂玉印章，看似輕鬆，但眉頭已經蹙起，道：「說來說去，關鍵還要看父皇。」

幾位謀士對視，看懂彼此心意。有些話，慶王可以說，他們一個字都不敢提。

慶王放下印章，目光在九人臉上緩緩掃過。「說說吧，你們覺得時機成熟了嗎？」

這成熟指的是什麼？謀逆嗎？謀士們不吭聲，垂下了頭。

沈餘靖哂笑一聲。「這很難回答嗎？」

回答不難，無非是把三方的利害加加減減，做出推測。

謀士們知道慶王想聽什麼，也知道該怎樣說。但謀逆不只是掉個腦袋的事，乃連坐大罪，必須慎重。

偌大的外書房頓時陷入詭異的沈寂之中。

慶王示意咄咄逼人的沈餘靖先別說話，繼續把玩印章，等待謀士們的答案。

他們拿了他那麼多金銀，又知曉他那麼多秘密，聽說謀逆就想退？怎麼可能！

謀士們明白這個道理，終於有人開了口。「晚生以為，時機並不成熟。齊王帶兵在外，簡老大人為其安排了充足糧草。相較之下，王爺對京營的掌控不夠，糧草也不多，一旦齊王打回來，守不住。」

慶王冷聲道：「若按你這麼說，本王的時機永遠都不會成熟。一旦齊王凱旋歸來，皇上便可能以此為契機，讓他坐了太子之位……」

「王爺。」一名黑衣人忽然闖入，在慶王耳邊說了兩句。

「什麼?!」慶王拍案而起。

黑衣人道：「消息是淑妃娘娘傳出來的，千真萬確，聖旨已經擬好了。」

「父王，怎麼回事？」沈餘靖追問。

慶王大怒。「皇上已經讓高煦擬旨，立睿王為太子。」

「皇祖父老糊塗了不成？沈餘之那廝哪裡好了，狂妄任性，分明是個瘋子！」沈餘靖面色鐵青，兩條袖子微微抖著，顯然氣得不輕。

有謀士站起來，道：「王爺息怒，雖然擬了旨，但頒不頒還未可知。另外，皇上在這個時候封睿王為太子，亦有轉移王爺注意的可能。為保證邊關戰事順利，齊王平安歸來，先利用睿王，也不是不可能。皇上……可不是一般人啊。」意味深長地補充了一句。

慶王緩緩落坐。「先生言之有理，但本王不想沒完沒了地受制於人。趁齊王不在，給本王想出辦法來，本王要先發制人！」

謀士們噤口，低下頭，紛紛沈思起來……

卯初，簡廉起床，著人叫醒一大家子，簡單用過早飯，卯正準時出發。

出安田縣城後，馬車背著朝陽，往西去了。

簡然扒著窗戶，問道：「三姊，衛州在西邊嗎？」

簡淡道：「衛州沿海，在京城東邊。」

簡然疑惑。「那不對呀，馬車好像往西邊走呢。」

簡悠不以為意。「官道又不是直的，先往西，再往南，而後再往東也使得。」

她說得有道理，但走了一上午，馬車都在西行。

中午打尖時，簡淡去茅廁時問了路人，此處是順安縣地界。

她看過大舜輿圖，順安縣在京城西邊，果然不是通往衛州的路。

簡廉說去衛州，實際上卻是西行，這說明情況又發生了變化。

簡淡不想引起女眷們的恐慌，把事情放在心裡，安安生生用了午飯。

她心裡有事，飯吃得快，提前離席，便去外面走走，散散心。

剛到飯館門口，就見小城從馬上跳下來。

「簡三姑娘。」小城打了個招呼。

簡淡迎上兩步，看看周圍，小聲地問：「接下來我們要去哪裡？」

小城湊過來，在她耳邊道：「後面有追兵，簡老大人說不去衛州，去晉城，屬下已經派人租好宅院了。」

簡淡一驚，隨即恢復鎮定，點了點頭。

慶王得到簡廉離京跟睿王被封太子的消息後，立刻派人來追簡家人。

簡家一行離開安田縣時，他們剛剛抵達，只要不盲目追趕，早晚會遇到。

所以，簡廉讓小城趁夜溜進安田縣衙，做了幾份路引，讓簡家人分三批走。

三房一家帶著馬氏混入從京城到晉城的商隊中，直接去晉城。

二房和崔家兄弟改道去安順縣，租間民宅安頓幾天。

簡廉帶簡淡反其道而行之，租兩輛馬車，迎著追兵往安田縣走。

如此，目標小很多，好過九輛馬車招搖同行。

用過午飯，簡家人整整齊齊出發，馬車駛出小鎮後，便各自分散。

簡廉靠在車廂上，問簡淡。「小丫頭怕不怕？」
簡淡搖頭。「不怕。」
簡廉又問：「不怪祖父帶妳涉險？」
簡淡眼裡露出幾分笑意。「往回走才是最安全的，怎麼會是涉險呢，對不對？」
簡廉摸摸她的腦袋。「不錯。追兵一心殺人，很難想到我們會折返安田縣。」
大約一個時辰後，二十多騎快馬從安田縣跑來，馬上之人個個佩刀，形容凶神惡煞。
祖孫倆也到了，租了騾車，李誠與白瓷、青瓷坐驢車。車伕都是鎮上人，普通得不能再普通。
一干追兵看都沒看他們一眼，一盞茶工夫便不見蹤影。
簡淡道：「祖父，我們要不要返回去？」
簡廉擺手。「不用，按計劃去安田縣，明日直接去晉城。」
兩人在安田縣附近的鎮上住了一宿，第二天啟程，走的是鎮與鎮之間的小路，臘月二十九日才入晉城。
祖孫倆剛進城門，小城就冒了出來，說追兵追到晉城，沒打聽到人，又往南去了。如果猜得不錯，大概會抄近路去衛州等著簡家一行。
可惜，簡廉此行的目的並不是衛州，他們注定撲空。
正午，簡廉讓車伕在一家紅燜羊肉館前停車，算好車錢，帶著簡淡在館子裡大吃一頓。

再出來時，小城已經帶來了簡家的馬車。

晉城是大城，人口稠密，尤其是城南。

小城奉簡廉之命，在城南的柳條巷租了兩間不相鄰的小四合院。簡廉夫婦帶著幾位少爺住一個院子，簡雲豐、簡雲愷兩對夫婦則帶著幾個姑娘住另一個院子。

大年三十，睿王被立為太子的消息傳到晉城。

簡淡問簡廉。「祖父，這算是好消息嗎？」

簡廉沈吟。「吉凶難料。」

從他離開京城開始，一切事情便落在沈餘之頭上了。

成也沈餘之，敗也沈餘之。他無法預測結局。

京城裡，沈餘之完全沒有重擔在肩的自覺，馬上就要進宮了，仍香甜地睡著午覺。

討厭小聲叫道：「主子，時辰差不多了，梳洗更衣吧。」

沈餘之睜開眼，正要起身，蔣毅帶著一身寒氣，從外面走進來。

「世子，拱衛司有動作了。」

沈餘之坐好，讓煩人幫他穿鞋。

「不要緊，咱們知道的，皇祖父也一定知道。而且，慶王也清楚，所以今晚一定不會動手，會等到出其不意的那一天。」

蔣毅道：「世子，出其不意的那一天，是哪一天呢？」

討厭拿起一把梳子，不輕不重地落在沈餘之髮上。

沈餘之閉上眼睛。「我們以為他不會動手，但他偏偏動手了，就是那樣的一天。」

說了跟沒說一樣。蔣毅無言以對，尷尬地笑了笑。

沈餘之吩咐他。「你交代下去，不管是誰，一刻都不能懈怠，給我睜大眼睛盯死了。」

蔣毅挺了挺腰桿。「世子放心。」從懷裡拿出一封信交給煩人。「這是小城的信，應該是四天前的。」

煩人拆開火漆，打開信唸了一遍。

沈餘之點點頭。「薑是老的辣，首輔大人果然高明。」

他讓討厭點燃火摺子，把信燒了。

慶王不會動手，但泰寧帝說不定今晚就會動手。所謂的年夜飯，就是場鴻門宴。

泰寧帝殺了他，再嫁禍給慶王，一舉兩得。

沈餘之忽然覺得自己以前太傻、太天真，任性些沒關係，聰慧些也沒關係，何必弄得人盡皆知？如今被皇祖父這般設計，各種滋味一言難盡。

若非他在宮裡待的時日夠長、人脈夠廣，不然還真應付不來呢。

出二門時，睿王已經等在那裡。

他迎上來兩步，道：「留白，我們要小心了，尤其是你。」

沈餘之點點頭。「兒子知道，該做的準備都已經做好了，父王不必太擔心。」

睿王苦笑一聲，抬起手臂，想拍拍沈餘之的肩膀，又停住了。

沈餘之遲疑片刻，抓住睿王的大掌，使勁地握了握。多年以來，這是他第一次主動握父親的手。

手裡的冰涼讓睿王眼裡蒙上一層淚光，用袖子抹了抹眼角。「兒子，要不，咱們還是別去了。」

沈餘之道：「今兒若是不去，同謀逆無異。父王放心，誰是砧板、誰是肉，還不一定呢，兒子心裡有數。」

睿王嘆息一聲，另一隻手覆上來，拍拍沈餘之的手背。「走吧，上車。」

第七十二章

今天的皇宮，戒備格外森嚴。

如今睿王是太子，一進宮，就被大太監用太子的車接走了。

除了討厭和煩人外，沈餘之連一個護衛都帶不進去，御前護衛甚至拿走了他隨身攜帶的小飛刀。

「皇太孫！」

「十三弟。」

沈餘安和蕭仕明從後面追上沈餘之。

「十哥，蕭世子。」沈餘之略略側頭，和他們打了個招呼。

沈餘安又趕上兩步，與沈餘之並肩而行。「今天真冷。可惜東宮還在修葺，不然十三弟遷進宮，能少走幾步路。」

「是啊。」沈餘之裹緊斗篷。「邊關更冷。」

沈餘安笑了笑。「也是。不過沒關係，過了今晚，春天就不會遠了。」這話說得有幾分意思。

沈餘之看看他。「十哥言之有理。」

沈餘安被他看得有些發毛，當下閉嘴，腳下快了幾分。

一行三人沈默著到了保和殿。

比起其他大臣，他們三個來得算晚，一進門，問安聲此起彼伏。

沈餘之向來不合群，逕自找到自己的位置坐下，拿起一只酒杯把玩起來。

青釉瓷杯，溫潤如玉，捏在手裡像柔荑。這讓他想起簡淡，也想起了他在她手心上勾的那一下。她的手乾燥溫暖，不像他，又冰又潮濕。

簡廉明白他的意思了吧，在奪嫡沒有分出勝負之前，應該不會輕易給簡淡訂親的。

沈餘之心中安定，放下酒杯，又拿起盤子，盤子下面壓著一根黑色頭髮。

他之前交代過，不必冒險送信。如果有殺手，放紅色線頭，下毒則是頭髮；如果沒有布置，就什麼都不必放。

是以，他最敬愛的皇祖父要毒死他了。毒死他這個心腸惡毒、腦子又非常好使的孫子，以保全他的江山社稷。

自鳴鐘敲了五下，泰寧帝與睿王一同出現在保和殿門口，身後還跟著幾位閒散王爺。

慶王也在，但慶王世子沈餘靖沒來。

沈餘之勾勾薄唇，與其他人一起站起來，行跪拜禮，山呼萬歲。

泰寧帝滿意地頷首，邁步坐上首席。

睿王在他身側坐下，先看看案上的杯盞盤碗，然後朝沈餘之抬了抬下巴。

沈餘之飛快掐喉嚨一下，這是他們父子約定好的手勢，有人即將下毒的意思。如果抹脖子，便是刺客暗殺。

沈餘之買通了泰寧帝最倚重的大太監，儘管早有準備，睿王眼裡仍閃過一絲黯然。

之前沈餘之說過，今晚慶王不會動手，但泰寧帝也許會對他動手。

他一死，就可把此事嫁禍給淑妃和慶王，一箭雙鵰了。

就在睿王胡思亂想時，泰寧帝已經說了很多話，從夏天的水患，講到官吏的貪腐，再到邊關的戰爭，有褒獎，更有批評。

群臣正襟危坐，無不俯首帖耳。

一番話說畢，保和殿內再次響起山呼萬歲的聲音。

緊接著，絲竹聲響起，宮女們魚貫而入，替眾人斟滿酒杯，案上很快擺滿美酒佳餚。

泰寧帝環視群臣，端起酒杯。「第一杯，祝國泰民安，風調雨順。」

群臣也道：「祝國泰民安，風調雨順。」

沈餘之笑了，用這樣的一杯酒殺死親孫子，真的會國泰民安，風調雨順嗎？

大概是祖孫倆心有靈犀，泰寧帝忽然轉過頭，看了過來。

大殿裡燭火通明，隔著三、四丈，沈餘之仍清楚瞧見他眼裡一閃而過的思緒，糾結，不捨，最後又歸為堅定。

泰寧帝舉了舉杯。

睿王不安地動了動。

沈餘之朝睿王舉杯，一飲而盡。

睿王低下頭，閉了閉眼，雙手在案下緊握成拳。

儘管凶險萬分，但沈餘之依然不緊張。他的命在這一刻已經不歸他們父子掌控，而是繫於在酒裡摻毒的大太監之手。

如果何公公不在乎姪子一家老小的性命，他必死無疑。

美酒入口，杯中澄淨，沒留下任何顆粒。聽說砒霜無色無味，微溶於水，若毒死人，只怕杯底不會這麼乾淨。

沈餘之心中大定，掩袖擦嘴，從從容容把酒吐到袖袋裡的特製水囊中。

吐了酒，餘味還在。他不喜歡，又端起已經倒好的茶。

茶湯極濃。一般來說，宮裡的人不會沏這樣的茶，若為掩飾毒藥的味道，就另當別論。

那麼，毒是誰投的呢？皇祖父，淑妃，還是齊王的人？

沈餘之不得而知，略沾沾唇，吐到棉帕上，順道擦了擦舌頭。

放下茶杯，他朝泰寧帝笑了笑。

泰寧帝略略頷首，轉頭去看身後的何公公。

何公公俯下身子，準備聽他吩咐。

泰寧帝擺擺手，示意何公公退下，又端起酒杯。「第二杯祝五穀豐登，人物康阜。」

群臣趕忙端杯應和。「祝五穀豐登，人物康阜。」

沈餘之的酒杯已經被討厭斟滿，跟著再飲一杯。

第三杯是睿王率領群臣敬泰寧帝，祝他身體康健，萬壽無疆。

三杯酒喝完，絲竹之聲又起，歌姬和舞姬登場，保和殿的氣氛由嚴肅漸漸轉向熱鬧。

砒霜不能見血封喉，毒發最快也要一刻鐘左右。

沈餘之一邊欣賞歌舞、一邊用眼角餘光觀察泰寧帝。

泰寧帝正在接受幾位老臣敬酒，看似沒有留意他，但他知道，泰寧帝每一次轉頭，目光都會在他臉上停頓須臾。

「十三哥，我敬你一杯。」沈餘深忽然走過來，他是慶王第五子。

沈餘之乜他一眼。「不喝。」接過討厭遞來的熱茶，喝個乾淨。

「你……什麼東西！」沈餘深被折了面子，不免有些尷尬，低低罵了一句，正要轉身，就見沈餘之身後的小宮女忽然從袖子裡抽出匕首，狠狠朝沈餘之的後心刺去。

「有刺客！」討厭大驚，擲出茶壺砸向匕首，卻落空了，要救已經來不及。

沈餘之不知道他的身後發生了什麼事，但巧合的是，他的毒應該發了。

他大叫一聲，滑下椅子，恰好躲開來自身後的致命一擊。

這給討厭贏得了機會，及時趕到，一腳將那宮女踹飛出去，摔到正在歌唱的歌姬身前。

歌姬瞧見匕首，登時尖叫起來。

保和殿大亂，睿王先是護駕，待發現沈餘之中毒，不由神色大變，跳過几案，飛奔過來。

「留白，你怎麼了?!」

沈餘之面色發灰，額上冒出虛汗，捣著肚子，一張嘴便吐出一大堆污穢之物，接著腹瀉，嶄新的禮服比恭桶還髒，味道臭得熏死人。

睿王跪地大哭。「快叫御醫！」

泰寧帝臉色很難看，對何公公道：「還不快去找御醫！」

「是，奴才領旨。」何公公飛快離開保和殿。

首輔高煦走過來，仔細看了看，道：「嘔吐，腹痛，腹瀉，這是砒霜中毒的跡象。皇上，當務之急是喝水催吐。」

泰寧帝道：「言之有理……」

睿王大喊。「來人啊，快拿水來！」

煩人取來隔壁桌上的茶壺，倒滿沈餘之的茶杯，哭著遞給睿王。「太子，水來了。」

睿王把杯子一摔，吼道：「這麼點水能幹什麼?把茶壺給我！」

然而，沈餘之並不配合，剛剛討厭遞來的那杯熱茶是讓他嘔吐腹瀉的藥，只要喝進去，嘔吐就停不下來。

水灌不進去，現場一片污穢。

這陣仗足以要了沈餘之的命，只堅持不到一盞茶工夫，就把自己噁心得暈死過去了。

沈餘之醒來時，發現自己已經回到睿王府的致遠閣。

房裡燭火昏黃，飄著淡淡的松香氣味。睿王守在他身旁，眉毛跟眼角耷拉著，因為嘴唇抿得緊，法令紋極深，整個人像是老了好幾歲。

沈餘之掀開被子，往下看了看，發現身上是一套江州細布做的全新中衣，再仔細聞聞，沒有任何可疑氣味，顯然好好洗過身子了。

沈餘之安了心，叫道：「父王。」

「你醒啦？謝天謝地！」睿王喜笑顏開，大手在他頭上一摸。「見汗了，退燒了。」

沈餘之道：「兒子又感染風寒了？」

睿王點點頭。「放心，不是太重，已經餵你吃了藥。」

命還在，風寒就是小事。

沈餘之又道：「事情怎麼樣了？」

睿王道：「你假裝中毒之事，皇上並沒有懷疑，父王以你必須死在家裡為由，順順利利地把你從宮裡帶出來。另外，淑妃被抓，但慶王跑了。」擔憂地看著沈餘之。「兒子啊，京營將有三成將領要反，再加上拱衛司，你說皇上能贏嗎？」不再叫父皇，而是喊皇上。

沈餘之哂笑一聲。「那老傢伙不惜弄死兒子，也要栽贓慶王，您覺得他會讓慶王逃了嗎？」指指茶杯，讓討厭倒杯水來。「父王放心，那老傢伙不過是想藉慶王找到沈餘靖，以免留下禍端罷了。」

睿王苦笑。「皇家無父子，當真如此。」

沈餘之接過茶杯，把溫水一飲而盡。「刺殺兒子的那名宮女呢？」

「自殺了。留白覺得她是誰的人？」

沈餘之挪挪身子，靠在討厭拿過來的大迎枕上。「如果所料不差，應該是齊王的人。」

睿王有些尷尬。「這一個、兩個的都瞧不起人啊。怎麼，打量著弄死你，老子就沒咒唸了是吧？他娘的都給老子等著，等老子披掛齊整，帶兵殺去他們家，看哪個還敢輕視老子。」

「殿下，世子，慶王和慶王世子被拱衛司的副都司抓了。」蔣毅從外面快步進來。

「果然如此。」沈餘之瞧睿王一眼，吩咐蔣毅。「蔣護衛把人從慶王府撤出來，盯緊皇宮，一旦有風吹草動，立刻稟報。」

蔣毅腰桿一挺。「是，屬下告退。」轉身出去了。

睿王嘆息。「看來都司早已在皇上的掌控之中，皇上還真是下了一盤大棋啊。」

沈餘之道：「拱衛司是皇城最牢固的門戶，老傢伙怎麼可能放手交給慶王的人呢？」

睿王有些自卑地說：「難怪皇上不喜歡我，我的確不如你慶王叔和齊王叔。」

沈餘之拍拍睿王溫暖的大手。「父王，你有兒子就夠了，不需要他喜歡。」

睿王含著淚點點頭。

大年三十，慶王、慶王世子、淑妃、三位京營主將，及一干謀士，被拱衛司抓進天牢。

大年初一早上，皇太孫薨了。

消息傳到御書房，泰寧帝沈默許久，對何公公說道：「朕對不起他。」

何公公低下頭，掩飾了抽搐的嘴角。

泰寧帝下地，在地上踱步。「那孩子要怨就怨他老子吧。他聰明這一點最像朕，如果品德良善，這把椅子必定是他的。」

何公公抬起頭，見泰寧帝背對著他，不由露出同情的神色。「黃泉路上沒老少，請皇上節哀。」

泰寧帝嘆息一聲，用帕子擦擦眼角。「朕是真的很喜歡那個孩子。」

何公公抖了抖拂塵。以往泰寧帝都叫沈餘之老十三，如今只用「那個孩子」來稱呼了。

泰寧帝轉幾圈，回到炕几前坐下，吩咐道：「你把他喜歡的東西收拾收拾，親自送過去，讓他帶走。」

「是。」何公公領命，轉身向外走去。

「等等。」泰寧帝忽然叫住何公公。「你和史公公一起去。」

史公公是最忠於泰寧帝的大太監，曾被泰寧帝派去伺候沈餘之，對沈餘之甚是了解。他是孤兒，沒有任何癖好，沈餘之始終抓不到他的把柄，所以不曾收買他。沈餘之略略沾唇的那杯茶，便出自他的手筆。

兩位大太監一出皇宮，蔣毅便得到了消息，趕回致遠閣稟報。

「世子，王爺說當替身的死囚屍體個子稍矮，會不會有問題？」

泰寧帝派史公公來睿王府，可見對沈餘之的死存有疑慮。

外人見到沈餘之時，多半坐在肩輿裡，或在馬車上，只覺得他高，卻少有人知道他到底有多高。史公公就是少數知道的人中的一個。

沈餘之朝討厭跟煩人招招手。「你們帶上我的快刀，把死囚的腿斬斷，中間填上東西，好拉長腿。明白了嗎？」

討厭和煩人哆嗦一下。「明白了。」

沈餘之在宮裡時，用的都是御賜或敕造精品，何公公、史公公不敢草率行事，和睿王府的人交接時，多花了一些工夫。

兩人進去弔唁時，靈棚已經搭好，沈餘之的幾個弟弟跪在香案兩側，正向來客還禮。

沈餘之孤傲冷漠，與弟弟們的感情不好，一年到頭說不上兩句話。

如今到處都在流傳沈餘之毒死睿王妃的謠言，兄弟感情更是蕩然無存，他們的臉上並沒有多少悲戚，兩個年紀大些的弟弟，嘴角甚至噙了一絲笑意。

何公公和史公公都是精明得不能再精明的人，對此心知肚明，自然毫不意外。

兩人上完香，又以替泰寧帝探望沈餘之為由，進了停放屍體的正寢。

睿王正對著靈床抹眼淚，哭得情真意摯，一雙眼又紅又腫。

史公公、何公公朝他行了禮，史公公道：「太子，奴才奉皇命探望皇太孫。」

睿王從袖子裡扯出一條帕子，擤了擤鼻涕，對侍立左右的奴僕點點頭。

兩位太監掀起隔絕生死的帷幔。史公公前進兩步，往裡面看一眼，目光像被什麼東西螫了下，立刻縮回來。

靈床上的「沈餘之」不好看。他本就瘦弱，又中毒而亡，因腹瀉嘔吐脫水，沒了人形。他臉上敷著粉，白得刺眼，顯得顴骨極高。劍眉濃黑，雙唇呈黑紫色，玉質的角柶插入上下齒之間，把嘴撐開，看起來極其嚇人。

總的來說，這個死人有沈餘之的額頭、鼻子和下巴。因為閉著眼，瞧不清楚眼睛的樣子，但從身高和輪廓上看，就是沈餘之。

何公公也看了一眼，即便知道沈餘之還活著，還是打了個哆嗦，忙不迭地倒退兩步。

一會兒後，兩人走出正寢，便向睿王告辭，回宮覆命。

兩個太監返回御書房，一同稟報後，史公公被泰寧帝單獨留下。

泰寧帝放下朱筆，問道：「怎麼樣？」

史公公道：「皇太孫確實去了，眉眼、臉型、個子都不差。」

泰寧帝沈默了好一會兒，嘆息一聲。「虎毒不食子，朕竟然殺了最疼愛的親孫子。」

史公公垂著頭，沒說話。

泰寧帝搓了搓臉。「你服侍他一場，心裡不好受吧。」

不僅僅是服侍一場那麼簡單，事實上，沈餘之對他十分不錯。

史公公眼裡的淚終於落下，落到地上，被他用腳踏住。

「奴才不……還……」他一時不知如何回答，結結巴巴說出幾個似是而非的字。

泰寧帝下地，讓小太監幫他披上裘皮大氅。「隨朕去御花園走走吧。」

史公公偷偷抹淚，應了聲。

第七十三章

接下來的日子，京城風聲鶴唳。

大年初二，衛次輔與慶王舅舅拱衛司都司的府邸被抄。

大年初三，吏部侍郎趙孟春等五名慶王黨羽遭罷黜。

東城與西城的官員聚居之處，每天都有隱約的哭泣聲隨風飄散。好好的一個年，被泰寧帝生生過成了鬼節。初五之後，局勢才稍稍穩定下來。

「沈餘之」的喪事也辦得差不多，泰寧帝下了口諭，讓「沈餘之」停靈白馬寺，做足七七四十九天法事。

與此同時，睿王妃的死有了眉目，慶王的謀士們認罪伏法，承認「建議毒死睿王妃，以拖延沈餘之大婚」。

沈餘之徹徹底底脫了罪，悠悠閒閒躺在致遠閣的火炕上，一邊看信、一邊吃著討厭跟煩人剝好的瓜子。

信是小城四天前寫來的，詳細記了簡淡的起居。

沈餘之細細看一遍，確認上面沒出現崔曄的任何敘述，舒心地伸個懶腰，問道：「父王該回來了吧？」

討厭道：「應該在路上了。主子，王爺會不會有危險？」

自從見識了泰寧帝的鐵血手腕，討厭和煩人便一直擔心睿王的安危。

沈餘之懶洋洋地說：「現在不會，以後也不會。」

討厭有些驚訝。「那咱們王爺要繼續當太子了嗎？」

沈餘之笑笑。「那怎麼可能。」

泰寧帝不是嗜殺之人，此番弄死了他，以後越發不會大開殺戒。

年紀越大的人，越在乎陰德，好為死後鋪路，泰寧帝也不能免俗。他弄死一個沈餘之，卻能保下整個慶王府和睿王府。對他來說，這是一筆非常划算的買賣。

沈餘之可以預見，除慶王的親舅舅之外，其他人大多死罪可恕，活罪難逃。

即便慶王、沈餘靖是主謀，也不過是在宗人府住上一輩子罷了。

討厭又問：「那皇上會怎麼……」

沈餘之道：「等過完上元節，你們就知道了。」

睿王的兩個至親死了，他白天忙，晚上忙，一直忙到正月十五上元節。

大舜朝的這一天跟歷朝歷代一樣，都要燃燈供佛。

雖然死了個嫡親孫子，但泰寧帝依然按照往年慣例，邀請百官進宮賞燈。

御花園裡被五彩燈籠和絹花裝點，繁花似錦，流光璀璨，美得如同百花爭豔。

酒席散後，睿王陪同泰寧帝，與眾官員一同去了御花園。

不到一個月，他先喪妻、後喪子，傷心過度，又忙忙碌碌，整個人老了好幾歲。因為喝了酒，腳步有幾分虛浮，神思似乎也飛了，且不說賞燈、猜燈謎，便是泰寧帝的家常話，也接不上。

泰寧帝見他實在不濟，體貼地讓史公公和何公公扶他去御花園東北方的擒藻堂小憩。

擒藻堂是泰寧帝來御花園時休息的地方，有床榻、暖閣，更存了不少書。

睿王被何公公扶到榻上，史公公則悄悄屏退了幾個宮女。

何公公幫睿王整理被角時，在他耳邊輕輕說道：「春藥。」

假裝昏沈的睿王在心裡浪笑一聲，暗道我兒厲害，連這都能算出來！

沈餘之早說過，今晚可能有暗殺，但最大的可能是讓他丟醜。而且這個醜，最好大到足以逼他把太子之位讓給齊王。

睿王正思忖時，史公公已經把茶端過來。「殿下，喝杯茶解解酒吧。」

「好，喝茶、喝茶，要熱茶。」睿王把茶接過去，一飲而盡。

他喝完茶，史公公同何公公出去了，服侍睿王的兩個太監也離開內室。

睿王閉著眼睛，躺不到一盞茶工夫，便覺得下腹像是著了火一般，燒得渾身難受。

他坐起來，想去找杯水喝，腳剛碰地，就聽見外面的門開了。

「張貴人，這裡沒熱水了，奴婢去後殿看看。」

「去吧，喝完酒頭暈，我去裡面躺一躺，妳快些回來。」一個柔婉的聲音說道。

張貴人？這是那老東西的女人啊！

睿王大驚，原來不只丟醜，而是失德！

為了太子之位，老東西把他的女人都讓出來了，真夠陰險。既然如此，不如索性弄了她，氣死那個老不死的！

睿王生氣，邪火燒得更旺，低頭看看，不由臊得滿臉通紅，正要重新上床，便聽吱呀一聲，張貴人推門進來。

門悄聲從外面關上了。

張貴人喝了酒，反應慢些，過了好一會兒，才注意到裡面有人，目光落在睿王身上……

「啊！」她尖叫一聲。「登徒子！」

睿王跳到床上，用被子圍住腰下，叫道：「妳怎麼進來了？快出去！」

張貴人清醒了些，趕緊轉身開門，孰料門被人從外面頂住，知道自己的死期到了，頓時哇哇大哭起來。

哭聲一起，睿王感覺喝下去的春藥鬧得更厲害了，頭暈得很。

女人的哭聲勾著他下了床，腳下的步子邁得一步比一步快。

「你別過來！」張貴人跑到八仙桌前，哭喊道：「太子，你清醒一點，我是皇上的人。你再過來，你我都是死罪，誰都別想活過明天！」

睿王大口大口喘著粗氣，一把掀了桌子。「牡丹花下死，做鬼也風流，給本殿過來！」

裡面正鬧著，擒藻堂外已經走過兩批大臣了。

所有聽見動靜的人，無不摀緊耳朵，飛快離開這個是非之地。

事情很快傳到泰寧帝的耳朵裡，泰寧帝臉上鐵青，咬牙切齒地罵了聲畜生，對幾位老臣道：「太子荒唐，雖是朕的家事，卻也是國事。幾位隨朕走一趟吧。」

睿王愛美人，京城所有權貴都知道，但他為人直率，講義氣，從不荒唐。

高煦不知道別人是不是清楚這一點，可他略有耳聞，認為此事定另有蹊蹺。

太子乃儲君，廢立皆事關社稷，幾個老臣並不推託，隨泰寧帝去擒藻堂。

眾人到殿門外時，裡面還鬧著，女人在哭，睿王在吼，間或有摔打東西的聲音。

史公公上前推門，門沒開。

泰寧帝看看御前侍衛，兩名侍衛出列，用肩頭撞開大門。

「給朕拿住這個畜生！」泰寧帝吩咐道。

「是。」侍衛們打開內門，撲過去，反轉睿王的手臂，將他壓在地上。

「皇上……」張貴人哭得梨花帶雨，撲通一聲跪在泰寧帝面前。

她進宮時日不長，大約二十歲左右，容貌極其出眾，即便頭上簪的宮花搖搖欲墜，淚痕濕了脂粉，依然無損她的美麗。

睿王的目光已經迷離，但意識尚存，勉強抬起頭，赤紅雙眼瞪著泰寧帝，怒道：「父皇，您就這麼不喜歡兒臣嗎？太子之位，兒臣可以讓，但這樣陷害，兒臣不服！我不服！」

泰寧帝負著手，面無表情地看著睿王。

在至高無上的皇權面前，從來沒有服與不服；君要臣死，臣不得不死，也從來不是一句廢話。

於泰寧帝來說，睿王想要他屁股下面那把椅子，便是有罪。

關於這一點，高煦清楚，其他老臣也清楚，知道他們出現在這裡的意義，泰寧帝的目的已經達到，他們該退下了。

臣子們離去，張貴人也讓人送走了。

泰寧帝轉身，往門外走去，頭也不回地說：「如果真想讓，不會等到這個時候，逼朕做到這種地步。人貴自知，你卻沒有。

「來人啊，送太子回東宮。沒有朕的允許，不許太子出宮。」

睿王拚命掙扎著。「父皇，您不該這麼對我，您會後悔的！」

泰寧帝步履沈重地回到御書房。

一切塵埃落定，但不知為什麼，他總覺得心裡不踏實。

他想像以往那樣，想一想朝臣的安排，卻始終靜不下心，虛汗一層層地冒，只好取出圍棋，自己和自己下起來。

一會兒後，泰寧帝突然問道：「齊王到哪裡了？」

何公公從牆角站出來。「回稟皇上，大概還有半個月的路程。」替泰寧帝倒杯熱茶，換了張帕子，又退下去。

「半個月，不錯。」泰寧帝點點頭。

這個時機剛剛好，名望和威信都有了。西北大捷，齊王凱旋，屆時文官武將聯名上書，造了勢，立太子順理成章。

就算他某天有個好歹，也可以瞑目。

如此想著，泰寧帝感覺氣順了不少，落子越來越快。

靜謐的御書房裡，只有棋子敲打棋盤的啪啪聲。

「皇祖父興致不錯嘛。」一個極其熟悉的聲音忽然響起。

門吱呀一聲，離此最近的燭火搖了搖。

「誰？」泰寧帝心中已有答案，不可思議地朝門口望去。「老十三？」

一襲白衣的沈餘之出現在搖擺的燭光中，似笑非笑地說：「皇祖父，是我。」

泰寧帝驚恐地瞪大了眼睛。「真的是你？」

沈餘之上前兩步。「怎麼，皇祖父下毒害我，如今又害我父王，不敢認親孫子了嗎？」

「你……你到底是人是鬼？」泰寧帝一手壓住心口，呼吸急促起來，目光往史公公和何公公瞄去。

何公公面色發白，史公公則嚇得慘無人色。

泰寧帝從他們的臉上沒有得到任何答案，臉上脹得通紅，一雙手也抖了起來。

「我是人是鬼並不重要，重要的是，皇祖父為何害我父王？您不想讓他當太子，廢了便是，何必用這麼不堪的手段羞辱他？太卑鄙齷齪了。」

沈餘之一步步走進來，聲音越來越高，言語亦越來越刻薄激烈。

泰寧帝抖得更厲害了，臉色由紅轉白，嘴唇哆嗦好一陣，卻一個字都沒說出來，隨後白眼一翻，昏了過去。

史公公這才從驚懼中反應過來，尖叫著撲向泰寧帝。「皇上！」

沈餘之大步過來，朝後面一擺手。「將他拿下，關起來。」

「是！」蔣毅帶人進來，把史公公拖出去。

「留白。」恢復正常的睿王手持寶劍小跑進來。「這老不死的怎麼樣了？」

沈餘之道：「我想，應該是……中風了吧。」

睿王趕緊上前，用拇指按住泰寧帝的人中。

片刻後，泰寧帝悠悠轉醒，想抬左手，卻好半天沒抬起來，想說話，又好半天說不出來，口水從歪斜的嘴角裡滴滴答答地流下。

睿王佩服地看沈餘之。「還真是中風了。」隨即大笑起來。「兒啊，這江山該是誰的，就是誰的，哈哈……」

他贏了。

國不可一日無君。老皇帝中風，太子繼位，乃是天下大義。

片刻後，睿王以太子身分召集御花園的所有朝臣。

御書房裡，死了半個月的沈餘之重新露面。

朝臣們無不驚訝，無不惶恐。

沈餘之皮笑肉不笑地說：「諸位大人，久違了。讓你們失望了吧，閻王不收我，我又回來了。」

御書房裡鴉雀無聲。

高煦站在前排，思慮片刻，上前道：「皇太孫，皇上怎麼樣了？」

「御醫已經診治過，請幾位大人移步，隨我前去看看皇祖父。」

五名御醫作證，泰寧帝確實中風，如今口齒不清、四肢麻痺，無法繼續治理大舜江山。

中風救了泰寧帝的命，但沒什麼比讓一個爭強好勝的人癱瘓在床更大快人心的了。

於是，沈餘之改變主意，他要好好為泰寧帝養老送終，讓他看著最不喜歡的兒子，每天坐在他最喜歡的椅子上；讓他看著最忌憚的孫子，在他最重視的朝廷社稷中興風作浪。

他要讓泰寧帝明白，泰寧帝所為皆可推翻，他做的才會在大舜朝留下濃墨重彩的一筆。

高煦是首輔，也是直臣，只忠於皇帝。皇帝若是不行了，自然忠於太子。

如今的太子，是睿王。即便泰寧帝要廢他，可聖旨沒下，也無口諭，他依然是太子。

而且，沈餘之活了，還從從容容地進了宮，想必整個京城都已在父子倆的掌控之中。

高煦有理由相信，簡廉的門生故交必定支持太子，支持沈餘之。不支持的官員，下場想必都不會很好。

沈餘之，是個心狠手辣之人。

於是，高煦恭恭敬敬地跪下。「臣懇請太子登基，主持大局。」

高煦帶頭，後面立刻又有十幾名官員拜倒。「臣等懇請太子登基，主持大局。」

剩下的十幾個大臣面面相覷，猶豫片刻後，又有四、五個人跪下。

沈餘之銳利的目光在依然站立著的幾人臉上一一掃過。

須臾間，這幾位爭先恐後地跪了，生怕落後，項上人頭不保。

正月二十，簡家收到沈餘之沒死，泰寧帝中風，榮升太上皇，太子即將登基的消息。

壓抑了大半個月的簡家人，心情終於輕鬆愉快起來。馬氏、崔氏以及三房的人，對簡淡也多了幾分小心翼翼。

正月二十二，簡悠來到簡淡房間，邀簡淡去城西玩。

「三姊，去吧。」簡悠懇切地抱住簡淡的胳膊，來回搖了搖。「來晉城這麼久，一直關在院子裡，我都快發霉了。」

簡淡笑著道：「一直關著的是妳，我可是出去好幾趟了。」

簡悠的臉頰爬上一絲紅暈。

之前簡淡叫過她，但因為崔曄的事，她心裡不舒服，都拒絕了。

她遲疑片刻，還是厚著臉皮道：「聽祖父說，再過幾天就要回京城，好歹帶些土產給親戚們。三姊去嘛。」

「好吧，妳等我換件衣裳。」

簡淡點到為止，換好衣裳，開開心心隨簡悠上了馬車。

第七十四章

聽說簡淡姊妹要上街逛逛，簡思敏跟簡思越主動跟了出來。

晉城是西山省首邑，附近州縣的特產，這裡都有。晉城產石，金星墨玉、綠斑玉、漢白玉都很有名。琉璃也很不錯，有幾家專供京城，有時宮裡也會來這裡採買。另外還有猴頭、柿子、棗等吃食跟藥材。

吃用之物，李誠會帶人準備，簡淡姊妹主要看琉璃和玉石。

西城的琉璃坊是專門賣這些東西的地方，簡淡來過這裡，覺得貨色最好、最全，便直接帶簡悠去了。

剛開年，上街的人不少，小小鋪子裡進了十幾個人。

夥計們正忙著，閒的只有掌櫃，在跟一個中年書生聊天。

「……你聽說了嗎？皇太孫最是陰險，先假死，之後裝神弄鬼，嚇傻了太上皇。」

「我還聽說太子荒唐得很，公然玩弄皇帝的女人呢。」

「唉，齊王可惜了，不但賢德，還有勇有謀，此番大敗北涼，就是齊王的功勞。你說齊王會不會……那個？」

「不好說，聽說齊王沒有兵權。」

「唉，如今官員貪腐嚴重，如果齊王登基，說不定還能好一點，要是他們父子掌權，可就難說了。」

兩人聲音不大，但因為說得太認真，以至於沒看到已經走到櫃檯前的簡淡。

簡淡只知道太子即將登基，卻不知具體如何，此番聽到有人提起，自然想多聽幾句。

她一邊欣賞綠斑玉的盆景擺飾、一邊豎起耳朵聽他們的談話。

「三姊，這個怎麼樣？」簡悠舉起一只金星墨玉的鐲子，忽然喊了簡淡一聲。

櫃檯前的談話戛然而止，中年書生嚇一跳，狠狠瞪簡淡一眼。

白瓷怒道：「你瞪誰呢？再瞪，把你的眼睛挖出來！」

「妳這丫頭是怎麼說話的？」掌櫃不高興了，仗義執言。

「我就這樣說話，不服氣嗎？」當了一個月孫子，白瓷總算揚眉吐氣，說話有些張揚。

掌櫃不屑地笑笑。「喲，一個外地來的小丫頭，口氣還挺大。妳知道這家鋪子是誰的嗎，敢在這裡撒野？」

簡淡制住白瓷，道：「不管誰的鋪子，來者是客，我一沒偷、二沒搶，這位大叔無緣無故瞪我，掌櫃又急赤白臉地替他出頭，怎麼，店大欺客嗎？」

「三妹，怎麼了？」簡思越拖著簡思敏趕過來。

簡淡輕描淡寫。「沒什麼大事，掌櫃想替我介紹一下這間鋪子的主人是誰。」

「掌櫃，鋪子到底是誰的？我洗耳恭聽。」

簡思越器宇軒昂，書生氣十足；簡思敏錦衣玉帶，腰上還別著雙節棍。小兄弟倆一看就不是普通人家的孩子。

掌櫃閱人無數，言語不由軟和幾分。「兩位公子，我們七彩琉璃閣的東家姓郭。」

郭是巡撫大人的姓，所以這鋪子是郭巡撫的。簡淡聽簡廉說過，這位郭巡撫是衛次輔的人，名聲極差，人送外號刮三尺——刮地三尺。難怪掌櫃如此囂張。

眼下，太子和沈餘之顧不到這裡，且簡家在晉城沒有任何勢力，不是惹麻煩的時候。

簡淡對簡思越使個眼色。

簡思越道：「原來是巡撫大人的鋪子，難怪了。」拍拍簡淡的肩膀。「我們走吧。」

中年書生目送兄妹幾人出去，道：「那小丫頭肯定聽去不少，咱們會不會有麻煩？」

掌櫃笑笑。「怕什麼，議論的人還少嗎？而且，你我說什麼了，分明什麼都沒說嘛！」

中年書生點頭。「也是，只要死不認帳，她也拿咱們沒法子。」

從七彩琉璃閣出來，簡淡原本飛揚的心情忽然變得有些沈重。

簡廉有人脈，睿王有兵權，沈餘之有頭腦，奪嫡不難，難的是改朝換代後的江山穩固，如今貪腐成風，派系眾多，接下來的才是硬仗，難怪簡廉急著回京。

「三姊，五姊，快來瞧瞧這些，比鋪子裡的東西好看多了呢。」簡然蹲在一個小攤前，抓起一顆金星墨玉做的花球，給簡淡跟簡悠看。

花球不大，只比簡淡的大拇指粗兩圈，雕的是牡丹花花苞，層層疊疊的花瓣生動真實，雕工精湛，兩顆小花球用黑色絲帶綁在一起，添了幾分童趣。

簡淡和簡悠也很喜歡，湊過去瞧。

擺攤的是個老人家，東西都是他雕的，雖說材質稍微差了點，但個個精美漂亮，且價格不高。

於是，姊妹把東西全包下，之後又上其他琉璃鋪子買了好些杯盞，讓下人送回去了。

快到中午時，簡家兄妹進了城西最有名的福源樓。

這家飯館專做晉城菜，燒豆腐、十大碗、炒涼粉，以及巴公燒大蔥等都很有名，慕名而來的外地人極多。

館裡生意紅火，不提前預訂沒有包廂，簡家兄妹也不矯情，直接坐在大堂裡。

簡淡來過，做主點了幾樣主菜，其他人再按喜好，一人點一道。

白瓷和下人們也找張臨近的桌子坐了，簡淡按照自己桌上的菜，也幫他們點一份。

簡家兄妹相貌出色，進出的人，多半會瞧上一眼。

等二樓的客人陸續上來時，還有了亂七八糟的議論聲。

「喲，這幾個長得不錯啊，裡面那姑娘最美，比青樓的頭牌都好看。」

「聽口音像京城人，打扮也不像普通老百姓，走吧走吧，別惹事。」

大堂裡已經坐滿了人，大家邊吃邊聊，嗡嗡聲一片，幾乎沒人注意這些議論聲。

忽然間，一個衣著華貴的黑臉公子走到簡淡身邊，伸出大手，毫不客氣地朝簡淡的臉蛋摸去，嘴裡還道：「真是個美人啊。」

簡思越眉頭一皺，正要起身喝斥，就見簡淡身後的男人猛地站起來，手一伸，擋住黑臉公子的髒手。

「少在這兒敗興，滾！」

「哎喲，居然敢對我們家公子出言不遜，我看你是活膩了！」黑臉公子身後躥出一個小廝，抬手便朝那人臉上搧過去。

男人反手一拂，把小廝摔出去，差點撞上上菜的夥計。

這一手嚇到黑臉公子，不敢對那人耍橫，指著簡思越大放厥詞。「喂，本公子看上她是她的福分，別給臉不要臉。只要你讓她上來陪本公子喝兩杯，賠個罪，本公子既往不咎，不然叫我爹弄死你們！」

男人冷笑一聲，上前一步。「死到臨頭了還敢大放厥詞，真是不知死活。」

「你給老子等著！」黑臉公子嚇得一哆嗦，拔腿便往外面跑。

看人走遠，簡淡驚喜又意外。「蔣護衛，你怎麼在這兒？」

蔣毅恭恭敬敬地說：「卑職奉命前來，讓三姑娘跟大公子受驚了。」

簡淡微微一笑。「蔣護衛言重了，這種小場面還嚇不倒我。」

這時，隔壁桌的一個年輕人忽然道：「幾位，不要再說廢話了，剛才那位是郭巡撫的大兒子，你們惹下大禍，趕緊結帳走人吧！」

蔣毅拱手。「多謝兄臺提醒，我知道他是何人。」

蔣毅朝身後的兩個人擺擺手，讓他們過來，耳語兩句，那兩人便出去了。

「請三姑娘、大公子放心，一切盡在卑職掌握。」

簡思越明白了，如果蔣毅有備而來，便是郭巡撫要倒楣了。

「蔣護衛遠道而來，請這邊坐，讓我們兄妹略盡地主之誼。」

「這……」蔣毅為難地看看簡淡，這位可是未來的太子妃呀，他不敢。

簡淡道：「蔣護衛不給我兄長面子？」

蔣毅連忙搖手。「三姑娘言重了，卑職不敢。」

簡思敏叫來夥計，加把椅子，又添幾個新菜，大家各自就座。

看熱鬧的食客見這幫人如此託大，不由議論紛紛。

「心真大，還略盡地主之誼呢，明明滿口京腔，強龍不壓地頭蛇，懂不懂啊？」

「就是。自稱卑職，竟然敢在巡撫公子面前裝大尾巴狼，到底怎麼想的？」

「等會兒要是打起來，大家千萬別往前湊，省得濺了一身血。」

簡家是書香門第，兒孫的氣度涵養大多不差，除簡然和白瓷等人吹鬍子瞪眼外，簡思越和簡淡充耳不聞，簡思敏則時不時地看看門外，興味盎然地等著好戲上演。

郭大公子來得很慢，簡家人吃完飯，結完帳，他才帶著一眾打手出現在門外。

被蔣毅摔出去的小廝扒在門口看了看，見蔣毅等人正往外走，立刻跑回去。

「大少爺，他們還在！」

既然蔣毅已經有了安排，簡思越便沒什麼顧慮，帶著弟妹，大搖大擺地往外走。

郭大公子帶了二、三十個佩著腰刀的府兵過來，站在最前面，扠著腰，得意洋洋地說：

「識相的趕緊跪地求饒，再讓這美人跟我回家，大爺我就饒你們一命。」

蔣毅嘿嘿冷笑兩聲。「我看你真是嫌命長了。」看看四周，勾了勾手。「都出來吧。」

十幾個手持火銃的士兵從街道兩側的胡同裡走出來，烏黑銃口全部對準郭大公子。

郭大公子有些懵。

蔣毅走上前，拍拍他的黑臉。「只要你一動，這些火銃能讓你的腦袋開花，信嗎？」

郭大公子氣得七竅生煙，吼道：「你敢？我爹可是郭巡撫！」

蔣毅道：「是啊，我當然知道你爹是郭巡撫，不然也不能帶神機營的人來嘛。」

神機營是京城禁衛軍之一，負責守衛皇城。

郭大公子臉色劇變，看熱鬧的人也安靜許多。

「想不到吧。」蔣毅又拍拍他的黑臉，小聲道：「你爹已經完了。」

說到這兒，他轉頭看向簡淡。「聖旨已到，簡老大人暫代西山省巡撫。」

「天啊，難道是做過首輔的那個簡老大人？」

「應該是吧。從二品大員的位置，哪是說坐就能坐的。怪不得人家這麼有底氣，原來在這兒等著呢。」

「走走走，快去巡撫衙門瞧瞧，說不定有熱鬧看。」

圍觀的人一下散了，馬車一輛接著一輛，去了北城。

郭大公子已經嚇傻，悶不吭聲地被兩個神機營的士兵押下去。

簡淡等人到家時，簡雲豐證實了蔣毅的話。

簡廉和簡雲愷都有任命，已經去巡撫衙門主持大局。簡雲愷當了直隸州知州，正五品。

馬氏從首輔夫人變成巡撫夫人，按說沒什麼可高興的，但簡雲愷是她親兒子，從七品到正五品，連跳數級，心情別提多美了。

她笑咪咪地看著簡淡。「三丫頭，這是廚房剛做的糖蒸酥酪，好吃得很，妳快嚐嚐。」

「六妹小，給六妹吃吧。」簡淡討厭馬氏，不想吃她的東西。

簡然道：「三姊，祖母常給我吃，妳就嚐嚐吧。」

馬氏紅了臉，想解釋，又不知從何解釋。

簡悠解圍。「祖母，不然這碗給六妹吃，再讓廚房蒸幾碗，咱們一起吃。」

「對對對，就這麼辦，祖母老糊塗了。」馬氏忙不迭地吩咐下去。

如此，簡淡看在簡廉的分上，不好再拒絕，接著姊妹幾個又陪馬氏玩起馬吊，一玩就是一下午。

晚上，簡廉讓李誠回來說一聲，差事繁忙，住在衙門不回來了。

十天後，簡家人搬到巡撫衙門暫住。崔家兄弟返京，準備睿明帝的恩科。

簡廉和簡雲愷每天忙得腳不沾地，連簡雲豐都進布政使衙門，當了一名七品小吏，幫忙整肅軍務跟財用。

將西山省整頓得差不多後，也過了大半年，同年七月，睿明帝終於派了巡撫，接替簡廉的位置。

簡廉以首輔身分歸京，高煦改任次輔，簡雲愷則帶著三房留下來，繼續任直隸州知州。

簡家人回京，卻沒直接進城，仍舊去了雲縣靜遠鎮的莊子。

莊子由簡雲澤和小馬氏帶人仔細收拾過，一家人到後安睡一晚，隔天用過早飯，才開始收拾行李。

巳時初，李誠來報，說又有聖旨到了。

簡家人換了衣裳，在前院正堂擺上香案，準備迎接欽差到來。

簡淡不知是什麼聖旨，心裡不免有些忐忑。

這半年來，沈餘之雖說人沒到，但信和禮物從未間斷過，有新鮮好吃的水果、時新款式的衣裳、好看的書籍，還有他親手畫的畫、她設計後燒好的瓷器等等。

及笄時，沈餘之命人送來一只鑲南珠嵌寶玉的龍戲珠頂簪、一頂羊脂玉的玉冠，和一套銀作局打的粉珍珠頭面，每一件都是精品中的精品。

簡淡明白沈餘之的心意，卻擔心他假公濟私，讓簡家搬回首輔府，跟他繼續當鄰居。日子要輕輕鬆鬆地過，她不想回那個地方。

「老太爺，太子駕到。」李誠慌張地奔進來。

睿明帝不同於泰寧帝，一登基就立了太子，讓他共議朝事。

簡廉一聽，立刻率簡家兒郎從正門迎出去。

沈餘之已經下車。大半年不見，他的個子沒什麼變化，但身子結實不少。玄色太子常服非但沒讓他顯得更加消瘦，反而多了幾分威武和挺拔，真真是玉樹臨風。

「老臣簡廉恭迎太子殿下。」簡廉一彎膝蓋，就要跪下。

沈餘之大步走過來，一把扶住簡廉的手臂，笑道：「我乃晚輩，簡老大人免禮。」

簡家兒郎行完跪拜大禮，跟著進了前院正堂，焚香跪拜，準備接旨。

沈餘之從大太監手裡拿過聖旨，讀道：「奉天承運皇帝，詔曰：簡廉為官三十四載，勤於政事，克己奉公……堪為百官楷模，今敕封安國公，世襲罔替，欽此。」

簡家人大喜，便是向來喜怒不形於色的簡廉，臉上也多了幾許春風。

「恭喜安國公，賀喜安國公。」沈餘之把聖旨交到簡廉手裡，又讓人把裝著丹書鐵券的錦盒拿過來，一併讓他收好。

簡廉拜謝。「老臣叩謝聖恩。」

沈餘之把他扶起來。「安國公，國公府已經備好，就在長和巷後面。這裡離京城甚是遙遠，往來不便，早搬早好，父皇還等著與您共商國事呢。」

他明明在對簡廉說話，目光卻不在其身上，桃花眼一轉，盯著剛剛起身的簡淡。

簡廉看得分明，暗道什麼共商國事，分明是你這小子假公濟私。

他腹誹一句，拱手笑道：「多謝殿下，老臣遵命。」

沈餘之擺擺手。「安國公客氣了，聽說靜遠鎮風景秀美……」

簡廉便道：「鷹嘴岩那一帶不錯，老夫讓越哥兒兄弟帶殿下走走？」

「好，多謝安國公。」沈餘之的目光直勾勾地定在簡淡身上。

簡廉知道，不讓簡淡去肯定不行了。

睿王登基後，沈餘之雖然改變不小，但乖僻性子依然在，只是不怎麼外露罷了。

他嘆息一聲，對簡思越使個眼色，示意他等會兒一起去。

兩刻鐘後，簡淡換好男裝，帶著白瓷，與簡思越兄弟陪著沈餘之出了莊子。

第七十五章

簡廉任首輔多年，錢沒攢多少，但買個風景優美的莊子不成問題。

從正門出去，路對面有條小溪，沿著下游走十幾丈，過木橋，再沿著三尺長的青石板路往前走，便進了一片茂密挺拔的楊樹林。

一進林子，沈餘之的人便湧上來，將簡思越兄弟死死隔在後面。

沈餘之臉上有了一絲陰謀得逞的笑意，大剌剌抓住簡淡的手，一邊走、一邊側頭看她，「一別就是大半年，有沒有想我？」

「喂，鬆開。」簡淡想把手抽回來，卻未能得逞，瞬間脹紅了臉。

她趕緊回頭看去，發現跟著的十幾個護衛齊刷刷歪著脖子，不是看左邊，就是看右邊。

「我不叫喂，我叫留白。」沈餘之與她十指相扣，再問：「有沒有想我？」

大半年沒見，一見就胡來，簡淡氣得要吐血，卻不敢反抗。連祖父都拿他沒辦法，她又能怎麼辦？「有。」她像蚊子似的哼哼一聲。

其實要說多想並沒有，但想起來的次數還是挺高的，畢竟收了那麼多禮物嘛。

「有多想？」沈餘之臉上的笑意大了幾分。

「如果你能鬆開我的手，我會非常非常想念你的。」當著這麼多人的面被他牽著，實在太彆扭了，她必須嘗試著反抗一下。

沈餘之道：「如果妳沒有非常非常想我，我就當著這麼多人的面親妳。」

「好吧，我非常非常想念你。」簡淡立刻道：「這段日子累不累？」飛快轉移話頭。

「非常累。」沈餘之認真地說：「但精神也好了許多。我想，以前的想法大概是錯的，人還是得多折騰，折騰多了，身子骨兒便結實了，妳說是不是？」

「是。」簡淡抬起左手，把沈餘之那隻白皙修長的手一併帶起來。「你的手溫暖多了，這樣很好。」以前像冰，如今像暖玉，握起來溫潤舒服。

沈餘之的神情飛揚起來，伸出左手在簡淡鼻尖上輕輕一點。「放心，以後會越來越好的，總不能讓妳抱著大冰塊過日子。」

「口無遮攔。」簡淡又趕忙回頭看。

「放心，他們不會隨便亂說的。」

兩人像老夫老妻一般踱出林子，去了鷹嘴岩。

鷹嘴岩是南山山腰上的一塊突出像鷹嘴的岩石。岩石下有一小片湖泊，水草豐美，長了不少形似仙人球之物，像一朵朵小花，岸上開著一大簇一大簇藍紫色馬蓮。附近則是簡家的田地，一片綠油油的。

風景談不上壯觀優美，但閒適美好，還是個釣魚的好去處。

沈餘之事忙，用過飯就要和簡廉回宮，兩人只在河邊稍稍坐了一會兒，便手牽手回去。路上，沈餘之對簡淡說：「太上皇已經取消賜婚的旨意，但我還不打算太早成親。」

簡淡有些驚訝，但更多的是欣喜。

沈餘之臉色一變，不高興地道：「早知道妳是這副表情，我就不做這個決定了。怎麼，妳不想和我在一起嗎？」

簡淡吐了吐舌頭。

沈餘之冷哼一聲，懲罰似地收緊手指。

五根手指被勒緊，簡淡有一點點疼，不由委屈地瞥沈餘之一眼。沈餘之趕緊鬆手。

簡淡解釋道：「不是不想和你一起，只是覺得，睿王妃去世還不到一年，眼下不是成親的時候。」睿明帝追封沈餘之嫡母為皇后，卻沒有追封睿王妃，所以依然叫她睿王妃。

睿王奪嫡，沈餘之莫名其妙死而復生，其中的陰謀意味非常濃重。再加上父子倆本就不被朝臣所喜，此時再不守孝道，定會在史書上留下難看的一筆。

就算沈餘之不在乎他的名聲，也要替睿明帝著想。

沈餘之會意，這才滿意地笑笑，微微放輕了力道。

其實，他的嫡母在十五歲時生下他，因難產傷了身體，之後纏綿病榻，早早去了。

他不希望簡淡步他母后的後塵，才不願太早成親。

回到簡家，沈餘之無視簡思越兄弟的暗示，硬是跟簡淡回了她的房間。

一進屋，他就把簡淡抱在懷裡。

「留白，你答應過我的。」簡淡抬起頭，認真地說。

沈餘之道：「我答應過嗎？」頓了頓，又道：「不管我答應什麼，我都要告訴妳，在心愛的姑娘面前，男人的話從不可信。」他的頭一低，嘴唇便壓上去。

簡淡掙扎一下，身子只是徒勞地晃了晃，就受到更加瘋狂的攻勢，心臟狂跳，兩腿發軟，情不自禁抱住沈餘之的精瘦的腰……

良久，沈餘之終於在失去理智之前停住，環抱著她，在她耳邊輕輕說道：「我喜歡親妳，很喜歡、很喜歡。妳呢，喜不喜歡？」

屋裡靜悄悄，冰盆上氤氳著涼氣。簡淡覺得不妥，卻不想掃他的興。「我也喜歡。」

沈餘之又在她唇上啄了一下。「這是太子印，太子專屬，知道嗎？」

簡淡不滿意地白他一眼，不示弱地回敬一下。「這是簡淡印，簡淡專屬，可否？」

「可！」沈餘之高興極了，抱著她的腰轉了個圈。「一言為定！」

沈餘之在簡家用過午飯，便帶簡廉一起回宮。

簡家人送走兩人，正要回轉，就見兩輛馬車疾馳而來。

這裡只有簡家一戶人家，來人必定是簡家的客人。大家停下腳步，想知道來者何人。

片刻後，車停了，王氏帶著幾個孩子下車，當街跪了一地。
「娘，嗚嗚嗚……」王氏大哭起來。
「祖母……」幾個孩子也期期艾艾叫了聲。
「喂，車錢還沒給啊！」一個車伕說道。
李誠看馬氏一眼，馬氏頷首。「把回去的車錢也給了吧。」
馬氏不懂朝政，但簡廉先是告老還鄉，隨後回朝任官，現在又封了安國公，她再笨，也知道她家老爺是什麼打算。
簡雲帆把女兒嫁到慶王府，始終支持慶王，又有謀害簡廉跟未來太子妃的嫌疑，本應死罪。睿明帝看在簡廉的面上，才保他一條性命，流放肅縣。
這些是罪人子女，她不能輕易答應他們歸家。
王氏是簡廉親妹妹的女兒，家世不顯赫，但也是書香門第。簡雲帆被流放後，大房財產充公，王家人膽小，不敢收留他們，就在城南租了個院子養著他們。
雖說簡家分家了，但這些小輩還是簡家子弟，簡家沒道理不管。聽到簡家人回京的消息，王氏便把他們帶回來，其中還包括簡靜和簡潔姊妹。
奪嫡失敗後，慶王一家對簡廉和沈餘之父子恨之入骨，簡潔在王府飽受摧殘，只好扔下兒子，自請和離。簡潔哂笑著站起身，問道：「祖母當真不管我們了嗎？」
馬氏道：「簡家早已分家，公中分給大房的財產，你們全拿走了。妳爹私底下的財產，聽說光在京城就有好幾個鋪子，但這麼多年過去，老身連一枚銅錢都沒見著。」既然妳爹娘不孝順我，又憑什麼要我管你們呢？

這是實情。王氏不自在地動了動。

簡潔卻道：「祖母，分了家，我們也是簡家的兒孫，這一點總沒有錯吧。當然，簡家不想認也可以，那讓祖父寫個除族文書吧。」

寫下除族文書，就是落井下石了，真正把「涼薄」兩字釘在簡家的門面上。

簡雲豐往前邁了一步，正打算說話，就聽簡雲澤說道：「母親，雖說大哥對不起父親在先，又對不起小淡在後，但不管怎麼說，這些孩子都姓簡，先讓大嫂和孩子們進去吧，等父親回來再定奪。」

簡雲豐附和著點點頭。簡雲澤肯開口最好，不然馬氏會以為他護著大房。

馬氏沒立刻答應，看看簡淡，見簡淡始終未出聲，似乎沒有反對的意思，便同意了。

「也好，就先進去吧，老四媳婦去安排一下。」

簡淡聞言，立刻轉身，逕自出了大門。

簡雲澤說得不錯，再怎麼討厭大房，也不能讓王家養著他們的人，否則簡家就要貽笑大方了。

簡思敏小跑上來，挽住簡淡的手臂，耳語道：「三姊，他們會不會有什麼陰謀？」

簡淡搖搖頭。「誰知道呢。看看四嬸把他們安排在哪裡吧，我再讓人看著。」

簡思敏回頭瞪簡靜一眼。「確實不能掉以輕心，四姊看妳還跟仇人似的。」

簡淡拍拍他的肩膀。「你和大哥也要注意，知道嗎？光腳不怕穿鞋的，咱們不得不防。」

簡思越正好走到簡淡身邊，聽到她最後一句話，欣慰地笑了笑。「三妹既然想到了，大哥就不再囑咐。」

簡淡點頭應了。

小馬氏把大房的六口人安排在蓼香院，並按照馬氏要求，讓兩個婆子守在外面，禁止他們隨便出入。

簡靜躺在炕上，悶悶地說：「娘，以後我們怎麼辦，難道就這樣過一輩子嗎？」

王氏喝了口水，反問：「不然妳想怎麼樣？」

簡潔哂笑一聲。「爹犯的乃謀逆大罪，若非看在祖父面子上，妳我不是被砍頭，就是進青樓。現在已經很好，還想怎麼樣？」

簡靜怒道：「難道我還要感謝他們不成？若非他們，我們豈會落到這步田地？」

「哈哈哈……」簡潔大笑，笑得眼淚都流出來了。「四妹，妳不但變了，還變蠢了。

「怎麼，妳覺得那把椅子就是慶王的？他可以搶，別人就不可以搶了？妳別忘了，太上皇可是立了皇上為太子。

「再說了，祖父一開始就反對把我嫁進慶王府，若非爹娘一心攀高枝，我們又怎會落到如此下場？」

王氏聽見，扔了水杯，摀住臉痛哭起來。

原本簡廉是首輔，簡雲帆是五品官，不管慶王當不當皇帝，她們都是一樣地過，簡潔、簡靜都能找個不錯的婆家。

當初她到底是怎麼想的，是為了富貴，還是虛榮心？為了哪一個，都不值得呀！

啪！啪！她狠狠搧了自己兩記耳光。

簡潔和簡靜大吃一驚，見她似乎還要再打，連忙一左一右架住她。

「娘，您這是做什麼？」簡潔揉揉王氏通紅的臉蛋。「我不是指責您和父親，已經到了這個地步，再糾結過去沒有意思，一切往前看吧。只要祖父願意養我們，那就安安靜靜地活著，日子在哪兒不是過呢？咱們不是男人，想那麼多做什麼？」

王氏沒說話，但也沒再發狂地抽打自己。

她的兒子病死時，她想過死；她從白馬寺回來的路上出事時，想過死；簡雲帆被流放時，更想死了，但都沒付諸行動。不是放不下心，只是真的怕死。

簡潔說得沒錯，簡廉不苟言笑，但為人正派，只要肯留下她們，必然不會虧待，那就這樣吧。

簡靜也哭了。她跟王氏在佛堂關了那麼久，非但沒沾染到靜氣，反而更加暴躁。

她看清了未來，看明白了一切。趙家，她不想嫁；就這麼過一輩子，又覺得不甘心。那……要不要自殺呢？

簡雅死了，把二房難壞了，如果她死在這莊子裡，能不能也為難簡廉和二房？

她越想，越覺得這個主意不錯。

此刻，簡雲帆的小妾周氏跟孩子們待在西廂房。三歲的小兒子睡著了，八歲的大兒子豎著耳朵聽上房動靜。他怯怯地說：「娘，母親又哭了，是不是祖母不肯收留我們？」

周氏模樣俊俏，出身市井，眉宇間沒有王氏的氣度，小門小戶的精明算計顯現在臉上。

「放心，簡家丟不起那個人。再說了，你和你弟弟是你祖父的親孫子，他不但會收留咱們，還會讓你好好讀書。」

「真的嗎？」小男孩眼裡閃過一絲驚喜。

周氏點頭。「你好好讀書，咱們這房可就指望你了，知道嗎？」

小男孩聽了，有些不安。他雖然姓簡，但腦子一點都不像簡家人，於讀書沒什麼天分。

周氏見狀，嘆息一聲，沒再說什麼。

簡廉一去就是兩天，第三天晚上才回來，把簡家人集合在一起，宣布五天後搬家。

馬氏皺皺眉頭，小心翼翼地說：「老爺，天氣還熱著，不如八月底再搬吧。」

簡廉露出哭笑不得的表情。「唉，太子說，莊子簡陋，也不安全，早搬早好。他已經找欽天監看過日子，最近只有七月二十日宜搬遷。」

眾人聽了，紛紛朝站在角落裡的簡淡看去。

簡淡羞得滿臉通紅，強忍著奪門而逃的慾望，辯解道：「太子說過，簡家現在鮮花著錦、烈火烹油，盯著這裡的人不知凡幾，若非他早已安排人手保護，家裡絕不會這麼清靜。」

她這麼一說，大家登時想起兵分三路趕赴晉城的事。

馬氏哆嗦一下，問道：「老爺，三丫頭說的可都是真的？」

簡廉若有所思地看簡淡一眼，微微頷首。「老夫也有此顧慮，所以才讓老二和老四盯著家丁，每晚巡視。」

搬家是要及早，只是沒想到沈餘之比他著急，更沒想到，沈餘之已經派人來了。

不管沈餘之擔心的是簡淡，還是簡家，他都得領這個情。

想起領情，簡廉又道：「工部不但修繕了宅院，連家什也準備齊全，搬家時帶上喜歡的東西就好，不想要的就放在這裡。」

「啊？」馬氏和小馬氏驚呼一聲。

工部不是只負責宅院的承建和修繕，怎麼連家什都準備了？這是看在簡淡的面子吧。

這下，簡淡面紅耳赤，連頭都抬不起來了。

簡思越見妹妹不自在，趕緊轉開話頭。「祖父，大伯母他們回來了，四嬸把人安排在蓼香院。」

簡廉點點頭。「我知道，老四做得很對。分家歸分家，老大流放，既然親族並未連坐，他們孤兒寡母的生計，咱們是得承擔起來。」

馬氏有些不自在地扭了扭身子。

小馬氏比她膽大，問道：「那要帶他們回國公府嗎？」

簡廉道：「簡潔、簡靜跟周氏留在這裡陪王氏。兩個男孩子由敏哥兒和小淡帶著。」

簡淡應下，雖說大房母女都很討厭，兩個小堂弟卻是無辜的。

簡思敏見她答應，也沒什麼好說的，畢竟他要讀書，就算照顧，也不過是晚上回來問問功課罷了，沒什麼了不得的。

隔天，周氏聽說簡廉要帶走兩個兒子，交給簡淡來帶，便大鬧一場，被簡潔怒罵一頓才安靜。在簡潔看來，簡淡正直，且有才華、有心計、有狠勁，讓她帶著兩個弟弟，比讓崔氏帶著更好。如此，大房就有希望了。

簡潔對簡廉的決定感恩戴德，當天晚上求守門的婆子，送她去了簡廉的書房。

「祖父。」簡潔一進門就跪在地上，叩了三個響頭，泣不成聲。

簡廉收起邸報，目光沈沈地看向她。「這是做什麼？」

簡潔哭道：「祖父，孫女知道錯了，孫女是來道謝的，謝謝您收留我們母女。」

簡廉道：「妳能明白祖父的苦心就好，過去的事，就不要提了。妳娘和妳妹妹有心結，好好照顧她們，好好過日子。」

簡潔臉上綻出一絲輕鬆的笑意，用袖子抹了把眼淚。「是，孫女一定不讓祖父操心。」

「好。」簡廉拿起邸報。「起來，回去吧。」

他話音將落，一個婆子闖進來。「老太爺，不好了，四姑娘上吊了！」

簡潔臉上的血色迅速消退，身子一歪坐在地上，大哭起來。

簡廉看著簡潔，見她不似作偽，方問那婆子。「她怎麼樣了？」

婆子道：「老太爺恕罪，奴婢在門口守著，聽見大太太喊就跑過來，不知道四姑娘現在如何。」

簡潔在地上爬了兩下，才搖搖晃晃站起身，踉踉蹌蹌地向門外走，嘴裡唸叨著。「她不會有事的，絕對不會有事，我去看看……」

簡廉捋捋鬍鬚，吩咐站在牆角的李誠。「去看看人死了沒有，如果死了，讓她跟二姑娘做個伴兒；如果沒死，就讓王氏和大姑娘好好看著。」

李誠拱手。「是。」

此時書房的門開著，簡潔還未走遠，隱約聽到簡廉的話，鬆了口氣，腳步也快了幾分。

第七十六章

簡廉得到消息時，簡淡也聽說了。

她躺在院子的躺椅上，一邊嗅著夜來香的香氣、一邊仰望星空，心中不起半點波瀾。

白瓷把手裡的瓜子往石桌上一丟，憤憤道：「早不死，晚不死，非回來再死，四姑娘分明沒安好心。」

紅釉點點頭。「四姑娘看起來文文靜靜，其實壞透了。」

藍釉攏了攏燃燒著的乾艾蒿，趕趕蚊子。「人都是善變的，以前的四姑娘不是這樣。」

簡淡挑眉，的確如此。原來的簡靜雖有心眼，舉止卻是嫻靜，是經過趙家那場禍事後才變的。對未來期望越高，摔倒時才會跌得越狠，乃至於爬都爬不起來。

但簡淡一點都不同情她。簡靜設計過她兩次，每次都生死攸關，這是第三次。

簡靜非要回簡家再死，無非是想步簡雅後塵，想讓她和祖父難堪罷了。

太拿自己當回事了，真是可笑。

「姑娘，我們看看熱鬧吧。」白瓷忽然不氣了，又把瓜子抓起來，兩隻眼睛灼灼發光，跟叢林裡的狼似的。

藍釉與紅釉驚恐地往後退了一步。

藍釉道：「姑娘，還是不要去了吧，晚上會作噩夢的。」

簡雅的死，驚擾她們兩個很久，直到簡家舉家離開京城才徹底脫離夢魘。

簡淡起身。「白瓷說得對，我是得去看看，怎麼說也是親堂妹呢。走吧。」笑著看向兩個丫鬟。

紅釉往後縮了縮，藍釉雖站在原地，臉卻白了。

簡淡往院門走去，兩人步履沈重地跟上來。

出了門，簡淡腳下一頓，回過頭笑道：「好啦，不逗妳們了。妳們留在院子，把我那些寶貝看好了。」

「好！」紅釉跳了下，喜孜孜地抱住藍釉的胳膊。

藍釉囑咐。「姑娘，要是四姑娘出事了，您千萬別往前湊，聽說吊死的人特別可怕。」

簡淡拍拍藍釉的肩膀，轉身去了蓼香院。

蓼香院的人很多，除了簡廉和崔氏沒來，其他人都到齊了，包括簡雲豐和馬氏。

簡淡在院門口就聽到了王氏哀哀的哭聲。

「小靜，妳糊塗啊，妳才十五，如果就這麼走了，娘要怎麼活啊……」

「如果？」簡淡重複一句。

「嗯。」白瓷有些遺憾。「原來還活著，怪可惜的。」

簡淡嘿嘿一笑，往前走了兩步，正好遇到退出來的簡思敏，遂問：「她怎麼樣了？」

簡思敏道：「三姊不怕，四姊沒事，大伯母聽見凳子倒地的聲音就趕過去了，連大夫都不用請。」

簡淡點頭，隨簡思敏離開蓼香院。「那我不進去了，省得招惹她。萬一又想不開，還得怨我。」

簡思敏深以為然。「三姊說得對。四姊瘋了，絕對不能沾。」

簡思敏說得不對，簡靜非但沒瘋，反而還冷靜了。

當絲帶勒住喉嚨，她拚命張大嘴巴，卻連一絲空氣都吸不到，想喊又喊不出來，越掙扎喉嚨越痛的那一刻，她真的後悔了，為何要為不相干的人尋死呢？

就算沒有祖父和父親，她還有母親和姊姊。唯有活著，她才可以畫畫、撫琴、享用美食，才可以看到簡淡倒楣的那一天。

什麼都不用幹，只需要花簡家的錢，不也挺好的嗎？

她躺在王氏溫暖的懷抱裡，目光從簡雲豐、簡雲愷、簡思越、馬氏、小馬氏等人臉上一一掠過，最後落在恨鐵不成鋼的簡潔臉上。

「大姊……」她喉嚨劇痛，勉強發出一個音，就再也說不出話了。

簡潔一直在觀察簡靜，幾乎立刻猜到她的意思了，趕緊跪在地上，行了一個大禮，替簡靜道歉，請諸位長輩回去休息。

馬氏道：「好好勸勸她吧，這莊子畢竟是妳們母女常住的地方。」言下之意是，死了也嚇不著旁人，還是省省吧。

簡潔啞口無言，陪著笑，把眾人送出蓼香院。

房裡安靜下來，簡潔冷著臉坐在炕桌前。

王氏讓粗使丫鬟擰了濕帕子，敷在簡靜脖子上，自己在她身邊躺下。

「從妳爹決定跟著慶王開始，妳祖父就跟咱們大房離了心。後來他遇上刺客，隨後又有人試圖用雷公藤下毒，這些事雖與妳爹無關，但聽妳爹說，確實是慶王所為。之後妳出事，也是我們算計簡淡在先，有人替她反擊在後。

「所以，妳死得再慘，簡家人也不會有半分後悔和慚愧。簡雅死了，簡淡如何了？她照樣受寵，照樣吃香喝辣，準備嫁給太子，而她們還是雙胞胎姊妹呢！

「娘就說這些，妳若執意尋死，娘不再攔著妳，畢竟死比活著容易多了。」

說到這裡，王氏閉上眼，不再說話。

她說的，正是簡潔想要說的，所以只補充了兩句。「成王敗寇，願賭服輸。」

簡靜聽了，又哭起來，無聲無息，卻淚流成河。

接下來，簡淡帶著禮物去林家住了三天，又在鷹嘴岩的小湖裡釣了兩天魚。

七月二十日早上，簡家人頂著晨曦去了京城。

安國公府位在景陽巷，府邸比首輔府大，也更精緻。

離開靜遠鎮前，工部派人送來一張國公府的布局圖，分配院落時，簡淡拒絕簡雲豐的好意，依舊要了靠近花園的小院。

然而，當她看到垂花門的門楣題字時，立刻覺得自己中了沈餘之的算計。

淡園。

如果所料不差，這應該是沈餘之特地幫她準備的院子。

小院子的確不大，只有一進。進門是迴廊，穿過天井，進入上房，簡淡發現，裡面已經安排得妥妥當當，還有間小廚房。

家什不僅齊全，凡是木頭，都選用精雕細琢的黃花梨木，色澤淡雅明亮。

衣櫃裡擺滿五顏六色的衣裳，都是今年時興的新款。妝奩也是滿滿的，各種頭面首飾、眉黛脂粉，連各種香味的澡豆都幫她預備好了。

簡淡一一看完，心裡像喝了蜜一樣甜。

三個丫鬟被嚇得不輕，打開一個櫃門便驚呼一聲，靜寂的院子一下子有了人氣。

白瓷問：「姑娘，你們是不是商量過了，才這樣布置？」

簡淡搖搖頭。「沒商量過。」

紅釉道：「那姑娘要是沒選這個院子怎麼辦？豈不是便宜旁人？」

藍釉笑起來。「那太子就要辛苦些，讓人重新布置了吧。」

「太子對咱們姑娘當真是極好呢！」白瓷促狹地起鬨。

簡淡紅了臉。

第二天，簡淡照舊起早去花園練棍，練完兩趟，正要拿手巾擦汗時，聽見不遠處有人拍了拍手。

「不錯，有進步。」

「太子？」簡淡驚詫地朝東邊看去，只見沈餘之從林蔭小徑轉了出來。

「你……莫不是還住隔壁吧？」國公府的樹高，她看不到臺子，便往前小跑兩步，想探個究竟。

「沒有臺子，只是開了道門而已。」沈餘之大言不慚，快步走過來，握住簡淡的手。

簡淡知道花園沒人，就不做徒勞的反抗。「這樣不太好吧？」

「有什麼不好？」沈餘之對討厭、煩人使了個眼色。

兩人便把白瓷帶走了。

沈餘之笑道：「花園開個角門，有什麼了不得。那邊一出門就是大街，我帶妳走走？」

「好。」簡淡不疑有他，跟他去了林蔭道。

剛一轉彎，沈餘之就把簡淡擁進懷裡。「一別就是好幾天，有沒有想我？」

這個混蛋！簡淡知道，她又上當了，所謂走走只是煙幕，重點是抱抱和親親。

她不明白了，沈餘之明明極為深沈、極為內斂，為何總喜歡問她這種淺薄的問題？

她真的不願意回答，但不回答又不成，只好勉強說道：「想了。」

「真的嗎？」沈餘之目光沈沈地看著她。「可我聽說妳在林家和幾位表哥又吃又喝又玩，還接連幾天去鷹嘴岩釣魚，逍遙得很嘛。」

簡淡無言以對，心裡卻暗暗不忿，不然還想她怎麼樣，天天躺在床上想他？想他在做什麼，是不是吃喝拉撒，是不是好好睡覺了？那樣的日子，她可過不了。

她想了想，辯解道：「釣魚最有利於思索，我設計了好幾只梅瓶，上面都有以你為原型的人物畫。而且，我還整理了從晉城給你帶的禮物，吃的穿的、用的玩的都有。」

沈餘之的表情頓時由陰轉晴，頭一低，吻住了簡淡。

一會兒後，沈餘之牽著簡淡出了角門。

牆外是條青石板路，寬約六尺，路旁栽著高大的垂楊柳。

簡家隔著寬闊的護城河與宮牆相望，從這條路往東走，不到一里就是東華門，簡廉上下朝簡直方便極了。

簡淡前後望了望，道：「景陽巷歷來是王府街，把國公府蓋在這裡，不太合規矩吧？」

沈餘之抬了抬下巴，指向國公府隔壁。「那邊的府邸，我讓工部劃出去了。」

簡淡問道：「住人了嗎？哪一家？」

沈餘之不說話，只看著她。

簡淡一驚。「是你？」

沈餘之捏捏她的手心。「怎麼，不歡迎？」

當然不歡迎了。然而順毛驢不能對著幹，簡淡仰著頭，故作歡喜道：「當然歡迎。」杏眼又大又亮，黑白分明，長而翹的睫毛撲閃著。

沈餘之感覺自己的心又化了，不覺彎下腰，在她唇上啄了一下。「乖！」

簡淡連忙看了看前後左右。

沈餘之捧住她的小腦袋。「怕什麼，就算有人也是我的人，他們不敢看的。」

那還不是有人？簡淡臉紅了，一使勁，把手從沈餘之掌裡抽出來。

「太子，時辰差不多了。」蔣毅背著身子，從十幾丈外的一棵樹後鑽出來。

「知道了。」沈餘之看看空了的手，語氣涼了兩分。

簡淡見蔣毅背對這邊，稍稍鬆口氣，柔聲道：「國事繁忙，太子要多注意身體。」

沈餘之不說話，依舊抬著手，維持握的姿勢。

簡淡無法，只好乖乖把手放回去，試探著勸道：「太子要操心的事那麼多，不該因這等小事生氣，對身體不好。你看看，不但臉色青白，黑眼圈還重了幾分呢。」

沈餘之見她認錯態度良好，紆尊降貴地低下頭。「若不想我生氣，妳就……」用食指點點他的唇，閉上了眼睛。

簡淡無奈。「太子既然喜歡我，就該考慮考慮我的處境，親一下不要緊，可萬一讓人看見，我的名聲就更糟了。京城一人說一句，唾沫星子都能淹死我，唔……」

沈餘之親自堵上了她的嘴，也不過分，略略吮吸一下，便心滿意足地放開她。

簡淡被他親過不少次，還是第一次如此，腦袋一懵，心臟緊緊一縮，隨即狂跳起來。

沈餘之得意地笑了笑，晨曦透過樹枝，照進那雙桃花眼裡，像盛滿了星星。「我喜歡這樣，以後咱們找個沒人的地方再試試？」

簡淡氣急，推他一把，轉身就跑。

她身體好，跑得快，又穿著月白色練功服，從後面看，像隻受驚的小兔子。

沈餘之退了一步，舔舔嘴唇，臉上的笑容越來越大，甚至笑出聲來。「哈哈哈……」

蔣毅小跑過來。「發生什麼事了，太子笑得這麼開心？」

沈餘之瞥他一眼，不回答，大步朝角門走去。

蔣毅嘿嘿一笑，暗道主子肯定又占人家便宜了，嘖嘖，黑心的人陰起心悅的女人，也不手軟，還沒過門呢……

唉，算了算了，換成他，大概也是一樣的，大家都是男人，互相理解一下吧。

簡淡從角門回到花園，白瓷正等在門口。

她見簡淡的心情似乎不太好，遂問道：「姑娘，太子欺負您了？」

簡淡想點頭，但心念一轉，怕白瓷追根究柢，便搖搖頭。「沒有，只是沿著護城河多走了幾步。請安的時辰快到了，急著回來，所以跑了幾步。」

白瓷疑惑。「跑幾步，臉就這麼紅？姑娘是不是生病了？」

簡淡說道：「我沒生病。走吧，不然祖母又要多事了。」

現在的馬氏、小馬氏對簡淡特別客氣，還客氣得極假，讓簡淡難以招架。

一旦去晚，不管找什麼藉口，都會聽見不少打著恭維和關懷旗號的酸話，她不愛聽。

馬氏的院子仍叫松香院，簡淡過去時，其他人都到了。

「祖母，花園景色很好，去練功時多看兩眼，回來晚了。」趕去的路上，簡淡找了個安全的藉口。

馬氏還沒去過花園，臉上登時有了幾分驚喜。「花園大不大，樹多不多，都有什麼花？有荷塘嗎？」

簡淡只稍微看看，哪裡答得出這麼多問題，尷尬地笑了笑。「祖母，說了就沒有驚喜了。等會兒用完早飯，孫女陪您好好逛逛，怎麼樣？」

馬氏撫掌。「這個好，早膳都在這兒用吧。妳祖父說咱們不辦喬遷宴，叫上親戚們，自家人聚聚就好。」

小馬氏笑道：「好，我去翻翻黃曆，選個日子。」
崔氏含笑頷首，如果只有自家人，她出席也無傷大雅。

用過早飯，簡淡陪家人去園子逛了一上午，下午讓青瓷駕上馬車，上梧桐大街。
改朝換代後，澹澹閣的瓷器賣得更好了。
這是太子參股的鋪子，有太子親手書寫的匾額，讓不少人慕名而來。
而且，澹澹閣的瓷器向來以風格獨特著稱，量少而精，不少喜歡收集瓷器的達官顯貴都喜歡過來逛逛，選幾樣格外喜歡的帶回去。
下午天熱，澹澹閣門前停的馬車不多。
青瓷把馬車停在門口。簡淡戴上斗笠，走進鋪子。
鋪子裡放了冰雕，涼快得很，招待貴客的椅子上坐了兩、三批人。
簡淡不想引起別人注意，放輕腳步，直接朝樓梯口走去。
才走幾步，就聽有人小聲說道：「身為太子與民爭利，像什麼話？還不如齊王世子和英國公世子，那兩位親自在城南門外捨粥呢。」
「是，我也聽說了，聽說是今兒開始的。兩家都用新米，粥稠得插上筷子不倒。」
「其實也不能這麼說，國庫空虛，皇上和太子都愁著呢……」
簡淡走近，腳步聲驚動他們，談話停止了。

簡淡便轉過身，又走出去。

白瓷也聽見那番話，大概猜到簡淡要做什麼，直接跟上。

青瓷剛要進門，問道：「少爺，不上去嗎？」

白瓷湊過去解釋兩句，主僕三人便驅車往城南去了。

第七十七章

官府在城外搭了許多簡單棚子，大約幾百個，可見近年因澇災而生的流民不少。靠牆處，則設了一排粥棚。

簡淡扒著車窗看了看，見粥棚前除了流民外，還有不少穿綢衫的年輕公子隨意走動，即便她出去也不會引人注目。

從城南門這邊數，第一個粥棚是齊王府的，第二家是英國公府的。

簡淡不認識兩家下人，但認識沈餘安和蕭仕明，兩人都在。

自從睿明帝登基後，齊王就老實了，從西北戰場回來後，便辭掉所有差事，含飴弄孫，連大門都不出。

英國公府更加本分，蕭仕明還棄了北城兵馬司指揮的差事，娶了左都御史的三女兒，與齊王世子沈餘安的聯繫也少了。

雖然沈餘之知道齊王也算計過他的性命，但與睿明帝都沒有追究。一來沒有證據，二來為了那把椅子，你算計我，我算計你，乃是尋常。他們要殺他，他又何曾不想殺他們？不過是成王敗寇罷了。

只要他們老老實實，可以讓他們多活幾年。

簡淡之所以知道這些，是沈餘之在往來的信中提過，只是不太明白，齊王和英國公現在站出來，是想收買民心，還是真的只為朝廷社稷，想讓老百姓吃頓飽飯？

簡淡吩咐白瓷。「妳去看看流民碗裡的粥。」

白瓷應了聲，小跑著上前，正要靠近一個流民，就見那流民抬起碗，放到嘴邊，嘩啦嘩啦往嘴裡倒，沒等白瓷到跟前，粥已經喝完了。

「回來吧。」簡淡明白，這些流民餓怕了，生怕白瓷搶粥，才忙不迭地喝了。

「怎麼一個個都跟餓狼似的？」白瓷莫名其妙，只好轉回來。

簡淡解釋幾句，繼續往前走。

到第三家粥棚時，又一輛馬車停住，兩個姑娘從車上走下。

簡淡看過去，頓時驚喜地叫了一聲。「高姊姊？」

簡雅死了，緊接著簡家離開京城，簡思越與高瑾瑜的婚事便耽擱了，此番碰到，正好聯絡感情。

「妳是……」高瑾瑜防備地看著簡淡。

簡淡把斗笠往上抬了抬。「高姊姊，我是簡淡。」

高瑾瑜臉上生出幾分欣喜，抓住簡淡的手。「是妳啊。我剛從我爹那兒聽說你們搬回來，已經派人去國公府送帖子給妳，沒想到在這兒碰見。」

簡淡道：「聽說南方水患嚴重，京城流民多，就想過來看看。高姊姊來這兒是……」

高瑾瑜指指粥棚。「我家也搭棚子，我哥哥他們忙，我帶妹妹過來看看。」

高錦秋上前福身。「簡三姊姊，好久不見。」目光卻朝簡淡身後瞟去。

簡淡瞧得分明，不由轉過頭，見蕭仕明和沈餘安快步走過來。

高瑾瑜嚴厲地看高錦秋一眼。

簡淡穿了男裝，且戴著斗笠，顯然不想讓別人認出她，高錦秋卻叫得這麼大聲，分明是想藉「簡三」的名頭，吸引沈餘安和蕭仕明。

高錦秋縮了縮脖子，但眼裡毫無悔意。

簡淡見逃不了，只能大大方方地轉過身，行了禮。「小女見過齊王世子，蕭世子。」

沈餘安道：「簡三姑娘，好久不見。」

蕭仕明點點頭，目光中有了幾分熱切。「好久不見。」

高瑾瑜和高錦秋也上前行禮。高錦秋身形嫋娜，嬌滴滴的，格外溫柔婉約。

然而，沈餘安和蕭仕明只多看高瑾瑜兩眼，對高錦秋視而不見。

高錦秋訕訕退了下去。

蕭仕明問道：「簡三姑娘剛回來，又要出門了嗎？」

「不出門。小女來城南玩，路上看到高姊姊，就過來打招呼。」她本是為建粥棚而來，但這需要跟簡廉商量，只能找個藉口。

蕭仕明顯然不信，與沈餘安對視。「這樣啊。」

高瑾瑜笑著拉住簡淡的手。「原來妳在路上就看到我了，我們還真是有緣呢。」

簡淡點頭。「可不是嘛。」看看粥棚，道：「齊王世子、蕭世子有要事在身，我們姊妹去那邊閒話，不打擾了。」

沈餘安頷首。

蕭仕明說：「這裡不安全，三位姑娘還是到裡面敘話吧，我們看著妳們過去。」

簡淡便和高瑾瑜一同告辭，手牽手去高家粥棚。

見人走遠，沈餘安道：「半年多沒見，簡三姑娘不但個子高了，臉蛋也更漂亮，那位還挺有福氣。」

蕭仕明癡迷地望著簡淡挺拔纖細的背影，沒作聲。

沈餘安捶他肩膀一下。「怎麼，還惦記啊？」

蕭仕明有些訕訕。「惦記倒不至於，欣賞而已。」不單說服沈餘安，也在說服自己。

「走吧。」沈餘安轉過身，往馬車走去。「欣賞也不必了吧，免得惹禍上身。那位的行事作風，你又不是不知道，這半年來，死的人還少嗎？」

蕭仕明聽了，打了個哆嗦，機警地四下看看。

睿明帝登基後，京城重行宵禁制度，拱衛司的監視和督查幾乎到了無孔不入的地步，前幾個月人人自危，這幾天才稍稍鬆些。

蕭仕明湊到沈餘安身邊，小聲問道：「大表哥，你知不知道來京城的流民有多少？」

沈餘安道：「福安省大部分被淹，當地州府缺銀少糧，國庫空虛救不了急，怎麼算也有十幾萬流民，你不是都知道嗎……」

話說到這裡，他停了下來，轉過頭，嚴肅地看著蕭仕明。「你少胡思亂想，齊王府搭粥棚，只想為百姓、為朝廷做事，沒有你想的那些亂七八糟。你記住了，簡淡再有才華、再美，也不值得你以命相搏。」

蕭仕明訕訕一笑。「我隨便問問，哪裡想這麼多了。」

兩人先後上了馬車。

沈餘安坐定，又道：「我再說一遍，那位聰明得很，十個你我捆一塊兒，也比不上他一個。再說了，你看看這些流民，面黃肌瘦，能做什麼？想跟幾十萬大軍抗衡，作夢還快些。」

蕭仕明賠笑。「大表哥，他們這才餓多久。再說了，為一口吃的，易子而食也可能。」

沈餘安冷哼。「那我問你，你有養活十幾萬流民的銀錢嗎？」

齊王被稱為賢王，雖然賢能，也有人脈，但不曾像慶王那般經營，積聚的財產並不多。英國公是豪門，但開銷大，弄一個粥棚可以，再來第二個就費勁了。

蕭仕明不說話了。

沈餘安倒杯茶給他。「表弟，今時不同往日，你這花花腸子該收收了。女人再美，也沒小命重要。」

蕭仕明臉紅了，接過茶杯喝了一口，辯解道：「我沒有。」

沈餘安冷笑。「你惦記簡家姊妹，也不是一天、兩天了，英國公府的管家沒少去牙行尋像她們姊妹那樣的雙胞胎丫鬟，是不是？」

蕭仕明不自在地動了動。「大表哥，你想多了。我買那樣的丫鬟，只是為了伺候她們姊妹，可沒有旁的愛好。再說了，不也沒買到嗎？」

沈餘安提高了聲音。「為了她們姊妹？你居然想娶兩個？蕭仕明啊蕭仕明，我都沒你這麼大膽子，那可是簡老大人的嫡親孫女！」

「我……我……」蕭仕明一不小心說漏嘴，索性破罐子破摔。「大表哥，我喜歡的只有簡淡。兩年前，我在大街上偶然碰到她，當時她正跟小販吵架，模樣極可愛，比那些養在深宅大院的貴女有趣多了。因簡雅跟她長得一模一樣，所以無須打聽，就知道她是誰了。」

沈餘安嘖嘖兩聲。「所以娶不成簡淡，你就想用簡雅代替？」

蕭仕明嘆息。「知人知面不知心，畫虎畫皮難畫骨，姊妹倆終究不一樣。」

沈餘安不明白。「既然如此，那你何必娶簡雅，忘了就是，反正你也不是長情之人。」

蕭仕明搖搖頭。「誰說我不長情，我只是對旁人不長情罷了。」

沈餘安嗤之以鼻。

蕭仕明道：「表哥不明白我的心情。」

沈餘安眨眨眼。「你說說，我該怎麼理解你的心情？」

蕭仕明又嘆息一聲。「她們姊妹長得太像，想到那張跟簡淡一模一樣的臉在別的男人身下輾轉承歡，我就受不了。大表哥，你能理解這種心情嗎？」

沈餘安驚訝地張大嘴巴，過了好一會兒才慢慢合上。「這……好像有那麼點道理啊。」

蕭仕明苦笑起來。

另一邊，簡淡向高瑾瑜打聽了不少設粥棚的事。高瑾瑜大概知道她要做什麼，毫不隱瞞，一五一十說了。

高錦秋道：「簡三姊姊，妳也要捨粥嗎？捨幾天？我爹說，我家捨十天。」

高瑾瑜目光微沈，對她道：「妳站這麼久，也該累了，先去車上歇歇吧。」

高錦秋知道自己被嫌棄了，不想走，又不敢得罪高瑾瑜，只好不情不願地向簡淡告辭，噘著嘴走了。

「簡三妹妹，讓妳見笑了。」高瑾瑜不好意思地笑了笑。

簡淡明白，她在為高錦秋道歉，忙道：「不要緊，有些事跟別人不能說，但對高姊姊還是可以說上一二的。捨粥一事，只是我的想法，和家裡無關。我們剛回來，不太清楚京裡的情況，要和祖父商量了，才能做決定。」

高瑾瑜點點頭。簡家雖是勛貴，但如今的國公都沒有封地，俸祿也是朝廷固定給的，用來捨粥，只是杯水車薪。這不是小事，簡淡肯定做不了主，能這樣跟她說，證明已經把她當成自家人，心裡熱呼呼的，更加喜歡這個行事坦蕩、長相漂亮的小姑子了。

如今京城貴圈還在議論簡淡如何剋親，當真好笑。若沒有簡淡，簡廉能封安國公？簡雲豐回京後能直接進入工部，當工部營繕清吏司的主事？

「三妹妹有心了，姊姊自愧不如。」高瑾瑜說道。

簡淡擺擺手。「我不過是抱著好奇心而來，可沒高姊姊說得那麼好。高姊姊主持粥棚，往來送糧，才是……」

「喲，這不是高二姑娘嗎？」前面忽然傳來一個男子粗嗄的聲音。

「原來是方二少爺呀。」高錦秋的聲音裡有幾分驚喜。

高瑾瑜往外挪一步，瞧見高錦秋下車，眉頭不由緊蹙起來。「三妹妹，我過去一下。」

簡淡道：「方家這位二少爺不好對付，我們一起去吧。」戴上斗笠，遮住面孔。

兩人一前一後走過去。

「方二少爺。」高瑾瑜福了福身。

簡淡拱拱手，沒有說話。

「喲，原來高大姑娘也在。」方乃杰隨意地還了個禮，目光重新落在高錦秋的胸脯上。

他是個渾人，高錦秋長相豔麗，身形窈窕，比高瑾瑜有看頭多了。

高錦秋臉紅了。

高瑾瑜想讓高錦秋上車，又怕惹怒方乃杰，鬧將起來，大家臉上更不好看，一時不知如何開口。

簡淡往前走一步，把高錦秋拉過來，擋在身後。

方乃杰面色一變，正要發火，就見簡淡抬起斗笠。「方二少爺，好久不見，最近可好啊？」

方乃杰後退一步，瞪大一雙牛眼。「是妳?!」

簡淡頷首。「是我。」

方乃杰憤憤。「哼，有什麼了不起？乾巴巴的跟男人一樣，也就那……」

「二少爺！」一個長隨忽然打斷他。

方乃杰閉上嘴。「算了，我不跟妳一般見識。」轉身上馬，往城裡去了。

高瑾瑜徹底冷下臉，不客氣地對高錦秋說：「難怪妳執意要來，原來打著這個主意。」

高錦秋縮在簡淡身後，不敢吭聲。

簡淡明白高錦秋的心思，庶女的處境很尷尬，空有貴女的身分，卻沒有高嫁的命運。

但她並不同情高錦秋，女人若不自重，結局定與理想背道而馳。

簡淡不想讓她們姊妹難堪，道：「高姊姊，事情我都了解了，就先回去。等整理好院子，再下帖子，請妳們來家裡玩。」

高瑾瑜勉強和緩了臉色。「好，一言為定。」

簡淡回家後，先去外書房找簡廉，發現沈餘之也在。

沈餘之坐在一張鋪著素色棉布的椅子上，轉頭看向她，不由用舌頭舔了下嘴唇。

簡淡立刻想起早上的某個瞬間，垂下頭，深吸一口氣，勉強定神，向兩人行禮。

「三丫頭找祖父什麼事？」簡廉見孫女不自在，趕緊開口解圍。

簡淡把在澹澹閣聽到的酸話複述一遍，又說了城南捨粥的事，最後道：「祖父，澹澹閣的生意還不錯，孫女想做些事情，但不知道能不能做，以及怎麼做，請您指點一二。」

簡廉側頭問沈餘之。「太子，老夫的孫女怎麼樣？」

沈餘之道：「本殿的眼光一向很好。」

簡廉哈哈大笑。

沈餘之同樣是為捨粥而來，除此之外，還想建幾間安濟堂，收留流民中的孤老。

這兩件事，他想讓簡淡出面去管，既照顧簡家的面子，也可提高他的聲望。

此乃雙贏的好事，簡廉沒理由不支持，當即把幾個精明能幹的長隨撥給簡淡，讓她全力去做。

所謂全力，其實只是全力表現而已。

沈餘之捨不得簡淡勞累，派來老於世故的謀士出謀劃策，並讓小城等人暗中保護。

人手多，做事就快，買糧、搭粥棚等等，一天便完成了。租房子、選廚子、雇長工等等，分給專人照管。

不到五天，簡淡便完成了安濟堂的籌備。

第六天，沈餘之動用拱衛司的人，找出流民中的孤兒和鰥寡老人，送到安濟堂安置。

區區半個月，安濟堂一再擴大，在東邊、南邊跟西邊的城郊租下十三個大院子，收留了五百一十二人。

在這十五天裡，沈餘之已從其他省籌到足夠的糧食，啟用軍隊，用半脅迫、半誘惑的方式，將流民遣回原地。

當城南拆完最後一個粥棚時，三房的女眷回京，因水患和流民而辦不成的喬遷宴，重新張羅起來。

宴會訂在八月初一，依舊只請了親戚，還有即將成為親家的次輔高煦一家。

簡淡從小在林家長大，對簡家的親戚不太熟悉，唯一期待的客人就是高瑾瑜。

這天早上，她跟往常一樣，練功後便去漱洗，再到松香院請安。

從松香院出來時，崔氏自後面追上來，笑著問道：「小淡，妳認不認識高太太？」

簡淡搖頭。「不太熟悉。」

說到這裡，她頓了頓。高太太是簡思越未來的岳母，崔氏想了解她，也是對簡思越負責任的意思，於是改了口，道：「只聽說過一二。高太太勤儉，除了喜歡花之外，沒聽說有什麼喜好，也沒聽說有特別忌諱的。待會兒人來了，母親不妨多親近親近。」

「好。」崔氏見簡淡難得和顏悅色，臉上的笑容不由更大了，遲疑片刻，道：「那……妳好好招待高大姑娘？」

「嗯。」簡淡略頷首，去了淡園。

走遠後，藍釉道：「人逢喜事精神爽，今天的太太格外好看。」

白瓷翻了個白眼，陰陽怪氣地說：「一回家，還俗後白撿個世子夫人當，等會兒就可以使勁顯擺，誰不高興啊。」

藍釉拉拉白瓷，示意她別瞎說。

白瓷知道自己嘴快了，討好地嘿嘿一笑。「姑娘，奴婢說錯話了。」

簡淡沒事人似地從丁香樹上摘下一片葉子。「日後再說這樣的混帳話，自己掌嘴。母親如此，乃是人之常情，換成妳們，只會比她更高興。」

白瓷吐吐舌頭。「那倒也是。」

簡淡倒不是替崔氏說話，只是看透了。

崔氏自詡為才女，其實不過多讀了幾本書，會畫幾筆畫罷了，其他的都很平庸，與那些權貴家中嬌養的貴女毫無差別，甚至某些地方還不如人家。

簡雅的死、庵堂的清苦，擊潰了崔氏浮於表面的清高，她現在看起來興奮，實則每走一步都如履薄冰。

人言可畏，這樣的日子並不好過。

辰時末，簡淡聽說高家母女到了，親自到二門前接人。

「高伯母，高姊姊，歡迎妳們。」她笑著迎上去。

高瑾瑜快走幾步，拉住她的手。「家裡那麼多客人，還煩勞妳親自來接。」

簡淡道：「高伯母頭一次來，簡淡身為小輩，理當如此。」

高瑾瑜轉頭看向高太太。「母親，這位就是簡三妹妹了。」

高太太笑咪咪地看著簡淡，眼裡頗有一絲研判的意味，但嘴上很熱絡。「總聽女兒提起妳，都說聞名不如見面，果然是個能幹的好孩子了。」

現在說起簡淡，大多會想到安濟堂和澹澹閣，因此名聲好了不少。

簡淡謙虛道：「高伯母過獎了。若說能幹，還是高姊姊……」

一行人說笑著，去了松香院。

剛要進門，白瓷從後面匆匆趕來。「姑娘，奴婢有要事稟報。」

簡淡心裡暗驚。「什麼事？」

白瓷道：「城南的安濟堂，有七、八個孩子鬧肚子。」

七、八個？這可不是小事，一旦出人命，好事會變成壞事，以往所做的一切，都將化成泡影。

簡淡看向高太太。「高伯母……」

高太太擺擺手。「這是要緊事，耽誤不得。妳快去吧，我們自己進去就是。」

簡淡告辭出門，讓白瓷與青瓷各趕一輛車，先上濟世堂接大夫，再快馬加鞭趕去城南。

好在事情有驚無險，孩子們只是吃到餿豆腐，除了跑幾趟茅房外，沒有大礙。

於是，簡淡立刻撤掉失職的幫廚，親自到附近村子挑兩個能幹的婦人補進來，再巡視一番，確定無事，才回安國公府。

第七十八章

忙完這一切，已經是下午，安國公府的宴會結束了。

簡淡回淡園換衣裳，正要去前院找簡廉，王嬤嬤來了。

藍釉笑著道：「王嬤嬤可是稀客呀。」

王嬤嬤面色帶了幾分沈重，沒理睬藍釉的調侃，對簡淡說：「三姑娘，宴會上出了些事，太太的心情不太好。」

簡淡笑笑，崔氏心情好不好，跟她有什麼關係呢？她們母女的關係就像宮花一樣，外表再如何光鮮，也是假的，沒有絲毫感情可言。

王嬤嬤見她無動於衷，語氣又虛了幾分。「今天太太聽到些閒話，在高太太前丟了面子，當場就發作了，與誠意伯府的馬大太太和二姑太太吵起來。

「從去年冬天開始，太太落了個毛病，一生氣就偏頭疼，眼下正疼得厲害……」

簡淡不想聽廢話，打斷她。「妳先找黃老大夫，如果他看不好，我再求祖父請御醫。」

王嬤嬤縮了縮脖子，忽然跪下了。「三姑娘還是去看看太太吧。」

簡淡無奈。「到底怎麼回事？她聽到什麼閒話了？」

王嬤嬤低著頭，不說話。

簡淡看看藍釉和紅釉。「妳們知道嗎？」

事情鬧得很大，她們一直在家，當然知道，但不好直說。

藍釉想了想，湊近簡淡的耳朵，小聲說了幾句……

簡廉不聽戲，所以今天馬氏沒叫戲班子，來簡家做客的女眷們除了吃宴，最重要的消遣是參觀後花園，或者打馬吊。

高太太是所有女客中最重要的客人，崔氏又與她是兒女親家，所以由崔氏來陪她。

兩人在荷塘邊散步。此時已是八月，荷塘裡的花大多枯了，高太太愛花，且尤愛蓮花，不免有些遺憾，略說了幾句。

崔氏便說，有一處的藍睡蓮還開著，只是路不太好走。

藍睡蓮是睡蓮中的名品，高太太非常感興趣，執意要去看看。

這株睡蓮種在涼亭下面的一塊巨大的湖石前，要想看它，需從亭子出去，跨過欄杆，再沿著陡峭的青石板小路下去，沿著湖石繞個圈到前面。

如此，便完全看不到亭子裡的人。

馬大太太和二姑太太在亭子裡高談闊論時，完全不知她們談論的對象近在咫尺。

馬大太太說：「大家都以為簡廉當回首輔已是極好，沒想到還能有這麼大的造化。」

二姑太太道：「可不是！我二哥真是福大命大，造化大啊。」

馬大太太嗤笑。「妳二嫂也是個妙人，總說簡雅有福氣，八字好，結果如何呢？」

二姑太太笑起來。「她呀，只會故作清高罷了，連女兒都教不好，還動不動在我母親面前以才女自居，天天端著崔家嫡女的架子……算了，不提她，那些事說出來都是笑話。」

馬大太太嘖嘖兩聲。「妳不說她，她就不是笑話了嗎？都剃度了，又死皮賴臉還俗，也就妳家老太爺和簡二老爺寬容，不然……」

二姑太太是馬氏的女兒，馬大太太則是馬氏的姪媳婦，因為馬氏，兩人向來不喜崔氏，此番坐在一起說閒話，要多惡毒就有多惡毒。

如果只有崔氏聽見，倒也罷了，偏偏高太太也在。

崔氏出家是簡家不曾外傳的秘密，此番被人當眾揭開，崔氏頓時瘋了，上去跟她們大吵一架，鬧得天翻地覆，連簡廉都被驚動了……

藍釉雖然知道得不詳細，但關鍵處都說了。

王嬤嬤沒有多言，不想讓簡淡看崔氏的笑話，只想求簡淡去勸勸崔氏。

這半年來，崔氏看起來過得不錯，但好幾次在深夜中哭著醒來，之後就睡不著了，摩挲著簡雅最喜歡的羊脂玉鐲，坐到天亮。

王嬤嬤知道，簡雅的死，以及出家，都是崔氏心裡最不可碰觸的痛。

她以為，母女連心，只要簡淡肯開口，肯想辦法，肯原諒，定比她這奴婢勸說更有用。

王嬤嬤磕了個頭。「奴婢知道自己沒資格來求三姑娘，也知道以前那些事對三姑娘不公平。但二姑娘已經去了，太太也一直為此茶飯不思，悶悶不樂。太太受的苦已經夠多，奴婢懇請三姑娘看在血脈相連的分上，勸勸太太，求求您了。」

簡淡在椅子上坐下。「王嬤嬤，妳想讓我勸太太什麼？勸她不要再想二姊？可她一見到我，便會想起她。我與她的確血脈相連，但一開始她就斷了這層關係，她現在對我所有的好，都是源於對我的恐懼和不得已。王嬤嬤，妳在心裡問問自己，我這話說得對不對？

「說錯的話，做錯的事，大多覆水難收。她要麼接受現在的自己，忘掉過去，不去在意別人；要麼遠離人群，安安靜靜地過自己的小日子。除此之外，別無他法。而這些，只有她自己看開才行，勸說沒用。」

王嬤嬤垂著腦袋，想了很久，又磕了個頭才起身。「老奴明白了，老奴會把這番話告訴太太。」

簡淡笑了笑。「王嬤嬤請便。」

簡淡不關心崔氏，她只關心澹澹閣和安濟堂。

澹澹閣賺大錢，安濟堂花大錢。為了維持，她與林耀祖談好，開在京城以外的澹澹閣，兼著賣些林家的次等瓷器。

澹澹閣不斷擴張，先是晉城，再到衛州、清州等地。過了兩年多，簡淡總共開了二十一家澹澹閣。

提起簡家三姑娘，京城以外的人或者不知，但若提起簡白淺公子，整個大舜商圈，無人不知，無人不曉。

白淺，是簡廉賜給簡淡的字。

簡淡聲名大噪，卻始終沒有擺脫貪財的名聲。

她貪財，把貪財放到了明處。同樣的，她仁善，也把仁善做到了實處。她在大舜建了十五個濟世堂和十個學堂，不單讓老人、孩子吃飽穿暖，還因材施教，讓他們有了自力更生的本領，老百姓都稱她為女菩薩。

時光荏苒，很快到了睿明四年五月初七。這是簡淡成親的前一天，更是她在簡家的最後一天。

把妝奩送去東宮後，簡淡在淡園略備薄酒，打算請兄弟姊妹們小聚一番。

藍釉回來了，捧著大肚子坐在官帽椅上，有些擔憂地問：「姑娘還請了大表少爺，太子當真不會生氣嗎？」

簡淡笑道：「他的事情那麼多，哪有心思管這點小事。」

這兩年，她忙，沈餘之更忙，常常一、兩個月見不到一回，她都忘了沈餘之上次生氣是什麼時候了。

紅釉正在準備客人的茶水，說道：「寧落一群，不落一人，大表少爺正好回京，就住在府裡，還送了添妝，姑娘不請也不行的。」

藍釉點點頭。「那倒也是。妳和白瓷什麼時候成親？」

三個丫鬟都跟澹澹閣的大、小管事瞧對了眼，但成親的只有藍釉。

藍釉成親快兩年，嫁給京城澹澹閣大管事的兒子，今兒是特地從家裡趕過來的，想在簡淡出嫁前，多跟她待一會兒。

白瓷道：「紅釉是八月，我的話，明年再說，先陪姑娘進宮。」她怕簡淡被人欺負，早跟婆家商量好，等簡淡在東宮穩定下來再訂婚期。

藍釉點頭。「那我就放心了。」

「姑娘，五姑娘、六姑娘來了。」大丫鬟郎紅敲門進來。藍釉脫奴籍後，簡淡新買了一批丫鬟，她是其中之一。

「三姊。」簡悠跟簡然奔進來，一人拉住簡淡一條胳膊，叫得親親熱熱。

簡淡笑道：「來啦，坐下喝杯茶吧。」

簡悠不坐，繼續抱著簡淡。「三姊，我點的菜都做了嗎？」

「我的呢？我的呢？」簡然搖著簡淡的胳膊，兩年過去了，依然孩子氣。

簡淡捏捏簡悠的臉蛋。「九月就成親了，還整天跟個孩子似的。」

簡悠的婚事是簡廉訂的，是禮國公家的嫡次子，儘管繼承不了爵位，但讀書不錯，已經中了秀才。

簡悠哼了聲。「一天不成親，我就是一天的孩子，妳管我？」

這話是簡淡跟簡廉撒嬌時說過的話，她用來反駁簡淡，再合適不過。

「哈哈哈……」簡淡大笑起來。

「說什麼呢，這麼開心？」簡思越的聲音從門外傳進來。

簡淡姊妹趕緊起身迎出去。

和簡思越一起來的還有高瑾瑜，後面跟著簡思敏和崔曄，以及大房的幾個弟弟。

高瑾瑜懷孕了，剛滿三個月。簡思越小心得很，只要他在旁邊，都會攙扶著她。

簡淡挨個兒打招呼，簡思敏從後面趕上來，跟簡悠一樣抱住簡淡的胳膊，搖了搖，也撒嬌道：「三姊，我想吃白瓷做的紅燒肉。」

「你看你像什麼樣子。」簡思越看不過去了。

簡思敏破天荒地沒理簡思越，抱得更緊。「明天三姊就是別人家的人了，要出來不容易，我就要抱，抱個夠。」說著說著，眼圈紅了，聲音也哽咽了。

氣氛一下子變得凝重起來。

簡思越別過頭，揚起臉，眨了眨眼，勉強打岔道：「走吧，進去說話。」

簡淡往旁邊一讓，摸摸簡思敏的鬢髮。「敏哥兒放心，就算三姊進了宮，也可以自由出入。殿下說過，安濟堂的事，可以由別人負責，但澹澹閣的錢，還得三姊親自來賺。」

「真的？」簡思敏的眼睛亮了。

簡淡笑咪咪地點頭。

高瑾瑜笑著說：「太子開明，三妹妹有福氣呢。」

一行人在正堂坐定，簡思越接過紅釉的茶，抿了一口，問崔曄。「大表哥，吏部的任命下來了嗎，你要去哪兒？」

年初，簡思越中了探花，如今在翰林院任官。

崔曄道：「下來了，以後我與表弟就是同僚，還請表弟多多關照。」

幾年前，他與崔逸雙雙考中，一個榜眼，一個第五名，成為大舜朝的一段佳話。但兄弟倆都沒待在京城，而是做了主管一方的父母官。

簡淡聽見，鬆了口氣。崔曄能回京城，表示沈餘之不再糾結前事，甚好、甚好，遂又轉頭看看簡悠。

簡悠正在跟高瑾瑜說話，完全沒在意崔曄。

也是啊，都過了四年，崔曄年已而立，大前年還娶了繼妻，再不放下，就是跟自己過不去了。

飯菜是按照大家喜愛的口味做的，結束時，賓主盡歡。

簡淡送兄弟姊妹出門，剛到門口就碰上簡廉。

這兩年，簡廉一直很忙，雖說步履尚且矯健，但臉上老得厲害，不但皺紋增多，兩鬢斑白，連眉上也染了霜雪。
簡淡有些不安，道：「祖父有事，讓人叫孫女過去就是，怎麼親自來了？」
簡廉道：「明兒就是妳的大日子，祖父再忙，也得過來看看妳。」他朝簡思越等人揮揮手。「都回去吧，我跟三丫頭坐坐。」
祖孫倆走進書房。
簡淡親自泡了上好的綠茶，端給簡廉。茶湯清淡，清香撲鼻。
簡廉聞了聞。「嗯，這茶不錯。」
簡淡道：「這茶葉前幾天就給祖父送去了，祖父又忙得連水都顧不上喝了吧。」
「汛期又要到了，妳祖父掛念，又要操心新政，忙得腳不沾地，哪有空品茶呀。」簡雲豐也來了。
等簡雲豐坐好，簡廉讓李誠把兩只錦盒放到簡淡身旁的高几上。
「小丫頭比祖父有錢，若沒有妳，偌大的國公府只怕要捉襟見肘。所以啊，就不給錢了。這是祖父的心愛之物，從今兒起，歸妳了。」
簡淡知道那是什麼。簡廉有一對官窯的青花纏枝牡丹紋鏤空天球瓶，是六百年的古物，聽說目前只有兩對存世，另一對在大舜皇宮裡。
不過，前幾天沈餘之告訴過她，那對瓷瓶眼下在東宮，也就是說，她已經有一對了。
但這是祖父的心意，必須收下。

到時候，她把兩對放在一起比較比較，研究研究，等明年祖父壽辰時，再送還給他。

簡淡迫不及待地打開了錦盒。

天球瓶器型周正、圓潤大器，卵青釉上開灰色片紋，更顯典雅。雖說工藝比現在的粗糙，但其繪畫和鏤刻一看就是名家所製，極為漂亮。

簡淡欣喜若狂，愛不釋手。「謝謝祖父，這是孫女收到最喜歡、最珍貴的禮物了。」

簡廉笑道：「哈哈，小丫頭喜歡，祖父就沒白送。」

簡雲豐皺眉。「父親，這麼貴重的東西……」

簡廉擺擺手。「東西不貴重，最貴重的是我們家的小丫頭。」

簡淡一下子濕了眼睛。「祖父，我就是嫁了人，也還是您的孫女。太子答應我了，皇上和他都允許我自由出入宮中。」

簡雲豐道：「那怎麼行，太子妃要有太子妃的樣子，天天回娘家像什麼話……」

「夠了！」簡廉打斷簡雲豐。「我孫女可不是那些養在後宅的普通婦人，既然皇上和太子都同意，你何必用那些沒用的規矩束縛她？」

簡雲豐縮了縮脖子，怏怏道：「父親說得是。」

簡淡垂著頭，面色不改，但心裡笑開了花。

簡廉繼續道：「此瓶圖案繁複，但顏色和外形至簡，這也是祖父對妳的期望，希望妳無論何時何地都記得，妳先是一個人，其次才是太子妃。人要對得起自己的良心，仁善方能內心平和，才會有真正的快樂，懂嗎？」

簡淡表情一肅，起身應道：「是，孫女謹遵祖父教誨。」

簡廉也站了起來。「太子性情古怪，妳多順著他，不要硬碰硬。另外，宮中事情繁雜，人心險惡，凡事不要衝動，有解決不了的事，記得找祖父，祖父會一直站在妳身後。」

「是……」簡淡鼻頭一酸，兩顆淚珠順著眼角流下。「祖父放心，太子對孫女極好，孫女不會被欺負的。」

簡廉拍拍她的肩膀。「不哭，哭了明天就不美了。走，送祖父出去，祖父忙一整天，有些撐不住了。」

簡雲豐陪簡淡送走簡廉，回來後把手邊的小木匣遞給她，道：「妳的錢是妳的，這是父親的一點心意。」

木匣子很沈，可見銀票的數量不少。

簡淡打開，發現下面是銀票，上面還有兩枚田黃凍石的印章，一枚刻著「澹澹」，一枚刻著「簡白淺」。

簡淡把印章拿出來，推回盒子。「父親，女兒在宮裡用不到銀錢，而且澹澹閣也賺了不少。您親手刻的兩枚印章，女兒非常喜歡，也正好得用，銀錢就拿回去吧。」

簡雲豐不悅。「長者賜，不可辭。」他身為安國公世子，很明白簡淡對家裡的貢獻，簡淡不拿錢，他心裡委實過不去。

簡淡只好收下，心道羊毛用在羊身上，他不要，簡思越和簡思敏總會要的，日後再變個法子送回國公府。

簡雲豐這才高興起來。

父女倆又聊了好一會兒，直到二更更鼓敲響，簡淡才把滿臉不捨的簡雲豐送出去。

第七十九章

第二天寅時正，簡淡被白瓷叫起來，在女官和喜娘的操持下，開始沐浴、絞面、拜天地、拜皇帝等婚儀。

直到黃昏，她才戴著蓋頭，坐上那張灑滿瓜子、花生、紅棗的黃花梨木喜床。

寢殿裡有細細碎碎的私語聲。

「靜嫻，妳問問太子妃要不要喝水。」一個聲音慈和的婦人說道。

睿王妃去世後，靜嫻郡主一直很安靜，最近才封為公主。今天太子大婚，自然要過來。

「好。」靜嫻公主答應得很痛快。

不久，兩只縫著南珠的繡鞋走到簡淡眼前。「大嫂，喝口水吧。」

「謝謝公主。」簡淡接過，卻交給白瓷，然後從袖裡取出袖珍水袋。「太子怕我渴，早備了蜜水，已經喝過了。」

靜嫻公主從來就不是良善人，她的水，簡淡不想喝。

「哼！」兩只繡鞋飛快走遠了。

寢殿裡安靜一下，白瓷耳語道：「太子妃，靜嫻公主的臉色很難看。」

簡淡哂笑，靜嫻公主跋扈，有之前的恩怨在先，以後必然無法好好相處，用不著跟她虛與委蛇。

「既然太子妃不渴，吃些花生墊墊肚子吧。」又有人走過來，聲音有幾分熟悉。

「廣平長公主？」廣平公主與睿明帝同輩，睿明帝登基後，便升為長公主了。

「是我。咱們四年多沒見了吧？」

自從前幾年在月牙山一別，兩人再也不曾見過面。

簡淡正要站起來，卻被廣平長公主一把壓住。「坐著坐著，不用起來。」說到這裡，聲音轉小。「小心靜嫻，我看她沒安好心。」

廣平長公主還是這麼正直，簡淡心裡一暖，握住她的手。「時間過得好快，長公主一向可好？」

廣平長公主去年遠嫁，駙馬是魯國公的嫡三子。

「很好，駙馬體貼，比妳的太子脾氣好多了。」語氣中帶著笑意，一聽就是調侃。

「本殿的脾氣很差嗎？」沈餘之的聲音忽然傳過來。

寢殿裡剛剛恢復的竊竊私語聲一下子停了，靜得讓人尷尬。

廣平長公主也慌了下，但她跟沈餘之關係不錯，遂乾笑兩聲，說道：「不差、不差，比小姑姑的脾氣好多了。」

「嗯。」沈餘之意味不明地哼了一聲，繡著龍紋的官靴隨即邁到簡淡眼前。

女官說道：「太子，太子妃，吉時到了。」

簡淡知道，現在要挑蓋頭，行合巹禮了，身形端正幾分。散坐在寢殿裡的妃子和公主們上前，七嘴八舌說著吉祥話。

「久等了。」沈餘之對簡淡說道。

大紅蓋頭被秤桿掀起，簡淡眼前一亮，正要對救她於水火的沈餘之展開一個甜甜的笑容，就見沈餘之眉頭一皺。

「好醜。」

噗哧！簡淡噴笑了。

「哈哈哈……」圍觀的女人們亦忍俊不禁，寢殿裡瞬間熱鬧起來。

不單沈餘之覺得醜，簡淡也覺得自己醜得很，沒奈何大舜的新娘妝就是如此，有禮部派來的女官看著，她想不化都不成。

她現在大概是這個樣子，一張大白臉，烏黑的髮上插滿金銀首飾，坐轎子時出了不少汗，臉上可能會有一道道紋路。兩道濃黑的柳葉眉，豐潤的嘴唇只擦紅中間一點，眉心還有顆小紅點，冷不防看一眼，還以為鬼來了。

女官端來酒杯，討厭和煩人上前，各用一支銀針在杯裡攪了攪，未發現不對勁，才分別送到沈餘之和簡淡手裡。

兩人勾著手臂，飲下這一杯。

不同於簡淡妝容的詭譎，今日的沈餘之極為俊俏，紅色太子大婚禮服襯得他格外白皙俊美，漂亮的桃花眼裡水波蕩漾，多情迷人。

簡淡就著美色下酒，不覺有些醉了，勾著的手竟然忘了放下。

「好看嗎？」沈餘之問道。

「好看。」簡淡傻乎乎地點點頭。

「可是妳不好看。」沈餘之伸出手，嫌棄地在她臉上抹了一把，又親暱地捏捏她的小鼻子。「像大花貓似的，還不快去洗臉？」

還有這麼多人呢！簡淡有些不好意思，趕緊四下一看，發現圍觀的女眷們已經散了。

她赧然一笑，抬手招來郎紅和白瓷。「先幫我把這一頭的累贅拆了。」

兩個丫鬟笑著應是。

卸新娘妝是個繁瑣活計，簡淡換上便服進淨房時，沈餘之恰好出來。

簡淡從淨房出來時，沈餘之已經梳好了髮，正坐在案前，專心致志地批奏摺，旁邊案上還擺著幾樣小點心。

「差事很多嗎？」簡淡幫他倒杯水。

沈餘之推開奏摺，接過杯子喝一口。「不多。但妳總不出來，我等得心慌。」

簡淡詫異。「我在淨房待了很久嗎？」

「很久、很久……」沈餘之把她拉到懷裡，讓她坐在腿上。「是不是？」

簡淡立時紅了臉。崔氏雖然什麼都沒說，但給過一張圖，她明白自己要面臨的事。

沈餘之湊到她耳邊，吹了口氣，輕聲追問：「到底是不是？」

簡淡只好點點頭。

「真乖。」沈餘之大笑起來，捏起一顆麻團放到她嘴裡。「我讓御膳房做了這個，還熱著，妳吃一些，省得待會兒餓。」

此刻的簡淡如同坐在針氈上，哪有心思吃東西？再說了，折騰一整天，累得很，實在沒什麼胃口。

她想了想，覺得辜負沈餘之的心意也不好，便接過來吃了。

沈餘之見她吃得香甜，又捏起一顆放到她手上。「再吃一個。」

簡淡見他熱切，只好再吃一顆。然而吃完，沈餘之又遞來了。

簡淡拒絕道：「麻團是糯米做的，不易消化，我就不吃了吧。」掙扎著想要起身。

沈餘之微微一笑，按住她的肩膀。「放心吃，很快就能消化的。」

「啊？」簡淡不明白，瞪大一雙杏眼，嘴巴張著，露出兩排潔白貝齒，可愛極了。

沈餘之覺得自己的耐心已經到極限了，擦擦手，揮退站在牆角的丫鬟和宮女們。門關上了。

沈餘之捧住簡淡的臉，滿意道：「這才是我的美人嘛，乾乾淨淨，獨一無二。」

簡淡也捧住他的臉。「這才是我的太子嘛，嘴尖舌巧，天下無二。」

「伶牙俐齒的小壞蛋，看我怎麼收拾妳。」沈餘之一把抱起她，含住那張嬌軟細嫩的唇，快步朝床榻走去。

最後，寢殿裡的喜燭燃了一夜，就像他們的幸福一樣，始終不曾熄滅。

第二天早上，簡淡醒來時，感覺自己的骨架像被拆了似的，無一處不痠，無一處不疼。

外面已經有窸窸窣窣的動靜了。

「都這個時辰了，怎麼還不起來？要不要去叫？」有人壓著嗓子問道。

「不用吧，太子妃向來自律，肯定醒了。」

這是白瓷的聲音，到底是自己的丫鬟呀。簡淡彎彎唇角，心裡熨貼極了。

她抓住沈餘之的胳膊，想把它從自己的腰腹上挪走。

沈餘之哼唧一聲，重新把胳膊搭上去，火熱的身子也隨之貼過來。

簡淡紅了臉。「留白，宮女們已經在外面等著，咱們還是趕緊起來吧。」

沈餘之像豬一樣的拱了拱她。「我不。」

「別胡鬧了。」簡淡掙扎著坐起來。

沈餘之伸出胳膊，拉下她。「怎麼會是胡鬧呢？妳瞅瞅，我這個樣子也起不來。」

簡淡瞄了他的下身一眼，確實挺尷尬的。

她雖然活過兩世，但對有些事情還是新手，不由傻乎乎地問了句。「那怎麼辦？」

沈餘之笑嘻嘻地說：「昨晚怎麼辦的，現在還怎麼辦。」親了上來。

於是，小夫妻雙雙晚起了。

小夫妻倆拜見睿明帝時，已是卯時末。

兩人行完跪拜禮，起身後，睿明帝狠狠瞪了沈餘之一眼。

沈餘之氣定神閒，道：「最近兒臣身子骨兒不太好，貪睡，起得晚了。」

簡淡小臉羞得通紅，趕緊低下頭。

睿明帝用食指點點沈餘之，又看看簡淡，喉結滾動一下，把到嘴邊的諷刺勉強嚥回去。

沈餘之見簡淡不太自在，牽起她的手，安撫地捏了捏。

簡淡輕輕甩了下，但沒甩掉。

睿明帝把兩人的小動作看在眼裡，咳嗽一聲。「行了，走吧。」

太上皇還活著，太子大婚，理應到寧壽宮拜見他。

寧壽宮是太上皇在位時為自己修造的小花園，花費許多錢財，極為奢華。

睿明帝雖被他百般設計，卻依然把他安置於此。

太上皇在此頤養，任誰都說不出一個「不」字來。

經過幾個月的細心醫治和調養，太上皇明顯好轉，儘管站不起來，但能吐出幾個字，跟人說話了。

沈餘之大婚，東宮剛剛裝修過，每處皆獨具匠心，風格大器，已讓簡淡嘆為觀止，可一到寧壽宮，她便覺得，東宮算是儉樸了。

寧壽宮裡，到處都是金絲楠木打造的家什，沈香木隔斷上的貼花，由白玉、瑪瑙等珍貴寶石拼成。條案、八仙桌上有玳瑁，圖案隨光變化，精緻華美，卻不會讓人覺得過於浮誇。

簡淡一路欣賞，默默跟著睿明帝父子，進了太上皇的臥房。

太上皇半坐著，兩隻手努力地捧著茶杯，一飲而盡，又放到身旁的炕几上。

如今，他老得厲害，滿頭銀髮，額頭和臉頰上長了幾塊淡淡的斑，身子略向一側傾斜，嘴巴也有些歪，但精神還算不錯。

簡淡甚至在他眼裡看到一絲笑意。

睿明帝行了跪拜大禮。「父皇，兒子來看您了。」

「起來吧。」太上皇說道。

睿明帝站起身，在何公公搬來的繡墩上坐下。

按規矩，簡淡當然得跪，然而她剛剛屈膝，便被沈餘之拉起來。

「太上皇先殺孫子再殺兒子，絕不是那等在意虛禮之人，我們站著就好。」

啊？簡淡驚詫地看向沈餘之。連睿明帝都跪了，他們這樣不好吧。

沈餘之隨意地抱抱拳。「太上皇，我成親了，今兒來，就是想告訴您一聲。」

「好，好。」太上皇好脾氣地笑笑，目光中又多了兩分慈愛和自豪。

太上皇沒脾氣了嗎？簡淡毛骨悚然。

睿明帝對何公公擺擺手。何公公便帶著兩個小太監退出去。

睿明帝這才說道：「父皇，兒子此來有三個目的，一是讓您的孫媳婦見見您，雖說您不喜歡她，可兒子始終覺得這個兒媳婦不錯。二是想告訴您，雖然您認為我們父子不配坐這位置，但兒子不只坐了，且自覺做得不錯。沒辦法，誰讓兒子養了個能幹的好兒子呢……」

太上皇忽然掙扎著坐直身子，朝沈餘之豎起大拇指。「你……很好！祖父高興！」聲音很大，表情激動，顯然對時局早有了解。

這幾年，沈餘之用鐵血手腕整頓吏治，初見成效後，開始勘驗土地，推行新稅法，並派能人治理南方水患。

如今，大舜吏治清明，還加強了朝廷對地方的控制，今年的水災也小了許多。

這些是太上皇的心頭大患，當初他力保齊王上位，甚至不惜殺掉孫子，為的就是這個。

如今願望一一實現，他除了高興，還是高興。

身為帝王，太上皇要的是江山穩固。只要江山穩固，只要社稷清明，只要那把椅子上坐著的依然是他的子孫，其他的，他都可以不在乎。

簡淡先是不解，但思索一下便明白了，生出些許釋然。

太上皇先是皇上，其次才是父親和祖父。

他想殺沈餘之父子，是為了江山社稷；他誇讚沈餘之父子，也是為了江山社稷。

那麼，當了皇帝，就真的沒有兒女私情了嗎？將來沈餘之會不會也如此？

簡淡驚疑不定地看向沈餘之。

沈餘之拍拍她的肩膀。「一屋不掃，何以掃天下？自家不和睦，天下大概也難以和睦吧。太上皇，我父皇沒有繼承您的精明睿智，但他一向知道該疼愛哪個兒子，知道哪個兒子最能幹。這一點，您不如他。」

太上皇笑了，依舊好脾氣地說：「你說得……很對。」

父子倆是來耀武揚威的，卻成了莫名的自誇，不免有些尷尬，竟然不知說什麼好了。

太上皇便問：「第三呢？」

睿明帝想起來了，他還有第三個目的。「兒子想問父皇一個問題。」

太上皇點點頭。

「父皇考慮過，用染上癆病的方式除掉留白嗎？」

這個問題好。簡淡也想知道前世的沈餘之為何得了癆病。

太上皇大吃一驚，右手笨拙地擺動。「從沒有。」

睿明帝捋捋短短的髭鬚，緩緩頷首，與沈餘之對視一眼。

沈餘之道：「既然太上皇說沒考慮過，就一定沒有。」彼時，父皇和他只求自保，無奪嫡野心，太上皇也喜歡他，確實沒有殺他的理由。

睿明帝問沈餘之。「如果不是太上皇，那就真是睿王妃了吧。」

當年的沈餘之是個三天兩頭生病的病秧子，且脾氣古怪，慶王對他不會有任何忌憚。若他死了，睿王妃的長子得利最多。

太上皇納悶地看向睿明帝。「為什麼？」考慮，便是不曾付諸行動，睿明帝為何會問，件從來沒有發生過的事情？

睿明帝知道太上皇問的是什麼，見沈餘之點頭，便道：「從十年前開始，兒子常作同一個夢。夢裡發生兩件事，一件是留白得癆病死了，另一件是父皇想立齊王為太子，慶王謀逆，睿王府被慶王滿門抄斬。」

太上皇驚訝地皺起眉頭。他雖然中風，但腦子是清醒的，如果一個夢只作一遍，就只是個夢；若作很多遍，那事情可蹊蹺了。如果是他，也會相信。

睿明帝繼續說：「自從有了這個夢，兒子格外注意留白的身子，任何來歷不明的東西都不許他碰，才讓他平安活下來。

「簡老大人遇刺後，兒子和留白發現，慶王可能要開始布局了，如果不想看著一家人慘死，兒子就必須坐上這個位置。」

太上皇點點頭。他是一國之君，也是一家之長，若非知道當年的睿王沒有爭奪皇位的野心，也不會放心地把軍權放到睿王手裡。

躺在床上這幾年，他想的最多的是，睿王為什麼對皇位突然有了企圖，是睿王善於偽裝，還是他太蠢，不曾發覺？如今總算有了答案。

「有什麼……可以證實，你那個夢是真的呢？」這是他得到答案後最大的疑惑。

沈餘之道：「沒有什麼可以證明，因為從簡老大人躲過刺殺開始，結局已被改變。」說到這裡，看了簡淡一眼。「從那時起，我、父皇、以及簡老大人，都對慶王有了防備。」

簡淡被他瞧得心虛，但也明白一點，沈餘之大概已經猜出什麼。她的重生拯救簡廉，然後簡廉與睿明帝父子聯手，才有了今天的一切。

從寧壽宮出來，睿明帝獨自去了御書房，沈餘之和簡淡到賢太妃的咸安宮行認親禮。賢太妃、長平長公主、廣平長公主、齊王、齊王妃、靜嫻公主，還有簡淡未曾見過的一些宗室長輩都聚在這裡。

兩人剛進正殿，靜嫻公主就嘀咕一句。「大嫂來得還真早，我這第三杯茶才剛倒上。」

簡淡笑了笑，正要應付一句，就聽沈餘之道：「是嗎？有茶喝還是幸福的。妳看靜安，聽說這幾天病得很重，一口茶都喝不下。」

大殿裡頓時一靜，幾位圍在她身邊的女子一下子散開了。

靜嫻公主白了臉，瞪向沈餘之，正要開口辯駁，就被親大哥沈餘華狠狠用目光制止。沈餘華是沈餘之的大弟，尚未封王。

沈餘華笑著打圓場：「太子去看父皇和太上皇了吧？」

沈餘之緩和了臉色。「正是。」

「太上皇的身子骨兒還好嗎？」沈餘華順勢問道。

賢太妃笑咪咪地開了口。「太上皇最近精神好，胃口也好，假以時日，下地走動想必也不成問題。」

話頭一變，就沒人搭理靜嫻公主了，大家就著太上皇的身子，熱熱鬧鬧聊起來。

靜嫻公主被沈餘華扯到大殿的角落裡。

沈餘華磨了磨牙，壓低聲音訓她。「妳要是活膩了，就在自己宮內弄根繩子吊死，別出來禍害我們。」

靜嫻公主垂著頭，咬著下唇不說話。

沈餘華指著她的鼻尖道：「我再告訴妳一遍，父皇雖然是父皇，但實權一直在他手裡，而且父皇甘之如飴，妳懂嗎？他想捏死妳我，就跟捏死螞蟻一樣容易。」

言下之意，睿明帝心甘情願做沈餘之的傀儡。

於是，認親禮後，靜嫻公主再也沒往簡淡身前湊了。

尾聲

這幾年，簡淡在宮裡的日子如魚得水，逛街、回娘家，偶爾還換上男裝，帶足護衛，去外地走走。

澹澹閣的生意越發好了，濟安堂則由朝廷掌管，除了澹澹閣之外，還號召其他權貴捐獻銀錢，打理得更有模有樣。

睿明六年的五月十五日，簡淡生下她和沈餘之的第一個孩子，睿明帝賜名樂陽。

太子成親兩年，只得一個公主，眾臣開始默默期待睿明帝為太子選秀的日子。

然而，他們足足等了一年，也沒等來任何消息。

睿明七年，朝廷終於有了動靜，關於勸諫太子充盈東宮的奏章，如雪片一般飛到御書房的案上。

睿明帝問新任首輔高煦。「高首輔有何高見？」

高煦為難地瞄瞄沈餘之，躬身道：「皇上，微臣以為，這是皇上的家事。」

沈餘之扔下一本奏章。「父皇，兒臣以為，這是兒臣的家事。」

睿明帝不快地說：「怎麼，你的家事不是朕的家事嗎？」

沈餘之抱著雙臂，淡淡地反問：「兒臣的女人，難道不是兒臣睡嗎？」

睿明帝抬手在他腦袋上敲了一記。「有你這樣跟老子說話的嗎？」

沈餘之道：「兒臣身體不好。」

身體不好？要不是他派了個老成持重的嬤嬤看著這小子，這小子不知過得多荒唐呢。

睿明帝連連搖頭，勸道：「不同的女人有不同的味道，你多納幾個女人，多給朕生幾個皇孫，也沒什麼不好嘛。」

高煦哭笑不得地看睿明帝一眼，摀著嘴，往後躲一步。

沈餘之冷笑。「請教父皇，女人有什麼味道？」

睿明帝喜歡女人，對此頗有心得。「論性格，有溫柔的、可愛的，有喜歡才學的，還有野性難馴的；論身段，有細腰的、大胸的、長腿的，還有屁股豐滿的，滋味各有不同。太子年輕，難道不想都嘗試嘗試嗎？」

高煦又偷偷往後退了一步。

沈餘之道：「聽起來確實不錯，不如每樣給兒子來一個，兒子從此撒手不管朝廷大事，如何？」

「這……」睿明帝嘴角下壓，為難地捋捋鬍子。「朕以為，江山社稷為重，個人享樂為輕，女人這件事，以後再說吧。」

高煦悄悄鬆了口氣。

沈餘之把一疊奏章攤開，道：「這些大臣為本殿的家事勞心費力，本殿十分感激。聽說宮裡有批宮女要外放，本殿選願意做妾的出來，一個大臣賞一個，高首輔覺得怎麼樣？」

高昫鬆下去的一口氣又提起來。「這……」

沈餘之點頭。「就這麼辦吧。」一錘定音。

大臣們的後院多半已有妾室，再納一、兩個沒什麼。但若是太子賞的人，就不一樣了。

沈餘之的意思很明白，你干涉我，我就干涉你，不信可以再試試。

大舜的臣子們都知道，太子向來不是好脾氣的人。

從此，太子的家事無人再敢妄議。

於是，沈餘之成了大舜史上唯一一位後宮空虛，只娶一個皇后的帝王。

簡淡一共生了三子三女，乃大舜生育子女最多的皇后。

帝后相濡以沫，功勛卓著，在滾滾的歷史洪流中，留下了濃墨重彩的一筆。

——全書完

文創風 838

二嫁榮門 3 完

國家圖書館出版品預行編目資料

二嫁榮門 / 竹聲著. --
初版. -- 臺北市 : 狗屋, 2020.04
冊 ; 公分. --（文創風）
ISBN 978-986-509-095-1（第3冊 : 平裝）. --

857.7　　109001921

著作者　竹聲
編輯　安愉
校對　沈毓萍
發行所　狗屋出版社有限公司
地址　台北市104中山區龍江路71巷15號1樓
電話　02-2776-5889～0
發行字號　局版台業字845號
法律顧問　蕭雄淋律師
總經銷　知遠文化事業有限公司
電話　02-2664-8800
初版　2020年04月
國際書碼　ISBN-13　978-986-509-095-1

本著作物由北京晉江原創網絡科技有限公司授權出版

定價250元
狗屋劃撥帳號：19001626
網址：love.doghouse.com.tw　E-mail：love@doghouse.com.tw